崔荣◎著

京派

作家叙事研究

中国社会科学出版社

图书在版编目(CIP)数据

京派作家叙事研究 / 崔荣著 . —北京:中国社会科学出版社,
2016.3

ISBN 978 - 7 - 5161 - 8472 - 1

Ⅰ.①京…　Ⅱ.①崔…　Ⅲ.①当代文学 - 文学研究 - 北京市
Ⅳ.①I206.7

中国版本图书馆 CIP 数据核字(2016)第 146146 号

出 版 人	赵剑英
责任编辑	曲弘梅
特约编辑	薛敏珠
责任校对	周　昊
责任印制	戴　宽

出　　版	中国社会科学出版社
社　　址	北京鼓楼西大街甲 158 号
邮　　编	100720
网　　址	http://www.csspw.cn
发 行 部	010 - 84083685
门 市 部	010 - 84029450
经　　销	新华书店及其他书店

印　　刷	北京君升印刷有限公司
装　　订	廊坊市广阳区广增装订厂
版　　次	2016 年 3 月第 1 版
印　　次	2016 年 3 月第 1 次印刷

开　　本	710 × 1000　1/16
印　　张	15
插　　页	2
字　　数	219 千字
定　　价	56.00 元

凡购买中国社会科学出版社图书,如有质量问题请与本社营销中心联系调换
电话:010 - 84083683

目　　录

导论 ……………………………………………………………（1）

第一章　凌叔华：抽象的抒情 ………………………………（12）

　第一节　被压抑的情思 …………………………………（13）

　第二节　独特视角下的对话形态和文本的空间化、共时性
　　　　　元素 …………………………………………（22）

　第三节　逸品之貌 ………………………………………（31）

　第四节　现代意识与"出位之思" ……………………（36）

第二章　废名：魏晋的嗣响 …………………………………（43）

　第一节　人的发现 ………………………………………（46）

　　一　生命之悲的吟咏 …………………………………（47）

　　二　生命之芜的袒露 …………………………………（50）

　　三　生命意义的追寻 …………………………………（52）

　　四　世界图景的拼接 …………………………………（62）

　　五　社会历史的反思 …………………………………（66）

　第二节　文的自觉 ………………………………………（69）

　　一　断片的美学 ………………………………………（70）

　　二　对非严肃精神的重新发现 ………………………（74）

　　三　联想和想象 ………………………………………（81）

　第三节　魏晋风度 ………………………………………（85）

　　一　清峻 ………………………………………………（85）

　　二　通脱 ………………………………………………（87）

　第四节　自由精神与言语牢笼 …………………………（90）

第三章　沈从文：生命的传奇 …………………………………（93）

　第一节　传奇内涵…………………………………………………（95）

　第二节　所传之奇…………………………………………………（99）

　　一　传奇之奇……………………………………………………（100）

　　二　传奇不奇……………………………………………………（110）

　第三节　传奇之笔…………………………………………………（127）

　第四节　生命意识与民族想象……………………………………（135）

第四章　汪曾祺：笔记的人生 …………………………………（138）

　第一节　边缘叙事…………………………………………………（139）

　第二节　博物风貌…………………………………………………（145）

　　一　世间百态……………………………………………………（145）

　　二　人文情怀……………………………………………………（152）

　第三节　随事曲折…………………………………………………（164）

　第四节　性情之作…………………………………………………（173）

　　一　寂寞…………………………………………………………（174）

　　二　温暖…………………………………………………………（175）

　第五节　人道主义与笔记边界……………………………………（179）

第五章　萧乾、芦焚：协奏与变奏 ……………………………（182）

　第一节　多而杂的文学影响………………………………………（183）

　第二节　乡土中国的文学样式……………………………………（185）

　　一　承续传统诗教………………………………………………（185）

　　二　择取乡土中国题材…………………………………………（194）

　　三　塑造老中国人物形象………………………………………（198）

　第三节　新的文学走向……………………………………………（203）

　第四节　感时忧世与文学选择……………………………………（212）

结论 ………………………………………………………………（217）

参考文献 …………………………………………………………（229）

后记 ………………………………………………………………（234）

导　　论

　　京派作家的文学史意义，主要在于其叙事上的自觉与革新。他们身处"非文学"的时代却对构成文本"文学性"的相关诗学因素极为看重并勇于实践，由此文学现代化的命题在京派作家那里有了具有决定性意义的推进。京派作家文学叙事、小说形态研究的意义，也就不仅仅在于具体、科学地说明京派创作价值，精准把握京派作家创作特质。京派作家的创作是20世纪中国文学的支柱和重要构成力量，他们文学叙事中显示出的叙事路径的选择及背后对于多重文学和文化的兼容并蓄与创造性转化意义深远。对京派作家的叙事研究构成本文的中心立场和贯穿线索，而这个过程，也是追索京派文学性"如何"形成的诗学之旅。

　　对于20世纪30年代趋于成熟，表现出明显的传统文学特质，也刻意于小说艺术的京派来说，传统文学和文化以及构成其本质的文学传统等应该是京派作家小说叙事的重要研究背景和研究的基本视域。探寻京派文学叙事如何形成其文学性，首先应该对京派作家的小说创作与传统文学作历史分析和比较研究。即，应当从题材内容、结构方式和审美风格及与其对应的，作为稳定性深层的审美意识、情志表现方式、艺术思维方式等入手，对京派小说家创作时明显表现出的、对于某一文学传统的偏好，与这种文学传统作细致的比较分析，并由这种比较分析，揭示京派小说之中的古典嗣响所具有的，超出个人的、流派的文学史意义。

　　科学研究采用的方法和切入的角度，应该适应研究对象。从上述研究角度切入，完全基于一种文学事实，即京派小说与中国传统文学，不论是在外在形态上还是内在理路上，都表现出极为明显的历史联系。并且，不管是在学理上还是在创作实际中，比之同一时期的其他现代作家，京派都是深刻地意识到传统文学具有绵延性和再生性可能的知识者。譬如，对 20 世纪 20 年代学生运动中出现的，学习西方的思想方法而放弃旧有的一切的现象，凌叔华当时就"有点怀疑"①。废名则明确宣称，"中国文章，以六朝人文章最不可及……乃所愿学则学六朝文……六朝文的生命还是不断的生长着……在我们现代的新散文里，还有'六朝文'"；在他看来，这种"生长"明显地表现在好友梁遇春的散文中，废名认定其作是"我们新文学中的六朝文章"。② 沈从文意识到"近千年来读者传统的习惯，即多数认识文字的人，从一个故事取得娱乐与教育的习惯，在中国还好好存在"，因而倡导作家重视传统的阅读习惯，以创作影响和引导国民，用"'小说'来代替'经典'"。③ 从读者接受的角度看待文学历史的绵延性，这也未尝不是他在现代中国叙写传奇的重要原因。他还具体指导作家，创作"同时多少皆得保守到一点传统形式，才有一种给人领会的便利。文学革命意义，并非是'全部推翻'，大半是'去陈就新'"④。他认为作家应该从"广泛的旧的传统最好艺术品中，来学习取得那个创造的心"⑤，在对历史的认识上，沈从文和废名是一致的。朱光潜将上述观点表述得更为周严："完全放弃固有的传统，历史会证明这是不聪明的。文学是全民族的生命的表现，而生命是逐渐生长的，必有历史的连续性。所谓历史的连续性是生命不息，前浪推后浪，前因产后果，后一代尽管反抗前代，却仍是前一代的子孙。"⑥ ——这完

---

① 凌叔华：《古韵》，傅光明译，中国华侨出版社 1994 年版。

② 废名：《三竿两竿》，《废名选集》，四川文艺出版社 1998 年版，第 726 页；《〈泪与笑〉序》，中国现代文学馆编：《初恋》，华夏出版社 1998 年版，第 338 页。

③ 沈从文：《短篇小说》，《沈从文文集》第 12 卷，花城出版社、香港三联书店 1984 年版，第 115、127 页。

④ 沈从文：《给一个写诗的》，《沈从文选集》第 5 卷，四川人民出版社 1983 年版，第 7 页。

⑤ 沈从文：《短篇小说》，《沈从文文集》第 12 卷，花城出版社、香港三联书店 1984 年版，第 115、127 页。

⑥ 朱光潜：《现代中国文学》，《文学杂志》1948 年 1 月，第 2 卷第 8 期。

全可以视为京派作家对历史传统与当下发展的文学之间的关系体认的理论概括。而我们之所以重视、并特别指出这些相像或一致的识见，不仅是因为它们明确反映出京派对传统文学的认同心理，更因为，京派作家对传统的理解和思考之中，显然有或阐释、或创作的现实需要，是他们要向传统文学取得艺术借鉴的强烈愿望的体现。更何况，这些认知还已经以审美选择的形式，渗透融化在其大量的小说创造中。

本书从诗学层面切入的基本研究思路，加之京派作家在自身精神结构和文学创作中反映出的深刻的传统影响的文学实际决定了更具体的研究方法，首先是从文学传统和作家精神结构这两个方面，寻找其共通点和精神血缘关系。再将其作为一个立场和出发点，把作家的精神创造置于整个文学历史、社会历史的"关系"中，进一步在文本中探究影响、寻绎渗透，研究作家对传统文学的接受、转化和超越过程，以及在这个过程中表现出来的意味深长的得失成败。

这个过程甚至会比将要得到的结论更为重要。这不仅是出于通常的一般考虑，即，对文学研究而言，结论可能倒在其次，重要的是细致的论证；而且也是因为，在此过程中，我们既对作家创作做追根溯源式的历史考察，又要观其走向流变，试图在对作家创作演变轨迹的动态把握中，呈现剥露作家的创作特质，也考察传统与创新之间并不简单的关系。

追根溯源更关注的是传承，是对京派作家知识、文学谱系构成的追问。追问关注的主要是两方面的内容：京派作家对某种文学传统的选择和接受表现在哪里，放弃和超越的又是哪些部分？对"接受"的分析比较，是为了考辨出文学传统怎样具体地支配和影响着京派创作的审美意识和情志表现方式，也能观察到文学传统在变动不居的现实语境中所获得的新的意义内涵；他们放弃和超越的东西又不可避免地让我们思考，作家在特定历史条件下对文学传统的选择和涵化，有何规律？

与追根溯源几乎同时进行的，是描述作家创作的走向流变。本书更关注的，不是线性的、井然有序的作家创作阶段划分，而是历史的多向并行性在作家创作实践中与作家文化人格上的反映。即，本书努力呈现同一个作家可能同时具有的几套笔墨；一颗心灵同时容纳的两种或多种为人为文态度；为了更精彩地阐发某一文学主题，作家可能进行的多方面的实验、习作与努力。譬如，比照魏晋人文风貌，本书发掘出废名小说中的非严肃精神，这就在学界定位废名时更常见的，诗笔写田园的结论之外，增添了认识废名的层面；而在"传奇"的烛照下，沈从文从"传奇之奇"到"反传奇"的"传奇不奇"的写作，也就显露出他反复强调的"习作"的全部苦心和他进行小说文体实验的意义。

不管是追根溯源还是观其流变，作家创作原生态的丰富性与多向性，是笔者试图恢复的；他们为扩大小说"版图"和疆界所付出的所有诗学上的奔突、冲决和努力，也是本书着力确认、肯定的。

当然，在多样性中，本书也注意寻绎一致性。力求以同样辩证的态度，分析作家创作中"常"与"变"的辩证统一。

一般而言，作家通过作品表现的人生内容中，往往凝结着他独特的生命体验；而如何表现他所关注的人生内容，又会反映出作家的审美趋向。对作家个体而言，这两者是不易摆脱的，会长时间地影响和支配其创作，形成带有个人标识的感知方式、取材范围与审美趣味，从而造就作家创作的风格特征。京派作家也不例外。同时，作为创造性转化文学传统的主体，京派作家自身会在与传统和现实包括外来（西方）影响的碰撞中，形成较为稳定的主体性。惟其如此，才能谈得上转化而非同化。因此，总会有某种深层的、规定作家创作变化的"语法规则"的存在。正是这条主线的存在，使其创作万变不离其宗，保持着个人风格的稳定性。

本书也试图在大量文本中，找到伴随每一位京派作家创作始终的贯通线索。比如，论文主体就详细论证出，对历史转折时期各种女性（这包括太太、姨太太、老太太、旧闺秀、新女性等）压抑性生存状态的关注，就是凌叔华创作的总主题；而绘画式的"流观"视角和价值并置的小说结构，则是她小说的一般形态。废名由人的发现而发现自然和社会，又由之重新思索和定位人的生存，这是他形式不断翻新的小说创作不变的主题；而"断片"式的小说结构，非严肃精神和跳脱滑翔着的联想和想象，则是他艰苦探索生命意义时常用的诗学手段。为"传"生命之奇，沈从文凭借传奇的诗笔，虚构奇境异域也想象现实（不管是他笔下的湘西还是都市，都是他个人视野中的"现实"，未必会与实际情况相符，故言其是对现实的想象，但这想象却并非因此而不具有真实性。并且想象现实也绝对是一种能力，它甚至比虚构式的想象更难，要同时达到历史真实与艺术真实的统一而不流于平铺直叙），由此描绘湘西生命图景，剥露城市生命形式的荒谬，张扬生命的"神性"，表达他对处于变动的时世中的人性和生命不变的深层关怀。而以人文主义的情怀笔记人间，也像一根红线，使汪曾祺拢万物于笔端，沉静从容；常能以平和散淡的结构形态，流露对生活深刻的热爱与怀恋。——把捉作家的创作实践、思想观念的内在延续性以及在这种延续性之下，文学表现的变与不变，是本书的中心。

故而，这个"探究影响、寻绎渗透"的过程，必然包括了以下几个方面的研究向度或研究内容。

就作家自身说，是既对作家创作取整体观，又通过比较其创作的调整与变动，观察作家创作在不同时期下的复杂变更。同时，还要以创作主体为中心，建立坐标系：在以文学传统、文学史为视镜的纵向历史考察，以及与同时代其他流派作家、主要还是京派作家群体内部的横向比较研究中，定位和把握作家的创作个性。——唯有观望与对照，才能对比出真正的特质。因此不论在哪个向度，都既要求有文学的整体意识，也须具备文学的比较意识。在对传统和现实均能"继往开来"的京派作家进行整体比较研究的同时研究其个体的独特性，无论是作为一种研究方法还是研究精神，都尤其必要。

分析作家身处的具体的现实历史环境对作家的"影响"和"渗透"，是这个过程的另一个方面。因为对中国作家来说，他们的个人命运、创作命运与时代、民族的命运有着格外密切的关系。本书也注意考察作家选择的文体、语言形式以及内在于其中的意识形态信息与时代和时代总体的叙述方式的关联，关注制约他们选择和转化的历史

要求和审美要求。比如，本书认为，沈从文传都市之奇，未必就是为
了缓释都市压力和个体自卑心理；而是因为直觉到，都市中人的生存
现实是，湘西式的神性存在方式被当作娱乐意义上的"传奇"，现代
化的价值尚未完整、全面地进入人们的信仰和伦理体系，而他们还不
自知如此下去的严重后果。这导致了作家的焦灼与恐慌。刻意有别于
当时构成文学主潮的进行曲，无论是《边城》式的忧伤挽歌还是
《八骏图》式的尖利哀鸣，都是他为 20 世纪 30 年代谱写的招魂曲。
沈从文关注着这个时代和时代中人们的过去、现在与未来。汪曾祺在
20 世纪 80 年代初选择"笔记"表达自己对世界的理解，也是他在批
评视野、读者期待、历史趋势和文艺现状等多重关系中找到的，最为
恰切的介入时代的诗学方式。尽管保持了一定的审美距离，在京派作
家远离时代的表象轮廓下，同样包含着投入这个时代的勇气和决心，
与时代保持着深切的关联。笔者也就试图通过对他们文体选择的详细
分析，以个案研究带出对文学史的普遍研究，又在凸显个性中深掘其
文学、文化和历史内涵，把握作家作品与历史和时代的复杂关系。

　　通常，被反复提出的问题，一是因其重要；二是因为这个问题本
来需要解决的任务、应该达到的目的，可能还没有完成。重提京派作
家与传统文学的"老问题"，出于笔者对京派研究现状的一些反思，
针对的也是京派研究中存在的某些薄弱环节。

　　目前研究京派，学界常见的是，文化批评、流派批评和作家个体
研究。

　　新时期以来的京派研究，已经开展二十余年。京派，连同其领袖
人物沈从文等的重新浮出文学史地表，在很大程度上，是得益于文化
批评的兴起。较之之前常用的较为单一、传统的批评方法，无论是在
方法层面还是价值层面，文化阐释都显示着一种超越。因为它显然是
一种更宽泛的学术研究方法；也有着更广阔的学术视野；在开展批评
时，则相当强调以理性的批判精神质疑和重新面对此前已成定论的某
些文学现象。这决定了，在这种批评体系下，将京派置于东西方文化
的宏大背景中审视时，研究者可以不仅局限于政治层面，而且可以从
哲学的、历史的、民俗的、心理的、道德的等等不同的角度和侧面，

多方位地重新发现京派的价值和优长。京派的思想价值、文化底蕴也因此而被凸显。这其中，思想价值的评判和文化——心理角度的谛视，是前辈研究者所注重的，也是取得了扎实成果的。但宏大的文化批评在突破之前研究文学时常用的政治学、阶级论，将研究对象带入一个更广阔的地带和系统后，却似乎仍然在文本之外游离；作家作品，有时也成为证明某种结论成立的注脚。这说明，任何研究方法都有其局限性，文化批评在某一个特定的历史时期发现、凸显某些东西时，也会有所遮蔽，同样有其鞭长莫及处。但是，如若被遮蔽和无法进入的，是文学批评必须去关注和探究的文本的诗学构成，就应该在后来者的研究中，有所反拨。

即使不论其在方法论意义上的局限处，这里也有更具体、更现实的问题需要解决：在学界证明了京派重造民族品德的主题意蕴和民主主义的思想倾向时汇入的同样也是 20 世纪中国文学的总主题这一结论后，研究者很快就能发现这样一个尴尬，京派的文学特质，似乎还未得到透彻的说明。笔者认为，出现这种局面的原因在于，在确认京派关注国民性、关注生命和人性的文学主题后，还必须追问，京派作家（不仅作为流派整体，还有个体）是以怎样的角度和方式，切入并表达这一主题的？因为显然，不同派别、作家之间，可以有相同的文学主题和思想倾向，研究者甚至也可以在特定的历史时期，权宜地以之"证明"他们之间的平等地位，但切入时，创作主体所采用的结构方式、叙事技巧和运思方式，即审美趋向和诗学手段构成，却不可能完全相同。而恰恰是在这一点上，艺术创造的个性、特质和能力才能显现出来。在文化研究的基础上，再对这种个性和特质进行全方位的说明，接近研究客体历史实际的可能，才更进了一步。而具体到京派作家，他们又是如此强调近乎"独断"的个性！因此，研究京派时，就更应该强调宏观的文化批评和微观的艺术批评相结合。本书关注文本的诗学构成，也是对以往京派研究中文化阐释的不足的某种补充。

另外，本书也试图去克服在将京派作为流派展开研究时，可能出现的某些矛盾性和局限性。流派特征所标示的，是一群而非单个作家的特点，抓住流派，是为了切近作家背后更具共性、更为本质的东西。理想的研究状态应该是，达到流派共性和作家个性的辩证统一。但是，这里存在的一个悖反是，当流派研究重视普遍性，并由之概括、解释创作现象时，艺术创造最重要；谈艺术创造时，最需要强调的就是个性。这是一个很难处理的矛盾：文学本身，天然就是个人性的、感性的创造活动；那么，要概括和归纳共性，就有可能掩盖个性的光芒，即使共性出之于个性。对于标榜个性的京派而言，这个矛盾会显得格外突出，因为甚至可以说，强调个性、组织松散，就是可以作为共性进行总结的，京派的文学特质之一。在此意义上，创作各有千秋的京派作家们，他们的流派特征是较难归纳的。

而且，流派研究也有其局限性：在题材内容、审美型范上将京派与其他流派区别开来后，还有一个具有普遍意义的"流派后"问题，接下来呢？研究工作不能只停留在这个阶段上，还应该以螺旋式上升的过程继续：在通过个性寻找到共性后，还要在"相似"中，用更为精细的目光搜索"相异"，以"同中见异"的方式，在更高的层面、更深的程度上，区分流派内部不同作家的创作面貌。

上述矛盾性和局限性，在当下的京派研究中，不是没有。针对这些困境，又与京派长于从传统文学当中寻找（这种寻找也有可能是无意识的接通）契合自己的文学资源的历史事实相适应，本书认为，用归纳的方法研究京派，不如用探源的方法。这一方面可以避免流派研究作为一种研究方法具有的有群像而个体面目模糊，有共性而少个性的局限；另一方面，文学传统能够延续多年，主要就是因其在思想意蕴、诗学方式包括艺术运思方式上相对成熟、固定，而这种稳定性特征在其千年的不断流变也在不断沉淀中，这往往已经成为作家和读者的审美共识，即使不能进行精确的理性描述，也可进行模糊却又分明存在的感性把握。厘清京派作家的渊源流变，在很大意义上就能较明晰地区分、描述其文学特点。当然，在更大范围内，这种区分和个性，回归的又是京派作为一个流派最突出的共性：明显地表现出传统文学气息和民族气派。

研究京派最常见、成果也颇丰的，还有作家个体研究。但研究中有意无意的"偏至"还是影响了对作家全面的认识。这种"偏至"
主要表现为，许多研究者关注的是某一作家某一时段或某一侧面的创
作，当这些研究形成突破后，众多随后跟进的同一方向大量研究凸显
了这个作家的某一特征，这种人为的学术"聚光"使"某一"成为
"唯一"，造成对作家认识的以偏概全。特定的文学语境和历史时期，
在研究中出现"深刻的片面"也许不可避免，但对作家"全人"、创
作"全篇"来说，却不公平。比如，废名大量创作的讽刺谐谑小说
（废名自己也意识到，"《张先生和张太太》这类东西"艺术寿命并不
长，但有时"他更爱惜这短命的产儿"①），还有汪曾祺的梨园题材小
说和《聊斋新义》等后期创作，在研究中就未得到充分重视。本书
在呈现作家原生态的丰富性的同时，上述弊端，得到了部分的克服。

汪曾祺曾表示，不想让别人像对待切段的鱼一样对自己的创作进
行分段研究，正是诙谐深刻却也无奈地指出目前作家研究中存在的某
些歧途；沈从文在面对自己被扣压、遗失后留下的著作遗憾地说：
"遗失的稿子偏偏是写社会疾苦方面的那部分，出版的几册却都是关
于男女事情的，这样别人就更不了解我了！"② 其实，文学研究对作
家某些创作的遮蔽，未尝不可看作是对作家粗暴的切段和主观的扣
压。鲁迅一直强调的，倘要"论文"，应是顾及"全篇"、"全人"以
及他所处的"社会状态"的科学确凿的研究③，仍是我们的瓶颈。这
都启示我们，研究者应以一种整体的、具有内在联系性的眼光审视作
家的整体创造，而不能只是关注最被强烈关注的一点；关注其创作流
程的产生、生成和流变的前因后果，使作家固守的内在的、整体的写
作中心和变动不居的写作走势互证互识、彼此阐释，这样才能不断接
近作家创作的真实。

20 世纪中国文学从来都没有放弃过走向世界的努力和与世界文
学比肩的渴望。不管是在文学创作还是研究中，作为自身之外的"他

---

① 废名：《说梦》，《语丝》1927 年第 133 期。

② 沈从文：《沈从文年表简编（续）》，转引自糜华菱《新文学史料》1995 年第 4 期。

③ 鲁迅：《题未定草·七》，《鲁迅全集》第 6 卷，人民文学出版社 1998 年版，第 430
页。

者"，世界的文学和文化，是中国的文学工作者重新认识和更新自己的重要参照系，是中国文学发展的横向坐标。京派作家的创作中，东西方文学传统的影响同样明显。因而，在京派研究中运用跨文化与跨学科的比较文学方法，也是必然且自然的事。

京派作家的文学叙事揭示出：倚借传统，京派作家们发现了适合自己的感知方式与审美趣味，表达出他们极具现代性的小说思维。这一点，在废名身上表现得最为明显。他解放着小说的构造，也试图使小说从虔敬沉重中摆脱出来，并力求引领读者从文本所反映的自由的浮想和精微的思辨中获得乐趣，从各个角度试图逼近小说自身的真理，发现生命存在的不同侧面。因此，他以"断片"结构小说，看来几无故事，却造就处处生花的邈远意境；他还以自由不羁的眼光重新发现世界，在诙谐和"乱写"之中包含着看似离题的神聊和随笔式的思考，这让我们重新意识到，它们所具有的特殊审美功用，毫无疑义本该是小说内在价值的组成部分；另外，即兴随想和联想转换，也让废名的小说充满滑翔衍生的通脱之美。

而沈从文传奇故事式的小说创作，无论是仿传奇体的极端夸张还是"反传奇"小说对平淡生活中巧而不巧的悲剧的不动声色，都是他在现代理性的观照下，有意识地"利用"或者说顺应了普通民众欣赏故事的阅读传统，使传奇成为包含着神性内涵的小说世界的想象力量，让"所传之奇"不断袒露生存的本质境地，也相辅相成地不断完形其具有神性的人性样本，从而张扬其生命——人性的文学理想。

凌叔华在文学中采用中国画技法中特有的"以大观小"的观照角度，才有了既能入乎其内、又可出乎其外的叙事风度，得以以一种价值并置的对话形态，表达出对新旧交替的转折时期的历史人生更多向的思考。

而汪曾祺的小说则贴近生活、内容丰富、气韵生动，看来切近笔记小说的精义，却又无疑是对当时文学中反映的趋同的生活内容和僵硬的、凌厉的话语方式的反拨；他笔下的百汇万物和日常劳作，有价值也有诗意——谁又能说，京派作家们所思考、关怀的宇宙、历史和生命等极具人类性、普遍性的文学内容，与表达其思索内容的诗学形式，不是现代的，不具世界性?!

　　当然，借助于中国传统文学资源来说明京派小说的本体结构和意义特征，并不意味着这是本书阐释的唯一向度。现代的思想文化价值和文学现代性的价值标准，始终是本书说文论人的基本立场。毕竟，无论现代中国曾经多么进退曲折，现代性的追求一直都是现代作家和现代中国人追寻并视为理想的主导价值。即使是京派文学看似充满古典气息的小说创作、节制恰当的传统诗学法度以及重造国民灵魂、改造人心的文学理想，看似是对现代性的反动，其实质与其说是回归古典，毋宁说这是对新文学发展的持续反思和不断修正，是真正切实地着眼于文学和社会的现代化的努力。追根返祖和面向未来，在实践中本来就紧紧纠结、相反相成地推动着文学史的发展。更何况，现代性往往也是区别中国现代文学与中国古典文学的尺度和标准，有了这个标准，也才可能真正做到，在研究当中准确把握京派作家创造出的，具有现代素质的古典精华。

第一章　凌叔华：抽象的抒情

　　作家和画家，是凌叔华同时拥有的双重身份。甚至，她作画的时间还要长于为文的时间，其画也体现出正宗的文人画风，收藏亦多为元明清三代的文人画①。凌叔华又曾以倪云林为原型创作同名小说，散文《回忆一个画会和几个老画家》还对其濡毫染纸的画会往来有生动描述。《我们怎样看中国画》则以"气韵与形似"、"布局"、"用笔用墨"以及"士大夫画家与文人画"等为题，对中国画主要特点做出精到的介绍和评述。这些都已在较浅层面初步显示出文人画的研究和实践对她艺术创造的影响。

　　而从文学和绘画本身看，作为艺术的两大门类，虽然文学常在时间的延续中展开故事，绘画则是把铺陈在空间中的物体描摹出来，但在中国艺术中，二者又有十分密切的关系，譬如，在艺术的最高精神上，它们就是殊途同归的：其内在一致性，可用"抽象的抒情"概括——二者都以笔墨线型这样高度抽象的意义载体或符号形式，传达无限丰富的思想和情感。这显示出两者的血缘关系。中国传统绘画中的文人画，更是致力于使绘画摆脱单纯的求真写实，以抽象的笔墨表现蕴含理念的生命内在精神或人生意绪。特别是其代表画家倪瓒标举的"仆之所谓画者，不过逸笔草草，不求形似，聊以自娱耳"、"余

---

　　① 从散文《爱山庐梦影》和自传体小说《古韵》中可得知，从六七岁开始，凌叔华就随王竹林、缪素筠、郝漱玉等长于山水兰竹的大师学画，大学毕业后，曾在故宫博物院书法绘画部门任职，1927年曾在燕京大学教授"中国绘画史"和"中国绘画"课程。从她1962、1968年分别在法国和英国举办的她所收藏的中国文人画和自己的画展看，其画墨迹淡远、秀韵入骨，表现出正宗的文人画画风，其积年珍藏多为董其昌、倪云林、陈老莲、石涛、郑板桥、金冬心等的画。

之竹聊以写胸中之逸气耳，岂复较其似与非"① 的艺术追求以及他古淡超逸的艺术创造，都是试图在绘画中表达主体情思的艺术思想的反映。而这，亦是中国文学构思的常见理路和所要达到的最后目的。再加之，源远流长的易、老、禅宗的哲学思想又为诗人、画家透彻地理解时空相对性的关系，突破诗、画的时空限制提供了形而上的支持。千百年来，中国文人画"以诗入画"、"以哲理入画"的成功实践及其牢固的传统性，更揭示出二者互证互识、相得益彰的一面。这也启发我们，认定凌叔华的文学创作与文人画传统有深层次的精神血缘关系，是可能成立的。

当然，支持这一结论的充分理由在于，这种精神血缘关系，相当具体地反映在凌叔华小说的诗学层面：无论是在她的言说内容、言说方式，还是在小说创作艺术风格上，文人画传统的影响都明显而又深刻。

第一节 被压抑的情思

中国的文人画创作，在元代达到巅峰。此时出现了以元季四大家为代表的文人画家，最为后人推崇的，是倪瓒（云林）。他的画简淡天真，构图并不复杂，取材也相对固定，其所以为人敬仰，在于他画中超逸的精神气度——这种精神气度既以对世事深致苍凉的感慨悲叹作为底蕴，又能将这种生命体验婉曲含藏在山水林亭的萧疏构图中，深文隐蔚、藏而不显，保持着舒平和畅的外在审美风度。倪画所反映出的曲折抑扬的艺术构思，既是内倾型的中国文化思想的体现，能将欣赏者的思绪不断引向深藏于有形之象背后更幽玄、也更有意味的精神核体；又更是对于严酷社会现实的超拔——"现实世间生活以自己多样化的真实，展现在、反映在文艺的面貌中，构成这个时代的艺术风神"② ——有元一代，时代精神和文化心理都起了巨大变化：元代

---

① 倪瓒：《答张藻仲书》，《清閟阁全集》卷10，《跋画竹》，《清閟阁》卷9，集部一五九，别集类，《文渊阁四库全书》，台湾商务印书馆影印本，1220—309，1220—301。

② 李泽厚：《美的历程》，《美学三书》，安徽文艺出版社1999年版，第149页。

的民族歧视政策和轻视士大夫倾向使一部分文人在被动丧失或主动放弃"内圣外王"的人生实践舞台后，将理想、情思寄托在文学艺术领域。特定的社会历史氛围和艺术修养的惯性，令文人士大夫只能以平和的文艺审美方式倾诉内心被压抑的情思和热望，因此表面高逸、放达的审美风度，并不能掩盖其荒寒、萧疏、凄恻的基本格调——这其中显然包含着内外夹击下，创作者深沉的民族隐痛，通过自然山水试图释放的也是被压抑的幽愤不平之情。

凌叔华看似恬淡平缓的闺秀故事，同样能让我们感受到这种被压抑的幽深情思，这其中凝结着被置于深广的历史流变和急剧的时代更迭之中，中国女性所有的时代之伤和灵魂之创。

凌叔华的第一部小说《女儿身世太凄凉》，在意蕴表达上或嫌太直太显，却可涵盖她之后创作的诸多小说的主题，隐现着创作主体写作的情感基调和结构模式，即，她小说中的主人公虽面对着时代，却多长养于传统文化，传统价值观念强大而顽固地支配着她们的情感和意志（尽管她们并不自觉），在遭遇当时中国"现代"的情爱、生活理念后，内（个人修养）与外（时代思潮）的张力带来的不是娜拉似的反抗和出走，而是欲望和情思的被压抑——她们尴尬且沉重地挣扎于现实和传统之间，这是造成她们"凄凉"境遇的主要原因，我们也由此得以窥测出她们所处的时代和家族的历史真实。

《酒后》里，酒后的采苕面对心仪的男客起了"深切的不可制止的怜惜情感"，她向丈夫请求去吻他，因为"如果我不能表示出来"，"我才觉得不舒服"——这理念不可不谓前卫，但丈夫允许了，采苕却主动放弃了这样的浪漫想法，"即使间有出轨之作，那是为了偶受着文酒之风的吹拂，终于也回复了她的故道了"[1]，这"出轨"和"回复"的起落变化正表明，外在的时代思潮和内在的旧式观念带来的，其实是痛苦和压抑。而且，就个体受到压抑的生命体验这一点而言，我们甚至无法清楚地分辨、区别出时代新风和原有规定作用于历

---

[1] 鲁迅：《〈中国新文学大系〉小说二集序》，《鲁迅全集》第6卷，人民文学出版社1998年版，第250页。

史转折期的"女儿"时本来（或是预设、想象中的）应有的区别。

此外，还有《花之寺》《吃茶》《绮霞》《春天》《无聊》《李先生》《小刘》《转变》等，表现的同样是新旧时代给予个体的双重压抑：芳影（《吃茶》）"芳菲时候"在旧式经验下对爱的真情期望只是因为有了"外国最平常的规矩"的比照，才成为可笑的幻影；绮霞选择从事"造福于社会"的音乐事业却以失去家庭幸福为代价，只能以琴声传达凄惘的琴心和孤居的寂寞；《花之寺》《春天》各以家庭中出现的婚外恋情倾向为"本事"，前者是丈夫，后者是妻子，但最终却总是以女性的迎合、牺牲和压抑解决了家庭可能出现的问题；李志清（《李先生》）自强自立的生活形态建立在不断错过和无视自己正常情感需求的基础上；《小刘》和《转变》中的主人公也均是在"新"过之后无奈或是无意识地回复旧道。

这里我们发现，在爱情的、家庭的、社会的诸多维度上，不仅是旧有（式）的思想观念先在地规定、束缚着"女儿"们的情感和意志，即或是时代的新观念，它们施予这些女性的也未必是希望和追求，经由新旧思潮的交锋，反而可能是幻灭、屈辱和痛苦。凌叔华的小说在传达这样的信息：似乎很难说，顺应"新"形势的结果一定就是幸福；也未必，"旧"的意识形态就会在新观念到来时必然且当然地土崩瓦解、发生断裂。

应该指出的是，在五四时代，这样的信息及其反映出的对于时代的思索和困惑，是值得特别肯定的：当时的历史要求，是要用民主、自由等现代观念去冲溃封建意识，这也应是现代观念能够得以推广普及的前提；可问题是，这些观念作为一种文化指向，有其理想化的一面，在短期的、现实的文化运作过程中真正得到实现，却并不容易。事实是，无论是观念的普及还是改变，都只能是长期、缓慢的过程。这是当时的知识分子面临的复杂的历史语境。但是，历史要求和历史语境所带来的张力，却很容易让身处其中的历史个体形成一种非此即彼的、二元对立的思维模式，即，人们往往会以一种理想化的同时也是简单化的态度认为，提倡新观念者，是顺应了时代和历史的要求，而留恋或还来不及适应新思潮者，是落伍者甚至是反时代而动者。其时一些小说流露出的决绝、对立的情绪（不管是热情还是颓废），亦可从中找出缘由。历史文化变更的缓慢性和复杂性所造成的处于这两极之间的一个基本的历史实际——新与旧、进步与落后、中与西，在中国近现代的经济、政治和文化等各个层面上，其实是长期并存且发生互动的——却常会被人们所忽略甚至是否认。这种并存和互动所构成的转折蜕变过程，以及在这个过程中存在着的矛盾和非逻辑，作为一种基本的、同时也是错综复杂的历史事实，应该被认识、探讨和思考。

凌叔华的小说，就通过反映"女儿"的心绪，写出了其间还有着的，牵涉新旧两端的复杂艰难的转折期和转折过程，以此考察、折射历史变更时期的全部复杂性。——作为时代和世界的组成部分，中国女性的命运和中国历史的命运以一种特殊的、无法摆脱的方式连接和纠缠在一起，甚至历史的任何一次转折所带来的冲击，都会在女性身上有更为充分的反映。因为相对于男性，她们所受的旧式规定更多，新旧思潮夹击的应激反应，也就会更典型、更剧烈。即便在表面上会不动声色，然而这不动声色中，亦凝结了历史的复杂内容。反之，在这剪不断理还乱的关系中，"她们"的命运也会折射出历史的部分真相。凌叔华捕捉和再现的，就是历史多向的冲击和个体更多向的对的"意识到的历史内容"回应。由之传达她对历史的思考，上述"信息"，就是她思考的结果。

凌叔华的小说在反映新旧观念交织后产生的复杂、矛盾的人生图景外，还思考着随之涌现的"新问题"。区别于受到线性进化论史观冲击，认定"新的便是好的"的许多同时代作家面对历史和未来乐观主义的狂热和冲动，凌叔华清明冷静地发现了时代神话的纰漏和裂缝，还又对旧事物保持高度的敏感和警戒。不仅观照处于这样复杂图景中女性反而更为艰难的历史存在，也由此质疑线性史观中所包含的因果逻辑。比如，一方面，"新"青年骏仁（《再见》）和采苕（《酒后》）的"新"中，旧思想就如幽灵般徘徊不去；但另一方面，"新"思潮也让旧式闺秀们活得更不自主、更受压抑。前一方面的问题当时的其他作家也有涉及，更重要的意义在于后一方面：如何处理好时代的快速发展和不能与之相适应的那部分社会群体之间的矛盾。只有去关注这一矛盾，才意味着有可能让一个社会中的所有个体，均能在现代化的历史进程中看到希望、找到出路。并且在最终解决上述矛盾。因为显然，"新"青年和"旧"闺秀拥有着同样平等的、过好日子的权利。不是说，这些旧式闺秀就不配去过好日子。在这个意义上，这些闺秀们对于新时代不能适应的情况和境遇，甚至和十七年文学中的梁三老汉、"中间人物"们有几分相似之处：均有因袭的重担，亦都在一个新的时代面前彷徨矛盾。是否可以这么说，很可能在每一个转折的年代，都会有这么一部分不适应新时代的、暗暗受苦的人们？若是如此，凌叔华对这些旧式闺秀的关注就具有普遍性。即便并无普遍性，退一步说，从当时盛行的人道主义的角度观之，这一社会群体的苦楚和诉求，也应该得到足够的重视。

　　另外，尽管凌叔华掀开的，五四（抑或是现代？）神话问题重重的这一面肯定是我们不想见到的那一面，但它也是一种历史存在，并是具有影响（也实际影响着）生命生存的力量。如果因为某种情绪的、功利的思想——即使这种考虑适应甚至是迫于历史的现实要求——我们就或是对之视而不见，或是有意淡化，都无法理性、全面地看待历史。因此，比之五四时期（其实不止五四时期）人们对于"新与旧"简单的线性判断和与之对应的简单的"进步"和"退步"的历史价值判断及其背后非此即彼、二元对立的思维模式，凌叔华小说呈现的有些晦暗发黄的"史实"和较之其他作家并不明朗单纯的"史观"，应该说也是符合生活真实和历史真实的：现代社会应该是由各种同时并存的复杂事物（或同一事物的不同层面）取得了平衡的，头绪复杂、充满相对性的社会。这样，凌叔华小说的出现，不仅反映了生活和历史本身发展的逻辑，也标识出现代知识分子认识发展的逻辑：对矛盾并行的多种价值观念、社会现象存在以及这些价值观念之间的相互作用和影响的承认。这种承认以及对"主流"意识形态之外其他倾向的兼顾本身，又是认识能力、思考能力处于人类认识的更高层面、更高阶段的反映。

　　凌叔华特殊的出身让她目睹了侯门内太多的繁华和阑珊，因此她的小说如《绣枕》《"我哪件事对不起他?"》《一件喜事》《有福气的人》《中秋晚》《八月节》《旅途》《茶会以后》《小英》等亦多刻写"高门巨族的精魂"①。这时,不仅是新旧时代的重压,封建大家族内特殊的生活和生存逻辑也同样挤压着这些女性的生存。《绣枕》和《茶会以后》里的主人公均待字闺中,她们的现实是只能凭女红妇德换取自己的将来,"绣枕"的被污弃和阿英"种种不成形的顾虑和惧怕",暗示出她们未来无望的压抑人生;《一件喜事》《小英》告诉我们,时代虽已前进,但新人笑旧人哭的女性历史命运依然还在上演;《"我哪件事对不起他?"》《中秋晚》《八月节》《旅途》更是在大家族日常的生活琐事中凸显女性被规定、压抑甚至是扼杀的生存悲哀。

无论是表现新旧时代压力下生命生存状态,还是对于高门巨族人生命运的书写,我们看到,"作为一个敏锐的观察者,观察在一个过渡时期中中国妇女的挫折与悲剧遭遇,她却是不亚于任何作家的"②。对于"新"与"旧"的线性史观的拷问,最终也是要去关怀历史变更下的生命存在方式:不管凌叔华的小说主人公是新时代、新思想启蒙下的新式知识分子,或是背对、无视时代因而也就谈不上时代冲击的中产阶级庸俗妇女(《太太》《送车》),还是恪守旧时代、旧制度的大家闺秀;也不管她是女儿、姨太太、太太还是老太太,她们在这个历史转折期中有着不同的悲喜故事,但将所有这些繁华中总带落寞的女性生活片断抽绎概括后,我们会吃惊地发现,她们承载和表现着相同、相似或可能会相同的人生命运或生命形态,她们的故事完成着"被压抑的情思"这样的主题:这些"中国妇女"的欲望、理智、情感和人生追求都处于被压抑的状态——无论是在事业还是在家庭上,她们都无法完全实现自己,不管其自身是否意识到,可作者让我们看到了,这些女性不断地容忍、适应或努力迎合时代变迁和家族规矩的(男性的喜好其实可以看作是时代和历史的遗留物)种种要求的、有

---

① 鲁迅:《〈中国新文学大系〉小说二集序》,《鲁迅全集》第6卷,人民文学出版社1998年版,第250页。

② 夏至清:《中国现代小说史》,(香港)友联出版社有限公司1982年版,第71页。

时看似主动的过程（比如燕倩将丈夫约到"花之寺"、李志清的独立工作），是以被动和不得已而为之为前提的，即使经过这些以不断压抑自己为代价的努力，最终也未必能拗过中国女性一直以来的历史命运。而那些还未面对事业和家庭，就已在新时代面前暗暗受苦的旧式闺秀们所感到的"空虚冷涩的味儿"，面对的"黑沉沉的冷萧萧的庭院"，她们的处境一如未开就败的花，"黯淡的灯光下淡红的都是惨白，嫣红的就成灰红，情境很是落寞"。

凌叔华还发现，即或是那些看似强硬嚣张、似乎能以背对姿态抵挡住时代冲击的太太们，比如《送车》《无聊》中的周太太、白太太，虽则有无可挑剔的道德规范（如明媒正娶）作为依恃，对佣人也颐指气使，有时甚至能以神经质的闹剧对待丈夫的不是（《中秋晚》），但她们在家中的实际地位却是低而又低，其无事生非的行为举止和飞短流长的喧嚣——譬如，太太们强调的丈夫不是自己挑的，却"光明正大"；即便和丈夫"情份不好，孩子也有好几个了"（《送车》）等等——正是一个表征，暴露出深藏于自己内心深处的正当情欲和正当要求被忽略的事实，也是对自己压抑性生存处境自欺欺人的掩饰。就像《女人》中的主人公，虽从知书达理的余玛丽处夺回了自己的丈夫（《花之寺》中的燕倩面临的是同样的困境，尽管诗人丈夫幽泉还并无特定的婚外恋对象），但这胜利却是表面、虚幻和可疑的：精明地发现丈夫的出轨，消极地迁就丈夫的弱点，运用手腕管住或夺回丈夫，直至最后精于此道，以图维持住原来的生活，这成了或者说象征着更广泛意义上的"女人"生活的全部内容和理由，唯独没有了自己。而生活和时代一直都在改变，这种改变，无时无刻不威胁着这些"女人"维持旧式生活的幻梦，不断给她们以新的压力。透过表面的浮嚣剥离出太太们压抑生存的真实，这是凌叔华理解其生存处境的深刻和深挚处。

因此，概括地说，在欲说还休的故事和平淡轻灵的笔触背后，凌叔华的小说剥露和关怀的是在新与旧的转折年代，女性生存内在与外在的尴尬、困境和悲剧。另外，抒发其被压抑的情思，不仅是许多小说的主题，同时还作为一种深层语法，决定着小说叙事层面的格局和结构。

　　整体看来，内敛的、被压抑而不是如火山爆发般喷溅的情志和相应的曲折幽深的言说方式，显然可以与文人画的传统内容和表达技法形成对应。即，在对生命生存的压抑性意绪的书写上，凌叔华与文人画传统是异曲同工或可说是同构的。以倪云林为代表的文人画家总会将生不逢时、抑郁难遣的悲愤寄托在平远山林、邈远江湖。但出之于简淡幽逸、看似表面平静的背后，其实隐藏着巨大的惊恐、深刻的精神危机和种种悲剧性的体验，因而元代文人画中总是弥漫着萧疏的意绪，格局亦多是"小品"而缺少纵横壮阔的豪情。在凌叔华所有四十几部短篇小说中，取材也多是生活中的小事情、小感触，但在这些琐细的故事是在时代生活深广的社会历史视野中讲述的，这让凌叔华像文人画家一样，在小格局中有宏观清醒的眼光与气魄，能敏锐地把捉生命和人性压抑性存在的无言却无尽的悲哀。这种悲哀不具备宏壮激烈的性质，却因其内抑制性而显得绵长悲凉、挥之不去。这都暗合了文人画蕴藉写意的审美风度和艺术精神。

　　具体观之，凌叔华和倪瓒一样，都曾处在社会意识、文化意识和审美意识动荡分合的年代，正像倪瓒以枯树坡岸以及地老天荒式的沉默"写愁寄恨"①，凌叔华则是和她的京派同人取同一角度，从道德和文化的层面切入时代：在其最后创作的自传体长篇小说《古韵》中有一句话意味深长，"远处的汽车喇叭声预示着新的一天的来临：悲欢离合，幸福忧伤，平凡琐碎"②，这些平凡琐碎的日常生活中的悲欢离合、幸福忧伤，其实也是凌叔华对生命生存内容的理解，也是其小说人物生活构成的微缩，并且还又构成她小说的内容形态。而她也恰是通过对特定时期女性普通生活的细致发掘，体察处于新旧交替之际时代、家庭和封建制度的存留、折光和回响，表达她对这些"女儿"们的人性关怀与对社会、历史和人生的别样体悟，以及映现在这时代复杂现象背后包含着的内在矛盾与困境。由之较早地意识到历史

① 俞剑华：《中国绘画史》下册，商务印书馆1998年版，第2页。
② 凌叔华：《古韵》，傅光明译，中国华侨出版社1994年版，第47页。

复杂、混合的多元并存状态，并以时代理论主张，譬如"外国规矩"
（《吃茶》）、新式的交际方式（《茶会以后》）、"情分"作为婚姻要件
（《送车》）与反复轮回的生活事实的悖谬和对比（譬如旧式结婚、纳
妾争宠），揭示出在同一时期其他作家笔下多呈现前进着的线性历史
的另一面或几面。

这里，不管整体还是局部，古今艺术家的艺术运思、情感表达的
方式跨越时空发生了深层的契会，我们还能感受到他们内在的精神血
缘关系：在相似主题下脉动着的，相同的生命感受、心灵体验。只
是，就其所要传达的最高艺术精神而言，相对于文人画的通过面向山
水、涵咏自然去安顿心灵，最终凑泊于道家的出世缥缈，凌叔华当然
地更具现代性：对人的存在的关怀使她的艺术创造更为直接地落实于
现实人生，尽管比之 20 世纪二三十年代的作家热衷于再现或表现动
荡激烈的阶级矛盾和社会冲突，凌叔华的题材和写作姿态都略显超
然，但不容置疑的是，她用自己的方式，介入、反映和追问的也还是
中国的现实人生，即使它只是"世态的一角"[1]。

不能简单地因凌叔华多以女性题材为小说创作的中心，本身又是
女作家，就认定她是女性主义者。其实，就正像许多文人画家习惯也
擅长于用山水兰竹表意抒情，有时甚至形成了相对固定的表现内容
（如倪瓒的文人画就有人们熟知的"三段式"特点）一样，凌叔华只
是择取了最能表达她思索、体悟和感受的文学题材作为表现对象，表
达她对历史、时代和人的关系的把握。在她，这都是她最熟悉并曾有
过切身体验的，某些片断甚至就是她生命的组成部分。这同时也是凌
叔华自觉的理论追求——《我们怎样看中国画》中分析宋元画家多有
题材专长的特点时，她就指出，"我看专精一样，是中画家的特点，
也是艺术家应走的最正确途径了"[2] ——这种体认贯彻在她一直以来
的艺术实践中，无论是作画还是为文，她都"去在自己所见及的一个

---

① 鲁迅：《〈中国新文学大系〉小说二集序》，《鲁迅全集》第 6 卷，人民文学出版社
1998 年版，第 250 页。

② 凌叔华：《我们怎样看中国画》，《酒后》，东方出版社 2004 年版，第 125 页。

世界里，发现一切"①，明智地在自己熟悉、擅长的题材范围内精益
求精。她与现代文学史上其他女性作家的明显区别还在于情感表达方
式的不同。她异于庐隐、冯沅君撕心裂肺的挣扎和哭天抢地的感伤，
也不似丁玲对女性精神和肉体执着尖锐的追问，凌叔华的抒情显得更
为幽深、曲折，这是她刻意追求的，凌叔华式的处理方式是，"使习
见的事，习见的人，无时无地不发生纠纷，凝静地观察，平淡地写
去，显示人物'心灵的悲剧'或'心灵的战争'"②——这其实依然
可以看作是作为文人画创作主体的文人士大夫传统"清静无为"与
"厚重长者"③的余绪在文学和艺术上的反映，也回应了文人画含藏
隐蔚、曲径通幽的审美风度。而她揭示的，前进的时代文化和旧有的
强制规定对女性造成的压抑性生存的历史问题，不只是女性可能遭
逢，在更深广的层次上，它指涉着历史与个人的复杂关系，很可能是
整个人类都会面临的困境。因此，她的文字"力量是深蕴于内的，而
且调子是平静的……是一股潜行地底的温泉……所到之处，地面上草
渐青，树渐绿，鸟语花香，春光流转，万象都皆为之昭苏"④——凌
叔华的小说虽是温和，却绝不能说不深刻。

第二节　独特视角下的对话形态和文本
的空间化、共时性元素

　　"确定从何种视点叙述故事是小说家创作中最重要的抉择了，因
为它直接影响到读者对小说人物及其行为的反应，无论这反应是情感
方面的还是道德方面的。"⑤——叙事视点的选择，制约着故事的呈
现方式（故事如何被写出）和小说所能达到的视阈（故事层之外的

---

　　① 沈从文：《论中国现代创作小说》，《沈从文选集》第 5 卷，四川人民出版社 1983
年版，第 372 页。

　　② 同上。

　　③ 阎步克：《士大夫政治演生史稿》，北京大学出版社 2003 年版，第 269 页。

　　④ 苏雪林：《论凌叔华的〈花之寺〉与〈女人〉》，《新北辰》1936 年第 2 卷第 5 期。

　　⑤ ［英］戴维·洛奇：《小说的艺术》，王峻岩等译，作家出版社 1998 年版，第 28
页。

意义），并直接关系到叙事功能的生成，即作者要从哪个角度去告诉读者什么内容。凌叔华小说中的视角就具有极强的辐射力。她似乎更愿意在文本中将生活自身完整地呈现在读者面前，不作分析也绝少判断。同时，"'视点'应该变成决定性的手段，作家据此表达他的道德情感，而模式应该成为隐蔽的技巧，据此镜子的角度被调整到适合反映小说家所见到的现实"①——人物视角不仅是一种文学技巧，还是一种思维方式：作家在小说中采取何种观照姿态，不仅体现出其价值立场和情感态度，实际上也揭示出他自身的心灵与观念的结构和形态。而在凌叔华小说视角的变化中，亦包含有她独特的人生哲学和历史哲学。

中国传统绘画与西方透视写实画法最根本的区别在于，中国画家所看的不是一个透视的焦点，采用的也不是一个固定的立场，而是"采取了'以大观小'的看法，从全面节奏来决定各部分，组织各部分"②，这由中国人"天人合一"的哲学观念和他们对无穷空间的特异态度（如"天地为庐"）决定，因而往往带来画境的平面化，也使"诗中有画，画中有诗"成为可能，而其更重要的意义却是，解决了一个重要的矛盾——观照者既能超然物外，又可得其象中，即，"诗人对世界是抚爱的、关切的，虽然他的立场是超脱的、洒落的"③。

这同样也是凌叔华的言说方式，正像当时的评论者所言，"她是站在爱情之外讲爱情的"④。其实只是爱情，还并不能涵盖凌叔华小说的全部内容，应该说，她是站在世事之外看世事的——一如传统绘画散点透视的"流观"优势，这是一个极为精巧的角度，这种独特的立场和观照视角使她在结构和把握小说时，无论是在情绪层面还是在技术层面都能进退裕如、游刃有余。因此，虽然她的很多短篇小说都是第三人称叙事，但这个叙事者却并非传统小说中全知全能的叙事

---

① ［美］I. P. 瓦特：《小说的兴起》，三联书店 1992 年版，第 128 页。

② 宗白华：《中国诗画中所表现的空间意识》，《艺境》，北京大学出版社 1997 年版，第 215、228 页。

③ 同上。

④ 施瑛等编《小引》，《中国新文学丛刊·小说（四）》，上海启明书店 1936 年版。

者，而是呈现第三人称限制叙事的状态：作者将自己的判断隐藏起来，站在一种相对性的立场上，借助小说人物的眼光和视线体察、呈现世情和人生。这样，在叙事表层上，作者和小说人物保持了适当的距离，每个人物都从有限的、一定的角度叙述了故事（或故事的局部），但叙事效果是，作者和读者又可以分别从不同的角度了解、观察了人物的叙述活动。这样，虽然凌叔华的小说多发生在狭小逼仄的天地中，譬如常见的是闺房或客厅，却因为这种叙事视点的采用而有可能带来理性的和相对性的审视眼光，造成强烈的对比或并置的叙事效果，最终生成多角度、多元价值判断的叙事局面，使其小说并不显得局促单薄。

这一视角的采用本身，蕴含着的却是现代的文化成分和思想意义：它显示出不同于全知全能叙事的、对于真实性的更多方位的理智探求（当然，这并不意味着其美学价值必然一定高于全知全能叙事）；也是对经验的有限性和相对性的承认；还契合了复杂多变的社会生活和历史面貌；并且必然要求读者在接受时，调动自身的思索活动，由之综合、分析进而超越小说人物的看法从而得出自己的结论，这无疑是对读者心智结构的尊重。

凌叔华一系列以儿童视角呈现成人世界生存规则和善恶悲喜的小说，如《搬家》《凤凰》《千代子》《异国》《小英》《一件喜事》《八月节》等，就构成两种或多种价值体系和衡量标准的潜在对比和显在错位。她往往借助这种由于"流观"所带来的全方位、并置性的对比结构，以孩童稚气、单纯的目光反衬世俗规则对人性本来的遮蔽、扭曲甚至是戕害。极有意味的是《搬家》。四婆、妈、阿乙姐构成三个并列的价值层面的对比：因为"四婆喜欢枝儿正如枝儿依恋她一样"，为了表达爱意和回报枝儿，四婆按照成人世界礼尚往来的规矩杀了枝儿送给她的大花鸡为枝儿一家送行，枝儿妈妈是能够领会这份好意的，阿乙姐则作了极为世俗的算计性解释："那盘鸡还不是咱们家送去的。"但这一切人情世故其实正悖逆和辜负了枝儿作为一个孩子最单纯也是最本真的表达友爱、呵护生命的意愿。小说结尾，枝儿的委屈和发脾气也让我们不禁黯然，四婆、妈、阿乙姐这三个占据了老、中、青年龄段的想法，是否也将是枝儿未来不可逃脱的观念？

此外，《绣枕》也正是靠作者对由大小姐、张妈和小妞儿构成的散点及多个立场的叙事局面的描写和呈现，展示出大小姐婚嫁命运的不同侧面，由此连缀情节、完成故事。而在其意义最终生成时，读者被要求从全局出发，在综合文本的不同侧面后做出自己的比较和判断。因此，人物虽然只是一两个，我们却能感到包围这些人物的生活的完整性。

更突出地具有多元价值并置特征的是《一个故事》。不知何故，这篇小说长期没有得到应有的重视，本章认为，它正是相当典型也较为大型地体现了绘画散点透视法对凌叔华的深远影响和凌叔华在叙事视点选择上的刻意与精心。小说的故事层面并不复杂，是并列横向铺开的、关于一场师生恋事件的几个版本。有意味的是故事开始前的一段作者自白，它从绘画和文学创作的技巧层面入手，最终指涉小说更深层的意义："我看每一事件都可以由多方面看去，像绘画的人，绘一个花瓶，因各方光影的变化不同，绘出来便不得一样，虽然花瓶就只那一个。绘画人的技术还是第二个问题"，"以下是一个两年前发生的故事，可是几个人告诉我的几个样儿"，① 这用现代叙事学理论"翻译"是："对同一事物的两种不同的视角便产生两个不同的事实。事物的各个方面都由使之呈现于我们面前的视角所决定。"② 这表明，凌叔华对视点选择对于小说展开、意义生成的重要性有自觉的理性认识，她显然意识到，视角的局限决定了叙事者只能在某个时间里从某个方位、某个角度来观照事件，不同视点、不同立场观照下同一客体可能显示出意义的不同，这样，因为视界、事件以及世界本身都可能是多侧面、多层次的，也才会出现"几个人""几个样儿"的叙事局面。因之，她认为"看"的角度和"方面"是第一位的，绘画人的技术还在其次。小说主体部分对"几个人告诉我的几个样儿"的呈示，正是对上述心得生动形象的表达。很显然，凌叔华择取了一个在

---

① 凌叔华：《一个故事》，《太太·绣枕》，中国现代文学馆编，华夏出版社 2003 年版，第 273 页。

② 王泰来：《叙事美学》，重庆出版社 1987 年版，第 27 页。

20 世纪二三十年代中国会极为敏感、必然招致各种揣测的事件，也因此，在小说里，每个人对这"一个故事"的讲述都受到某种客观或主观条件的限制，并隐含着相应的价值判断，最终，含有不同价值判断的、对同一个事件的讲述就出现了大相径庭的情形。故而小说最终也没有说出个所以然来，反倒因为视角的变换呈现出极具现代主义小说特征的非确定性、未完成性的开放式的结尾。这就揭示出故事之外小说的意义层面，我们也就不难理解凌叔华刻意回避自己主观声音而采取第三人称限制叙事的原因：这里，并不是作者放逐了价值判断，而是超越了一元、狭隘和直线式的价值判断。这同时也说明，凌叔华深刻感悟到世事人情和生活本身的复杂性、多元性、错位性，甚至是荒谬性——有了这个内在的根本原因，绘画技法才得以与凌叔华产生"神会"并自然而然地进入凌叔华的文学创造，且让这种独特的视角操作本身，都蕴含着哲学的意味。

京派作家都是温和而又悲悯的，尽管表达方式各有不同，但就其整体叙事而言，在看似超脱世事（狭义的社会现实）的背后却是对世事（广义的人生社会）和生命的深情和执着。凌叔华对女性命运或曰人类生存的洞见和关爱，就是经由既能超然物外又可得其象中的散点透视法表达出来的。并且借助于这一点，凌叔华达到了王国维要求的，作家应该具备的理想修养："诗人对宇宙人生，须入乎其内，又须出乎其外。入乎其内，故能写之。出乎其外，故能观之。入乎其内，故有生气。出乎其外，故有高致"①，从而表达出她对女性命运或曰人类生存的洞见和关爱；小说的妙处和深刻处，也就在这出入之间：一方面，因为她站在当下立场、从内经验视角、以切身的体验和感受给予了同时代女性以同情的了解，才发现了中国女性的历史宿命。另一方面，之所以能够发现和洞见，是因为她还占据着另外一个必不可少的，现代性的、启蒙的"他者"立场，这个立场隐含着现代性的尺度和西方个性解放、自由民主的参照体系，就像小刘（《小刘》）、杨妈（《杨妈》）无法意识和丈量到自己生存、母爱的愚昧和

①　王国维：《人间词话》卷上，上海古籍出版社 2000 年版，第 15 页。

悲哀一样，这种"洞见"不仅需要自我的体验，还要借助于"他者"价值体系的双重目光、双重立场的观照。在这个意义上，凌叔华越是深入地了解、进入了"他者"的价值体系，反而越是真实地面对了中国女性自身的历史和命运。

此外，"散点透视"下内外视角的周流转化还使作者"知"的范围大于或优于人物的"自知"，这不仅在内容上容易造成反讽或嘲讽的艺术效果，更重要的是，还使小说在形式方面增添了某种反讽性质：尤其是当并列的多个人物的有限的"知"和价值判断暴露在读者面前时，它显示的不只是生活世界的全面性以及作者在总体上对人物价值体系不言自明的再判断，而且也让面对文本的读者在无形中站在了一个反讽的高度上，因为此时，反讽的意义甚至未必要靠叙事人讲述出来，它更是经由作品的形式构造层面的并置、对比来呈现的。凌叔华的小说文本也因而往往带着些讽刺。然而这种讽刺又是淡淡的——出之于一种感同身受的理解和并不点破的宽和，她并不刻意强化这种对比，这使其讽刺显得意蕴深长、耐人寻味。

价值并置的小说形态，自然会让我们联想到巴赫金在《陀思妥耶夫斯基诗学问题》中归纳出的，陀氏小说中的对话思维方式和复调特征。复调的基本含义是说，一部小说中"有着众多的各自独立而不相融合的声音和意识"①，这些"声音和意识"是平等的，并且都是有价值的，它们以一种对话或辩难的关系在小说中存在。当然，凌叔华小说中的复调特征并不那么纯粹和鲜明，可以说，她的小说只是初步具备了"对话性"，包含着某种对话体系，但我们却可借助巴赫金的"复调"概念，在对两者的异同比较当中，理解和把握凌叔华的小说在形式层面的主要特征。

这首先表现在，凌叔华也强调"声音"的彼此对话和参照，这种"对话"一方面应表现为普通的人物对话，由之揭示人物性格、推动故事发展；另一方面又表现为，从叙述形式上的人物对话中揭橥出

① ［苏联］巴赫金：《陀思妥耶夫斯基诗学问题》，《诗学与访谈》，白春仁、顾亚铃等译，河北教育出版社1998年版，第4页。

的、价值观意义上的对话关系，作家通过对这两个层面的描写，步步深入地凸显小说更深层的语义。比如，《吃茶》中芳影"觉到淑贞的哥哥处处都对她用心"和淑贞所言"男子服侍女子，是外国最平常的规矩"，就构成了不同的"声音和意识"的对话关系，并且小说的潜在或内在的话语关系，也是这两种关涉价值观的"意识"——旧式经验和现代规则——的比照。另外，他们都强调保持作者与小说中人物叙事的距离，强调理性眼光的审视，凌叔华小说叙事的这一特点，我们已在上文论述过。

而最重要的是，在哲学观念上，两者也有不谋而合。这又表现在两个方面：第一，两者都通过"对话"观察世界，巴赫金认为，"不同'语言'（不管是什么样的语言）之间是可能产生对话关系的（一种特殊的对话关系），也就是说它们可能被看作是观察世界的不同视角。"① 在凌叔华的小说中，"对话"背后的立场所反映出的，也是不同人物对世界不同侧面的理解，这也正是凌叔华强调的"我看每一件事都可以由多方面看去"：倪云林（《倪云林》）眼中美到"不能着色"的自然山水，在下人看来却比不上隔壁"侯府"里的人工风景；而倪云林和王叔明关于逛山、论画和处理俗务上的对话，也就进一步明晰出不同视角下对"世界"看法，即价值观、价值体系的不同。第二，对话性其实也揭示出，或者说就蕴含着差异性，而差异性存在的被允许则意味着对观念、意识的多样性的理解和尊重。这同时说明，单一的价值标准和权威式的立场（包括叙述）被打破。世界包括把握世界的真理是相对性的存在，这一应该说更为"现代"的哲学观念被引入诗学当中，凌叔华对前进着的历史更多侧面的理解和表现，已经昭示出一种方向和姿态，它本身就说明，许多更现代的诗学的、哲学的观念已经在凌叔华的思考当中。而从历史本身和读者的要求来看，二者希望被记录和呈现的理想的文本状态，也该是这种分解为不同社会意识的，代表特定身份、意识包括历史观念、现实体验的

① ［苏联］巴赫金：《长篇小说的话语》，载《小说理论》，白春仁、晓河译，河北教育出版社1998年版，第73页。

语言和对话。

应该客观指出的是，凌叔华的小说只是具有"对话性"，并不具备巴赫金所谓严格意义上的"对话"、"复调"特征：她的小说文本没有形成"大型"对话下的多声部话语世界，并且这种"对话"也更多地停留在两（多）个人物在小说中的对话描写的层面上，极少陀氏小说中习见的抽象说理的文句，真正能够构成诗学意义形态的、潜在（或内在）话语关系的作品并不多。而巴赫金更强调的，"恰恰是话语这种内在的对话性，这种不形之于外在对话结构、不从话语称述自己对象中分解为独立行为的对话性，才具有巨大的构筑风格的力量"①。这个高度，也是凌叔华的小说所难以企及的。但是，尽管凌叔华小说具体的诗学表现和巴赫金的理想诗学状态广度不同、深度有别，二者共有的"对话性"却能引导我们发现中西诗人在哲学和诗学观念上的某种不谋而合，这是最可宝贵的。当然，应该强调的是，这种偶合只是一种殊途同归，他们各各渊源有自：从根底上看，凌叔华小说中"对话性"效果的取得，更多来自于"以大观小"的艺术观照方式、出自于"每一事件都可以由多方面看去"的绘画心得。

巴赫金由对复调特征的概括入手，进而指出陀思妥耶夫斯基艺术上的重大创新在于其小说创作中共时艺术的运用，即陀氏艺术思维的主要特征在于，他把一切事物置于同一层面、同一时间，并让它们在同一时间、平面上相聚，发生矛盾，进行对话，形成极为紧张的艺术氛围。② 由此可以发现，"共时性"对"对话"的形成不可或缺。这种艺术运思方式落实在诗学层面时较为常用的手段，是将小说创作中习见的历时展开方式转换成共时的艺术，而共时铺陈无疑又是绘画艺术的主要特征。而凌叔华常将本应顺时展开的故事转化为共时的、空间的艺术画面，业已引起许多研究者注意。1931 年，沈从文认为她

---

① ［苏联］巴赫金：《长篇小说的话语》，载《小说理论》，白春仁、晓河译，河北教育出版社 1998 年版，第 58 页。

② 钱中文：《交往对话主义的文学理论》，《文学理论：走向交往对话的时代》，北京大学出版社 1999 年版，第 158 页。

的小说多是"描画"、"描写"而不是"分析"①，指出的正是凌叔华的小说在形式包括意义层面的共时性特征。而且，正像卢卡契区别"叙述"和"描写"时所言，"描写"像"静物画"，是把"时间的现场性"偷换成"空间的现场性"，②同样，在凌叔华笔下就少有持续展开故事时小说会特有的紧张和冲突，而更多呈现片断性、横截面式的对比，并由此构成小说结构和意义上的内在张力。《绣枕》、《小刘》等实际都可看作是由小妞儿、"我"穿起的两幅现场性的画面，时光的流转都是通过"我"和小妞儿在当下的现场叙述和场景式的回忆实现，而不是叙事的不断向前。

正像绘画作为造型艺术捕捉和展示的是事物最具代表性的一面，凌叔华也善于截取人物瞬间的心理活动，但她又能通过对这些典型性的生命瞬间的两相对比或多项并置深掘其历史的来龙去脉，带来时间上的纵深和隐喻上的深度，即，她的对比或并置多从历史发展的大处着眼，有某种广阔的社会视野为参照，看似当下"空间"发生的矛盾往往是以时间之流作为背景的，她让两者互相发明、互相借鉴，这就激发出共时艺术极大的表现力，同时亦不失传统小说常见的连续性，还更能凸显事物的本质。譬如，《酒后》里采苕在极短时间、空间内的冲动和挣扎，就既代表着冲破这重负的努力，但也毫无疑问地隐现着几千年的重负。

另外，横向展开的叙事手法突破了线性因果关系，并可能带来更多的意义层面。也因此，凌叔华的小说能在同一文本中形成多元复合的戏剧性张力。像《一个故事》的主体是并列、对位展开的几个人对同一事件杂然纷呈的评价，"教音乐的女朋友"、"爱讲话的中年人"、"新时代的女子"、"西洋留过学的好学者"，他们各自不同的讲述不止形成了较浅层面的、对同一事实真实性的考证和辩难；还在更深层上反映出历史（包括经历、教育等诸多因素）建构人的思想观念时的巨大力量与人对历史事实"加油加醋的讲下去"（也是一种建

---

① 沈从文：《论中国现代创作小说》，《沈从文选集》第 5 卷，四川人民出版社 1983 年版，第 373 页。

② 胡经之编：《西方文艺理论名著教程》，北京大学出版社 1995 年版，第 411 页。

构）这两者之间的互相纠缠、互相影响。此外，《倪云林》《搬家》《弟弟》《一件小事》《小刘》《疯了的诗人》，也都或明或暗地并置着两种或多种价值观念。这样我们发现，在五四的短篇小说中，凌叔华的"对话"是最多的，这不仅是指在形式层面即实际故事开展时有人物"对话"，并且也包括她的一些小说中初步形成的价值层面的对话。

凌叔华将绘画艺术共时的、空间的特性引入小说创作，不仅是让两者互通有无、相得益彰，这其实也标识着凌叔华艺术思维的多向性和宽容性。尤为可贵的，是她在价值判断和历史认知上的多元和宽容，这是她比同一时代其他作家深刻的地方，这种深刻也许并不表现为认识价值，而在于看问题的角度和方式本身，具有深刻的意义。它使凌叔华以一种超脱、宁静的姿态"以大观小"地观照艺术和人生，没有出现陀氏小说中众声喧哗的嘈杂和尖锐，却具传统诗教特有的和谐、恬淡的艺术风貌。

第三节　逸品之貌

传统画论将中国画分为能、妙、神、逸等不同的品格，黄休复《益州名画录》将"逸格"列于"神格"之上，奠定了它在绘画、书法艺术品格上的独尊地位，因而一直以来，"逸格或平淡天真之美，始终成为中国绘画中最高的向往"[1]。传统的文人画更是历来以"逸格"为最高的艺术境界和审美理想，倪瓒的画就是自古公认的"逸品"[2]。虽然自魏晋以来，尚"逸"就是一种社会风气和人生形态，但如何把握绘画艺术中的"逸"，却是众说纷纭。一般而言，作为一种艺术风格的"逸"，大致可由以下几个方面范围："鄙精研于彩绘"，超越了一般彩绘归于淡彩和水墨的"淡"；"笔简形俱，得之自

---

① 徐复观：《中国艺术精神》，华东师范大学出版社 2001 年版，第 81 页。
② 俞剑华：《中国绘画史》，下册，商务印书馆 1998 年版，第 18 页。

然”的“简”以及超脱流俗的从容淡雅。① 凌叔华的小说作风与她的画一样，“继承元明诸大家”，“在向往古典的规模法度之中，流露她所特有的清逸风怀和细致的敏感”，② 可谓小说当中的“逸品”。

“逸者必‘简’，而简也必是某程度的逸”③。在绘画中，简的表达常常是通过形制、笔墨实现的。追求简约的中国画就讲究删繁就简、择其要者后，以素朴空疏和高度抽象的形式构成最大化地抒情表意。虽笔墨寥寥却能以少胜多、寄寓深邃。倪瓒的画就典型地体现了似疏淡实远引的艺术效果。这一艺术追求揭示出中国艺术精神中的一条重要的规律：择取最少的凭借，最有效地传情达意，这样非但无损于意境情志的抒发，反而使其更集中、更突出了。因此，逸品画抒发的多是超逸天真之气，缺乏吐纳风云的气概而多近于“小品”——这同样亦是凌叔华小说的艺术特色：凌叔华几乎所有出色的小说也都是短篇，结构并不繁复曲折，场景事件也相当集中，角色精少，多是两到三个，人物关系也简单明了。其删繁就简的艺术手法有可能拂去或避免其他干扰因素，以便更集中、更深邃地表达出作者所关注的、爱情或婚姻生活中某一方面的复杂性和多层次性。比如《酒后》在众多可写的酒后之事中只关注了女主人公心湖上的一丝涟漪，但这涟漪却连接着过去和现在；而《搬家》的题目下也只撷取了处置一只母鸡的小事，但由之牵引出的对于人生世事的慨叹却余音绕梁、令人憬悟。《绣枕》《茶会以后》《女人》亦都手法轻妙，见微知著中，不失飘逸淡远。

“简”的极致表现，莫过于传统绘画美学中常见的计白当黑、“无画处皆成妙处”的空白。在刻写人物心理变化的时候，这尤其多为凌叔华采用。几乎同一时期其他现代心理小说所追求的，《沉沦》

---

① 参见黄休复《益州名画录·目录》、《世说新语·〈言语〉、〈栖逸〉》；舒士俊《水墨的诗情——从传统文人画到现代水墨画》；徐复观《中国艺术精神》。

② 朱光潜：《论自然画与人物画——凌叔华作〈小哥俩〉序》，《朱光潜全集》第9卷，安徽教育出版社1993年版，第212页。

③ 徐复观：《中国艺术精神》，华东师范大学出版社2001年版，第193页。

似的"赤裸裸地把我的心境写出来"①，即展示内心活动时较常使用的大段的内心独白和意识流程描述的手法，在其小说中反而极为鲜见。《有福气的人》中，章老太得知儿孙孝敬的真相时的失望与痛苦是通过她"走路比来时不同，刘妈扶着，觉得有些费劲"表示的；作为当时心理小说名篇的《绣枕》，大小姐的落寞与凄凉也凝结在她"摇了摇头"中。这时，无言不为的空白拓展和延伸了情节，平静之中却有怨笛声声。此外，《倪云林》《绮霞》《中秋晚》《茶会以后》《再见》等，又都是用人物言谈的语调、自然景物的情态作为表达心理波动的工具，充盈或暗示余下的空白，呈现出"物皆着我"却又尺幅千里、韵味无穷的意境。

在中国古代，笔墨功夫不仅作为技巧问题被画家反复揣摩；它还关联着画家的人品和学问，指向深沉的人文精神。文人画对于这一点尤其强调。因此，尚简风格不仅要惜墨如金，还要有效施展笔墨本身既可塑造形象，又具独立审美价值的艺术功能。凌叔华的文字就是如此，她与同一时期许多作家欧化、冗长、有时甚至相当生涩的白话文大异其趣。她的句子比喻和议论不多，不铺张，不绮丽，平白如话，"平常"甚至"平凡到没有一点'才女'气息"②。从凌叔华之后的一个较长的历史时段看（比如20世纪30年代就出现了"文艺大众化"和"大众语文学"要求），这种通俗易懂又熨帖生动的语言运用方式，超前地顺应了白话文更加大众化、口语化的趋势。

平实、质朴的本色语言，其实还关联着凌叔华小说的另一个重要特色：淡。当然，"做诗无古今，唯造平淡难"③，即使看来"不求神似"、简淡天真的元代文人画，实在也是来自于注重精描细琢的宋画的深厚基础。而就创作主体来说，创作态度的认真不苟、笔墨线条的周密精巧和顺应自然的放松心态以及长期以来的修身养性，是其不可

---

① 郁达夫：《写完了〈蔦萝集〉的最后一篇》，《郁达夫文集》第7卷，花城出版社1983年版，第155、156页。

② 赵园：《五四小说家简论》，《论小说十家》，浙江文艺出版社1987年版，第386页。

③ 梅圣俞：《梅尧臣集编年校注》下册，上海古籍出版社1980年版，第845页。

或缺的前提。同样，凌叔华看似没有"才女"气息的文字，反而是真正有厚重学养的才女的文字，它由缜密和谨慎而来，基于细致的观察与体验，善于抓住和强化那些最能表意的很细微的特征，比如，仅由大小姐（《绣枕》）"拆了又绣，足足三次"就写出她期待幸福的良苦用心；采苕（《酒后》）"脸上热退了，心内亦猛然停止了强密的跳"不仅是她动作变化的铺垫、也对比出心理变化的落差和强度；而"母亲（指做了母亲的小刘）怔怔望了一下，叹道"（《小刘》），则完全写出了婚后的小刘的木讷甚至颓废。这些字句平淡无奇，却是整体意义表达最重要的部分，看似随意天然，但只有通观全文，才能发现其笔不妄下、不沾不滞和高度严谨的妙处。这样对文字的用心执着，甚至进入了苏东坡所谓的"大凡为文，当使气象峥嵘，五色绚烂；渐老渐熟，乃造平淡"①的艺术境界。凌叔华对文字本身的审美意义和它们在"写意"时的作用的看重，很类似于文人画家之于笔墨线条的强调，在 20 世纪 20 年代后期的文学语境中更是难能可贵。

此外，凌叔华常喜在小说中描摹景物，除塑造人物心理和营造意境之外，即使将这些景物描写单独摘出，它们本身也具有自足性，比如《中秋晚》中的月亮，《倪云林》中的秋天景致，春日花之寺的幽绝，均可视为淡雅的文人画小景。

耐心体味凌叔华的小说，总会给人一种感觉，就像古代书画家创作之前一定要经过一个研磨静思的固定过程，以求胸有成竹、宁静致远一样，她的小说似乎也是气定神闲后的创作。她能"从稍稍近于朴素的文字里，保持到静谧，毫不夸张地使角色出场，使故事从容地走到所要走到的高点去。每个故事，在组织方面，皆有缜密的注意，每一篇作品，皆在合理情形中'发展'与'结束'"②——作家按照短篇小说的体裁要求进行艺术加工，对情节进度和故事组织都有严格的控制，这样精细、全面的谋划、布局和构思，与画家在特定的尺幅上挥毫泼墨写意的艺术感觉和艺术思维，明显是相通的。因此，正如唐

① 载苏东坡：《中国美学史资料选编》下册，中华书局 1982 年版，第 34 页。
② 沈从文：《论中国现代创作小说》，《沈从文选集》第 5 卷，四川人民出版社 1983 年版，第 373 页。

戣先生指出的，凌叔华的作品是"以素淡笔墨，写平凡故事，如云林山水，落笔不多，而意境自远"①。

与此同时，文字"从容"、"不放宕"也就少夸张，构思求幽邃敛约也就少浮艳浓丽，组织多缜密谨慎也就"略显呆滞"②，刻意于"小说艺术"，"谁说这不是由于她的小说在其他方面的局限呢？"③——这是一个问题的两个方面，也是中国画艺术或曰一切艺术创造必然可能蕴涵的先天性的局限和潜在的矛盾。对于文人画来说，这个问题的另一面是，"既然能在思维领悟境界上超越恒常，故逸气必然呈现为静定之气"④，凌叔华对当时文学潮流中夸张浮艳充满浪漫主义气息的文字风格的放弃与她的题材择取，个人气质、修养相关，但更重要的恐怕是，即使明知会有上述局限，她也还是会刻意为之。故而我们在阅读凌叔华的小说时总有从容淡定的阅读感受，这除了因为凌叔华观照世界的特殊视角，她与文人画艺术在内在精神和笔墨技法上的参会贯通，也有绝大的关系。

认定凌叔华"逸"的小说风格，还有另外一重原因。从《论语·微子章》、《史记·伯夷列传》、《后汉书·逸民传》以及《世说新语·栖逸》等典籍提出、标举的"逸民"的生活形态和思想境界来看，"逸"在原初有逃逸或逸出当时社会秩序和风俗时尚的意味。一代有一代之艺术风神，凌叔华清逸从容的艺术风格，显然也逸出了时代的文学主潮。从另一个角度看则是，凌叔华的文学风格，显然不是激昂豪迈的五四，也不是风云激荡的20世纪30年代所需要的。那样一个迎新求变、狂飙突进的年代，即使是《学衡》派并不仅仅强调要"昌明国粹"，只不过是将"昌明国粹"置于"融化新知"之前，都遭到了猛烈的斥责和批判——学界尚且如此，一般读者更不会

---

① 唐弢：《花之寺》，《晦庵书话》，三联书店1980年版，第188页。

② 沈从文：《论中国现代创作小说》，《沈从文选集》第5卷，四川人民出版社1983年版，第374页。

③ 赵园：《五四小说家简论》，《论小说十家》，浙江文艺出版社1987年版，第386页。

④ 李德仁：《倪瓒逸气说及其渊源与美学意蕴》，《道与书画》，人民美术出版社1994年版，第239页。

驻足这"一角"的天空，细细品味其中幽深曲折的文心文意了。难怪徐志摩 1928 年时以诗人的敏感和知音的会心极力向读者推荐，"《花之寺》是一部成品有格的小说，不是虚伪情感的泛滥，也不是草率尝试的作品，它有权利要求我们悉心的体会"，"散发着七弦琴的余韵"①——这指出的，正是凌叔华平和节制、精细幽深的小说风格。但事实上，无论现在还是过去，总是知音难求，尽管凌叔华的作品并"不为狭义的'时代'产生"，却由于她"忽略了世俗对女子作品所要求的标准，忽略了社会的趣味"，②而被"时代"、社会包括她淡淡讽刺的世俗所忽略。也许无所谓是早于时代还是落后于时代，评价凌叔华对于时代的游离和逸出，要看研究者怎样去定义"时代"——它是社会学意义上的，还是文学审美意义上的，抑或是文化意义上的？

第四节　现代意识与"出位之思"

经由上述几个层面的分析，我们可以认定，凌叔华在绘画艺术方面的文化积淀，已经构成一个强有力的"文化主体"，在不同层面和不同程度上支配、制约和影响着她的文学创作。对凌叔华与中国文人画关系的梳理，最终目的也就在于说明凌叔华文学创作的独创性以及其中包含着的得失成败，还有作者如何运用传统的思想资源和文化积淀，在文本当中获得和表现这种独创性。同时，当我们将其创作放在更广阔的历史时空来看时，还将会获得更多饶有意味的发现。

在五四一代，乃至之后 20 世纪 30 年代的作家中，凌叔华都是能够较早地以多元的态度看待历史、反思传统的。尽管她看到的，也只是历史真相的一个极微小的侧面而非全部，她的"史识"也未必会有多么深刻，有些时候还自觉不自觉地带上了传统闺怨诗的情调，但

---

① 徐志摩：《花之寺·序》，未发表，后刊于《新月》，1928 年 3 月第 1 卷第 1 号广告栏。

② 沈从文：《论中国现代创作小说》，《沈从文选集》第 5 卷，四川人民出版社 1983 年版，第 374 页。

她却揭示了历史的非线性发展的多元的有时甚至会是逆向的复调结构的图景，并拥有了现代基本的思想高度。与同一时期的其他作家相比，她不仅是在横向上注意到了被其他写作者遗忘的盲区（出于先验的价值预设，人们往往会忽视甚至完全无视新思潮和新观念对旧有观念培养起来的旧式人物的压迫），也在历史发展的纵轴上衡量、比对和探寻处于现实的时代大潮和沉积的历史传统夹缝中的人们，为前进的历史大潮所冲刷、裹挟着的，即使是心灵和生命中很小的角落，在历史潮流过去后也仍然会呈现出的驳杂景象。也因此，凌叔华以自己更具个人性和感性的，对"历史一角"的叙述加入到五四那个宽广激进的"大历史"叙事中。在此意义上，我们还可以认定的是，在五四高唱自由解放、一派乐观主义的文学文本之外，凌叔华的创作和鲁迅的《伤逝》一样，揭示了五四神话的另一面，这是一个现实主义式的真实的五四受挫的文本——从凌叔华反映的世界来看，五四并未如其倡导者设计和想象的那样，一定带来欢乐和自由，反而是在某种程度上，给女性带来新的生存难题。以艺术的形式清明地叙述和省察这种客观存在着的历史悖论，即理论主张和实际生活的错位和悖缪，正是凌叔华小说创作最为重要的意义。

　　中国文人画在近代以降走向式微。衰落的原因是多方面的，但其中重要的一个因素恐怕是，面对着多元的诱惑，画家已经愈来愈难于像古人那样凝神静气地修炼笔墨和身心，并且文人画自身的传承性、凝固性的"格式化"倾向，也使其逐渐丧失了容纳日益复杂和多变的世界的能力。而"作为美的艺术，正是透过形式的寻觅和创造而积淀着生命的力量、时代的激情，从而使此形式自身具有生命、力量和激情。这即是生活积淀。"① ——任何形式或是对形式的革新和探索的背后，都应该有新的生活发现和新的世界作为终极依托。绘画艺术的内在化影响给凌叔华带来了特殊的审美风格，却也局限了她，使她似乎陷入了一种悖论式的情境——她的"谨慎处，认真处，反而略见

---

① 李泽厚：《美学四讲》，《美学三书》，安徽文艺出版社 1999 年版，第 594 页。

拘束了"①。凌叔华自身对这种悖论的不察觉，使她始终未能在题材范围上作进一步的开拓，而她小说中人物的那些感伤和叹息也似乎完全淹没在已经变得嘈杂、无序的世界中——尽管凌叔华没有更多地摹写这个世界，但这个世界本身以及在这复杂世界中存在的人性和生命形态，同样是值得反映的。凌叔华以现代意识贯注文人画传统，借此发现新的历史和世界，却囿于此，没能有更大的突破和创新——这不是苛求而是要求——实际上，这种局限已经妨碍了她对更广阔世界作新的发现——形式和艺术技巧，只有不断地结合它所发现的新的世界图景和人生样式，才能获得新的生命力，也才不会苍白无力——也因为缺乏对新世界和新问题的更多发现，她的小说没能呈现出更新的文学个性。

　　任何艺术样式都有自己无法逾越的、作为特定媒介的边界，因此绘画和文学不可能完全等同。但是，这里存在一个可能性的限度的问题。像凌叔华这样试图汇通文学与其他艺术，从而对这种限度的可能性进行追问和探索的艺术家，在古今中外都不乏其人——昆德拉《生命中不能承受之轻》的结构就有四重奏的明显印记，并且每一节的长短和速度都是按中速、急板、柔板等处理的。与京派同期的海派，还曾大胆地将电影中的蒙太奇手法引入小说创作。对于这种跃出一种艺术媒体而在另一种载体中得到发展的艺术现象，钱钟书谓之"出位之思"，叶维廉称之"超媒体"。也因此，凌叔华汇入了京派整体性的对小说体式与其他艺术体裁融合和嫁接的热情实验中。正像废名之写小说"实是用写绝句的方法写的"②；沈从文之自觉"揉游记散文和小说故事而为一"③；芦焚之将书信、日记和传记纳入小说（《结婚》、《马兰》和《无望村的馆主》）——他们还都处在同一种媒介内，凌叔华比他们要走得更远。凌叔华的小说创作与文人画传统的参会贯通不只是使自己在

---

①　沈从文：《论中国现代创作小说》，《沈从文选集》第5卷，四川人民出版社1983年版，第373页。

②　废名：《废名小说选·序》，《废名散文选集》，冯健男主编，百花文艺出版社1990年版，第144页。

③　沈从文：《新废邮存底·二十三》，《沈从文文集》第12卷，花城出版社，香港三联书店1984年版，第67页。

"女作家中别走出了一条新路"①，并且就艺术技巧发展这个维度而言，她也在客观上试验了一种小说创作的可能，探寻了沟通和突破两种艺术媒介所能达到的限度，这不仅是突破艺术媒介，扩大、试验了小说的表现力，为现代中国文学的艺术实践增加了不可忽视的艺术实践经验，其意义还在于，凌叔华以其"出位之思"，揭示了中国文学发展和新变的一种可能。尽管在她，这种实践未必是完全自觉和自知的——绘画毕竟已经完全融入了她的生活和生命。

凌叔华的写作生涯与传统文化有着息息相关的密切关系。这同时揭示出古代文学、文化传统之于现代中国作家的重要作用。早在创作起步时，凌叔华就意识到自己中西皆通的优长在创作中可能会具有的优势，也因此怀有不小的文学抱负。在 1923 年 9 月 1 日写给周作人的一封信中介绍自己是"新旧学问也能懂其大概，在燕京的中英日文皆不曾列众人之下，但凡有工夫还肯滥读各种书籍，这是女学生缺少的特性，也是我能自夸的一点长处"……"我立定主意作一个将来的女作家"……"中国女作家也太少了，所以中国女子思想及生活从来没有叫世界知道的，对人类贡献来说，未免太不负责任了"，②信中流露出年轻人特有的略带夸张的朝气和理想，但却是基本符合事实的，也为我们进一步明晰凌叔华创作题材多集中于"中国女子思想及生活"的原因提供了有力的解释。但我们更深远的追问是，这份英气逼人的内心表白和她作品最终所形成的敛约含蓄的文学风格之间的落差，是如何形成的？这当然与生活和人生的历练有关，但问题是，不管在哪个时代，人生的历练都将会是每个作家必修的功课，因此，我们最终似乎只能将绝大部分原因归结到传统诗教和传统绘画精神的影响上——文化传统的力量不可谓不强大，它通过凌叔华对传统画种在文学中的涵化，以极为曲折迂回的方式顽强地显现出来。当然，创作主体自身对传统文化的独特认识也是重要原因：早在六七岁时，凌

---

① 沈从文：《论中国现代创作小说》，《沈从文选集》，四川人民出版社 1983 年版，第 374 页。

② 凌叔华给周作人信，转引自张彦林《凌叔华·周作人·〈女儿身世太凄凉〉》，《新文学史料》2001 年第 1 期。

叔华就对父亲所言"那些新派人物接受西洋的东西时，也会失掉一些东西，他们就不欣赏书法"① 印象深刻；1919 年时又对学生运动中学习西方的思想方法，放弃旧有的一切"有点怀疑"，因为当时"在学校，对中国古典文学，我比大多数同学有更深的理解"②。应该特别指出的是，凌叔华远非她笔下那些困守深闺的旧式闺秀，她一直受到精英式的、严格意义上的现代教育，这种教育虽有传统文化的濡染，但更多是面向西方文化的一面：辜鸿铭启蒙她习英文，她在大学修的是英文，她还能将英、日文译成中文，对中国女性生存境遇的洞见表明其身上鲜明的现代理性，"叫世界知道"、"中国女子思想及生活"和"为人类贡献"的文学理想则显示出一种开放的、世界性的现代眼光……凌叔华由西而中的精神历程启发我们去思索和假设一个问题：现代作家们面向世界的姿态下内涵着的也还是中国经验和中国问题，不管是历史的还是审美的。凌叔华显然不是一个个案，典型的还有京派作家，通过本章后几部分的论述亦不难证明，作为一个整体，他们就是以学贯中西的文化人格构成、充满中国传统艺术精神的文学理论、批评方式和创作形态出现在世人面前的。在更开阔的历史视野中我们亦不难发现，在现代文学史和学术史上，这也不是一个孤立、偶然的问题：即使像鲁迅、胡适、郑振铎、朱自清、闻一多，他们也都既是文学革命的干将和旗手，后来又作为古典文学研究领域的大家各领风骚。因此，无论是在现实还是在文学层面，不管怎么"颠覆"与"革命"，也不管他们如何在理智和情感间挣扎，中国文人都不可能告别传统，它是一个内在物。

与此同时，就凌叔华的创作实绩看，传统在她，既表现为财富但又是包袱，这同样亦是许多现代作家可能会遭遇的两难境地：文人画保守、程式化的格局显然已影响到凌叔华小说的文字和创作格局，使她难于在形制上做出更大的突破。但文人画"抽象的抒情"的写意精神又使凌叔华的小说艺术在 20 世纪 20 年代乃至后来的相当一段时

---

① 凌叔华：《古韵》，傅光明译，中国华侨出版社 1994 年版，第 61 页。

② 同上书，第 86 页。

间内都显得成熟而又富于韵味。故而，争论在中国现代作家身上是否存在文学、文化传统的影响倒并不具有多大的意义，问题的核心在于要去关注这种影响是怎么发生、如何作用的，并在此基础上做出行为的选择。就中国现代作家来看，最大的区别在于，他们中间有的仅是复归，为传统所桎梏，有的则做出了超越和创新。因而，怎样运用传统又不被其吞没，在此基础上实现创造性的转化，促使传统在新的历史语境下发生新变，既是凌叔华和中国现代作家曾经面对的难题，也是今天的研究者和创作者应该苦心研探的问题。

还有一个问题值得注意，那就是作为一个在"小说艺术"上有所贡献的作家，凌叔华的创作贯穿20世纪20至30年代，但却始终未能得到应有的关注和评价，这个现象该怎么看？这依然与文人画有联系。我们前面曾从她小说本身"逸"的风格进行了论述，以下将从读者和文学批评的尺度入手分析。五四时期自不必说，那就是一个青春的，"重新估定一切价值"并且倡导和确立新的思想观念和文学观念的年代。即便是到20世纪30年代，由于文学自身的不断生长成熟和作家艺术创造精神的日益自觉，在创作上对艺术本身的关注虽然已经成为强大的反拨潮流，但就当时读者的实际而言，"晨云的姿态和秋雨的情调，他们在旧文学中已经领略得太多了。当他们捧起一篇新文艺时，他们是等待着一点不同的东西（即便是一个日常问题），他们不要再听陈词滥调了"①。这就发生了错位：当凌叔华试图让"世界"知道"中国女子思想及生活"时，对中国读者而言，那些还来不及跟上时代脚步的女子们的春愁秋恨，只可能是老一套。这样历史性的错位和尴尬，很可能是她长期得不到读者青睐的主要原因。

另外，钱锺书曾在《中国诗与中国画》中提及一个有趣的现象，"在中国文艺批评的传统里，相当于南宗画风的诗不是诗中高品或正宗，而相当于神韵派诗风的画却是画中高品或正宗。旧诗或旧画的标准分歧是批评史里的事实"，②——的确，中国传统美学在评画时是

---

① 萧乾：《园例》，天津《大公报》，1935年7月4日。
② 钱锺书：《中国诗与中国画》，《七缀集》，上海古籍出版社1996年版，第27页。

多以"虚"和与"虚"相连的风格如淡、远等为上的,而论诗时则看重"实"和与"实"相接近的风格。暂且不论形成这种歧异的复杂的文学和文化上的原因,重要的是这一直是客观存在的事实,它已经在相当长的时间内强有力地支配着普通受众的欣赏趣味和评论者的评价标准。当凌叔华刻意在小说创作中追求飘逸幽淡的文人画画风时,是很难以轻妙的文风而不是画风在这样的批评标准下取得好成绩的。许多人以"中国的曼殊菲尔"评价她作品的风格,这其中未必不含有试图借助外来的曼殊菲尔去肯定凌叔华清逸风格的想法,其原因很可能是在潜意识里,他们试图绕过传统的美学批评观念——笔墨轻灵柔美,结构精心有序也许更切近艺术创造的本体,然而即或中国是一个"诗国",长期受到肯定的也是那种"沉郁顿挫"、直逼老杜的"诗史"或"史诗"式的作品,单纯的形式美在中国文学中其实始终未能获得本体性的地位。也因此,形式和对形式追求的结果应该是有"内容"的形式,有"意味"的形式。再加之其"内容"和"意味"常由特定时期中国的社会、历史而决定,凌叔华试图揭示"中国女子思想和生活"的创作内容和她由文化和人性的角度观照社会的创作取向,在启蒙救亡的宏大叙事之前遭遇忽视甚至是误解也就可以理解了。

最后,凌叔华的文学创作在思维方式和艺术精神即"抽象的抒情"上与传统绘画美学的贯通,在某种意义上显示出根基相当深厚的中国传统文学、美学在向世界敞开时,即使遭受重创也依然有着的如缕不绝的顽强的生命力量。她也给我们提供了现代转型时期,面对新的历史和现实的中国文学的又一种参与方式和形态,由此也让我们意识到,文化传统具体而又普遍地根植在中国现代作家的精神血脉当中,制约着他们的选择方式和期待视野,它不会断裂但却可能衰变和更新。但如何利用、激活它,凌叔华只给我们提供了一个喜忧参半的示范。然而即使是喜忧参半,凌叔华的创作提供给我们的思考也是深长的。更何况,在中国新文学建构的历史进程中,任何有价值的,哪怕是有负面价值的审美型范和具有个性化特点的创作实践,我们都应当给予应有的尊重。

第二章　废名：魏晋的嗣响

　　倘用一盘散落的、颜色各异的珍珠形容废名的全部创作，应该是恰切的。这不仅是指他的作品紧凑且美丽，而且是说，我们很难把握他的文学走向——他似乎永远都处于变化之中，且每一类型的作品往往又能无所倚傍、自成一境。无论是以"田园小说"① 界定他的创作，还是将其纳入到现代抒情小说诗化、散文化小说的范畴②，抑或

---

　　① 　1925 年周作人在《竹林的故事·序》中指出废名"所写多是乡村的儿女翁媪的事"（《知堂书话》下卷，海南出版社 1997 年版，第 893 页）；沈从文《由冰心到废名》也认同"周作人称废名作品有田园风，得自然真趣"（《沈从文散文》第二集，范桥等编，中国广播电视出版社 1994 年版，第 424 页）。新时期以来，杨义认为"他的作品是承继陶潜传统的田园风味的小说"（《废名小说的田园风味》，《中国现代文学研究丛刊》1982 年第 1 期）；在其《中国现代小说史》（上卷，人民文学出版社 1998 年版）中仍以《废名：田园风格的乡土作家》为题作专章论述。

　　② 　较早给予"诗化、散文化"界说的，20 世纪 30 年代有灌婴的《桥》（《新月》1932 年第 4 卷第 5 期），认为废名的小说《桥》"诗的成分多于小说的成分"。新时期以来持此论的代表性论文有：凌宇的《从〈桃园〉看废名艺术风格的得失》（《十月》1981 年第 1 期），该文认为废名"以他独有的方式，将诗歌、散文的文体因素带进小说，赋予小说一种诗体形式，我们可以将这种小说称之为'诗体小说'"；杨剑龙的《论废名小说的诗意美》（《上海师范大学学报》1989 年第 2 期）、《寂寞的诗神》（《中国现代文学研究丛刊》1990 年第 4 期）；冯健男的《废名小说的诗与真》（《河北师范大学学报》1998 年第 4 期）、《谈废名的小说创作》（《中国现代文学研究丛刊》1985 年第 4 期）、《废名的小说艺术》（《文艺理论研究》1997 年第 3 期）；杜秀华的《诗笔禅趣写田园——废名及其对现代抒情小说的影响》（《文学评论》1995 年第 1 期）。相关的专著有杨联芬的《中国现代小说的抒情倾向》（北京师范大学出版社 1996 年版）；马华的《中国现代小说的叙事个性》（中央广播电视大学出版社 1999 年版）。

是归结到玄想小说中①，都触及到了废名小说特点的某一侧面，对于他创作的整体而言，却是像也不像。能够一以贯之、全面概括废名创作各个阶段特色的，是其表现出的浓郁的古典风格——无论是在意象择取、语言锤炼还是对意境的刻意营造上，这种概括都是符合实际的②。然而它又过于笼统，可以适用于现当代的许多作家（尤其是京派作家）而难以凸显废名的文学个性。废名最突出的特点应该是，"在现存的中国文艺作家里面……很少一位像他更是他自己的。他真正在创造……他所再生出来的遂乃具有强烈的个性"③。本书认为，这种个性的获得，是因为废名的人和文以深刻的形态表现了魏晋风度。废名带有古典烙印和强烈个性的文学创制，可以看作是魏晋文学的遥遥嗣响。

支持上述结论的原因在于，废名在其文化人格建构和小说艺术成就等诸多方面，均显示出与魏晋人文鲜明而又清晰的精神血缘关系。从1927年废名北大退学，对周作人援之以手的狷介性格和探讨中国新诗的独立和独特态度中，就可发现属于魏晋人格的狂狷不羁，我们亦不难从他为数不多的散文中找到大量对六朝文章极为推崇的文字，比如"中国文章，以六朝人文章最不可及……乃所愿学则学六朝

---

① 玄想小说，见程光炜等主编《中国现代文学史》（中国人民大学出版社2000年版，第240页），其中认为废名的莫须有系列为"中国现代小说史提供了一种独特的观念小说或玄想小说类型。"

另外，李俊国《废名与禅宗》（《江汉论坛》1988年第6期）、胡绍华《废名的小说与禅道投影》（《东北师范大学学报》1991年第6期）、夏元明《从造境到纪实：废名禅味小说的艺术嬗变》（《云南师范大学学报》2001年第5期）则多从禅宗对废名创作的影响的角度阐明其玄想特征。新近的代表性专著有吴晓东的《镜花水月的世界——废名〈桥〉的诗学研读》（广西师范大学出版社2003年版），此书认为《桥》是"心象"小说，且认为废名的"玄学背景势必映衬在他的诗歌和小说创作中"（第193、194页）。

② 新时期以来最早指出这一点的是凌宇《从〈桃园〉看废名艺术风格的得失》（《十月》1981年第1期），文章肯定地指出："自觉地将古典诗歌的意境引入小说，是废名对现代中国小说的重要贡献。"最近的研究成果可参见徐肖楠《废名：走向古典艺术精神的深处》（《文学评论丛刊》2003年第5卷第2期），文章认为，废名"孤独明确地打出古典主义旗帜"，"表现出对中国古典文学的依傍和回归"。

③ 李健吾：《画梦录——何其芳先生作》，《咀华集》，人民文学出版社2001年版，第113页。

文……六朝文的生命还是不断的生长着……在我们现代的新散文里，还有'六朝文'"①；为了表达自己的欣赏之情，他将好友梁遇春的散文比作"我们新文学当中的六朝文"②。庾信、鲍照的诗文也常被他用来举例或嵌入自己的小说。卞之琳则认为，"废名喜欢魏晋文士风度，人却不会像他们中一些人的狂放，所以就在笔下放肆……"③ 从师承关系看，废名的老师周作人曾在北大开设"六朝散文"课程；而其时的文学、学术思潮，也出现过"六朝文章"的复兴④。更为有力的证据是，废名的小说中，一直有魏晋文学的因子在强有力地脉动，并贯穿其创作的始终。

　　当然，这个结论还意味着另一个论断的成立：废名在现代的中国文学中，以一种"和而不同"的方式恢复了魏晋文学的某些传统。构成这一传统的某些质素，或在中国文学中一直传承，或被暂时压抑。尽管这"暂时"与人的生命相比已经足够漫长，可量之文学的缓慢演变，却只能说是"暂时"。但毋庸置疑，它们从未消失。废名对其创造性的转化就是证据。强调其"和而不同"，还因为经过文学革命的涤荡和白话文的广泛应用，若仅就二者的外在形态看，魏晋六朝诗赋与废名白话小说，其距离已不可以道里计。然而它们又有着那么密切的精神血缘关系，即这种"和"，主要是就文学的内在倾向和

---

　　① 废名：《三竿两竿》，《废名选集》，四川文艺出版社1988年版，第726页。

　　另，本书使用的"魏晋"还下延包括南北朝，虽魏晋文与南北朝文颇有差异，但相对于两汉文和隋唐文，在文学精神上自有其欣赏人格独立、强调文采与想象、智慧与深情并重等独立品格，这种一以贯之的特殊精神使魏晋南北朝文学可作为整体而存在。汤用彤先生在《魏晋玄学与文学理论》中亦指出，"而常谓魏晋思想，其精神实下及南北朝（特别南朝）。其所具之特有思想与前之两汉、后之隋唐，均有若干差异。"（《魏晋玄学论稿》，上海古籍出版社2001年版，第194页）。

　　② 废名：《〈泪与笑〉·序》，中国现代文学馆编：《初恋》，华夏出版社1998年版，第338页。

　　③ 卞之琳：《冯文炳选集·序》，《新文学史料》1984年第2期。

　　④ 参见陈平原《中国现代学术之建立》第八章，北京大学出版社1998年版。另外，周作人在《苦口甘口·我的杂学》中也提到，"十多年前我在北京大学讲过几年六朝散文"，印证了这一事实。见周作人自编文集《苦口甘口》，止庵校订，河北教育出版社2002年版，第94页。

根本特性而言，即在运思方式、结构手法、文学风格上，表现出一种
承续性和绵延性。

第一节　人的发现

宗白华先生论魏晋六朝，言其是"中国政治上最混乱、社会上最
痛苦的时代，然而却是精神史上极自由、极解放，最富于智慧、最浓
于热情的一个时代。因此也就是最富有艺术精神的一个时代。"无论
是"这时代以前"还是"这时代以后"，"只有这几百年间是精神上
的大解放，人格上思想上的大自由。"① ——时世混乱和思想上的自
由解放带来了"人的发现"，它也成为魏晋人、文极为醒目的标志性
景观。

在魏晋，"人的发现"主要是指在生活、艺术和哲学等各个层面
上都出现的自我意识的萌发和生命个体意识的高涨。它由连年的天灾
人祸、血雨腥风而来，又因之不断强化。落实到文学创作，既表现为
对宇宙和生命的深情眷恋和慷慨追怀，也表现为对生命悲剧的痛苦咏
叹，还表现为对理想人格的塑造以及对生命意义的思考。另外，个体
意识与主体意识密切相关，人的发现还带动了个人主体性的张扬。具
体到艺术传达，则是文学主体精神的自觉和发扬，作为艺术主体的文
学家的文化人格与其审美创造和生活行为息息相关，并且，他们的生
活态度、哲学观念和情感倾向往往会整体性地袒露在其创作中，使之
成为难得的性情之作。而这些，又都在千年后动荡的中国现代，构成
废名小说创作的中轴和主要内容。

李泽厚界定魏晋风度，认为"陶潜和阮籍在魏晋时代分别创造了
两种迥然不同的艺术境界，一超然事外，平淡冲和；一忧愤无端，慷
慨任气"②。这两种"艺术境界"同时也是两种人格形态。废名小说
中的生命形态和艺术境界，同样可用"平淡冲和"和"慷慨任气"

---

① 宗白华：《论〈世说新语〉和晋人的美》，《艺境》，北京大学出版社 1997 年版，第
133 页。

② 李泽厚：《美的历程》，《美学三书》，安徽文艺出版社 1999 年版，第 109 页。

概括。应该强调的是，不论是无端的忧愤还是超然的姿态，在其宁静和狂躁的两极表现中，包含着一个根本的、共同的创作缘起，世事太过艰难，生命充满悲哀。因而对于生命悲剧的深刻体验，既是形成这两种人格最基本的前提，又必然是其无法摒弃的内置性背景，不时凝重地隐现。一个明显的事实是，死亡意识不仅是魏晋时代的普遍性焦虑，也是文学中的常见主题。而在废名的小说中，"人的发现"的重心，也主要是在对生命的悲剧性内容的发现。

一　生命之悲的吟咏

废名常为文学史和小说史所称道和引用的，是那些有着"平淡冲和"的生命和人性之美的人物形象。譬如自小就隐忍懂事，长大依然如故的表妹柚子（《柚子》）；经历丧夫失子之痛，却仍旧"温和慈悲"地做着"公共的母亲"的李妈（《浣衣母》）；淑静淡然地面对父亲去世后困顿生活的三姑娘（《竹林的故事》）；因为"衙门口的禁令"而失业，只能砍掉与自己相依为命的柳树去还酒店陈欠的陈老爹……最典型的，莫过于《桥》中的小林、细竹和琴子，他们看上去完全超然世外，日常生活被刻意诗化和雅化，几乎脱尽人间的烟火气息。

但实际上，"表面是清晰明了的谎言，背后却是晦涩难懂的真相"①。在平淡冲和的生命背后，隐藏着深深的落寞和深重的悲哀。就像浣衣母李妈，因为本性的善良、宽容和乐于助人而赢得了许多人的尊敬，然而恰恰也是因为她的善良、本分，"倘若落在任何人身上，谈笑几句也就罢了"的事情，这种事情只是李妈作为一个人对于生活最自然、最卑微的要求——"靠"个汉子过日子——才会在"受尽了全城的尊敬，年纪又这么高"的无形的贞节牌坊上撞得粉碎。又因她原来"公共的母亲"的口碑，其他人，包括曾经受惠于李妈的王妈才会"叹惜而又有点愉快地"咀嚼李妈的故事，她也一变而为"城

---

①　[捷克]米兰·昆德拉：《不能承受的生命之轻》，上海译文出版社2003年版，第78页。

外的老虎"，终又归于原来的寂寞和孤苦，且更加一无所有。——废名这里固然有对封建的道德伦理观念的批判，但显然不止于此。因为他同时也指出，李妈之外的普通老百姓，并不受多少腐朽观念的束缚，因为村中别人守寡就很少能守到终了的，出现这种情况，也只是"谈笑几句"。李妈不同于别人之处，是她以特出的美好品质赢得"全城的尊敬"，于是，生命不同层面之间的追求，求得他人认可、尊敬与生存基本需求之间形成矛盾，并且，李妈的现实是，在这两者之间选择哪一端，都会以另一端作为代价，实际上都不能得到快乐和满足，这注定了李妈的悲剧。造成这悲剧的根由未尝不是悲剧：人性的美好反倒成了实现人性正常需要的最大障碍。

同样，三姑娘沉静美好的个性，也以生命的辛酸和悲苦为代价。三姑娘越是乖巧和勤敏，就越是会将父亲早逝和生活艰难的生存现实凸显出来：她拒绝在赛龙灯的火烛下"现一现那黑然而美的瓜子模样的面庞"，但能"很习惯"地种菜卖菜，谋生度日；幼时在父亲身边"非常的害羞而又爱笑"，现在却能熟练自如又不失端庄地应对顾客的玩笑……这些都以一种相反相成的方式指出，三姑娘生命的美好和庄严的背后，是悲哀和沉重。直到最后，生命的创痛和命运的多舛也没有随着时光的游走而有所改变，成年的三姑娘依然劳碌。如果我们只是从中读出人性的美好这一层面而无视其深重哀伤，那么这种解读只能是买椟还珠，甚至还会是居高临下的风景把玩和欣赏。正像废名自己为《竹林的故事》作序时指出的，"我愿读者从他们当中理出我的哀愁"①——三姑娘人生命运的悲剧性，才是小说的中心。

谁又能体会"向来是最热闹没有"，如今却"再没有法子赚钱买酒"的陈老爹失业大半年来心头所有的变幻和怅惘？尽管糊口的职业被禁，但陈老爹还是颇具古风，不愿赊欠酒账。万般无奈想到门口的柳树，然而这"驼子妈妈手植的杨柳"又见证了那么多他和亡妻相互取暖度过的"许多许多的岁月"和珍贵的生活点滴，它就长在他

---

① 转引自鲁迅《〈中国新文学大系〉小说二集序》，《鲁迅全集》第6卷，人民文学出版社1998年版，第244页。

们的生命里。这正是桓公"木犹如此，人何以堪"和庾信《枯树赋》"昔年树柳，依依汉南；今看摇落，凄怆江潭"的所有内容和基本手法：人和树相互映衬，以树再现过往，也就比对出今天飘零衰变甚至生意已尽的全部悲哀。陈老爹最终还是伐树度日，柳树倒下后，老爹"直望到天上去了"——他什么都没有了，不仅是职业和妻子，严峻的生存现实下，甚至是寄托美好情感、唤起温暖记忆的杨柳也无法存在，这又让陈老爹何以堪？

与之类似，从物质和精神两个层面表现小人物失去寄托甚至无地彷徨的生存处境的还有《桃园》。若非穷困潦倒，王老大也不会在杀场附近种桃——"倘不是有人来栽树木，也只会让野草生长下去"。亦因穷又醉酒，王老大才同妻子打架，妻子终于死去——小说中阿毛纯真的疑问和断断续续的回忆让读者对王老大和女儿的生活有了基本的了解。然而雪上加霜的是，阿毛又一天天地病入沉疴。阿毛唯一要的是桃子，但时正深秋，"现在哪里有桃子卖呢？"爸爸最后买了玻璃做的桃子，哪怕"拿我阿毛看一看"，然而这个希望却被一个孩子撞碎，王老大的希望和心愿也没有声响地碎了——他一定无从想象，怎么面对女儿和以后的生活。

废名曾说，"在文艺上，凡是本着悲哀或同情来表现卑贱者的作品，我都喜欢"①。这也是他用力实践的。通过对废名早期小说代表作的分析我们发现，虽然在外在的叙事层面上，文本多表现为日常生活片段和细节，但废名却能通过这些片段的连缀，使其具有辐射情感寄托和生活现实这样生命生存的物质和精神的两个层面的能力，虽点到为止，却具观照生命的整体性眼光。这是其与故事性更强的早期乡土小说区别很大的地方。更重要的是，废名对生活琐碎的关注和发掘，基于他对隐藏在细碎的生活事件和看似美好的生命形态背面充满艰难和血泪的生存真相的深刻理解和同情。因而从根底上说，这些作品是对于生命和生存看似平淡，实际沉郁的叹息。

---

① 冯文炳：《呐喊》（杂感），《晨报副刊》1924 年 4 月 13 日。

二　生命之芜的袒露

1927 年，废名发表《忘记了的日记》，展露自己心灵深处的"不洁净"，包括诸如，"不好看的相识的女人，今天碰见两次（六月十日）"；"偷了 s 的一根烟吃。他很舍不得他的烟，——我也实在不情愿他来拿我的（六月十二日）"；"今天买这一双鞋，一半还是为得碰见了好看的女人可以不躲避，尽量的看。（六月十四日）"① 等等。这极富意味。从他列举的这些不洁净来看，这些内容显然应是为所谓正人君子所不齿的，即或确有其事，也不会付之白纸黑字。然而废名却以己为例，证明它们和自己高尚知礼的另一面一样，是客观存在。——这个废名和从北大退学，以狷者有所不为姿态对周作人作无声道义支持的废名，是同一个人。这些看来风马牛不相及的举动，显示出的不仅仅是废名真性情或曰名士风流的一面；更重要的是，表明废名对生命（人性）精芜并存真相，有全面和深刻的认识。也正源于此，他也在创作中以近乎放诞的姿态揭示个体生存令人悲哀却又表现着生命活力甚至是日常生趣的芜杂部分，不论他是无聊下层人物还是斯文尊者。

因此，《小五放牛》、《毛儿的爸爸》、《四火》和《火神庙的和尚》等作品可能并无多少社会意义，但它们"也表现了生活，一个角落的生活"②，同样反映了生命的存在方式。他以谐谑冷峻而非抒情写意的目光打量这些在俗世的泥淖中挣扎浮沉的人们，与前述几乎不涉世俗的创作大异其趣。但正是这样，他对生活和人性的观察才趋于完整。这部分作品也显示出，废名嬉笑怒骂皆成文章的创作思路日渐清晰。天真和世故、淡然和纷扰、高洁和庸俗在废名的文学王国里对立统一、并行不悖。出世文章更看重对人的精神层面的关注和抽象观念的表达；入世创作则掀开了生命个体现世的、物质的这一面的鄙庸和扰攘。联结这两个外在风格截然相反部分的关结点，是作者对生命两面性和芜杂性全面而

① 废名：《忘记了的日记》，《语丝》1927 年第 128 期。
② 废名：《废名小说选·序》，人民文学出版社 1957 年版，第 3 页。

又深刻的认识。这种识见，也许谈不上新鲜。在具有强烈生命意识的魏晋人那里，慎独与狂放、友情与龌龊、重才情与轻德性等等极端又矛盾的言行，往往就集中在一个人身上。废名的老师周作人在《人的文学》中，也早有对人的双重属性的理论阐释。重要的是，废名以文学的形式，发现和表达出生活可信的人。

且不说挣扎求生的底层人物四火们鸡飞狗跳的生活，就是理应斯文者的生活，也是充满世俗考虑与算计的一地鸡毛。比如《文公庙》中，教书的先生得意自己的眼镜，是因为它便宜耐用；喜欢学生，是因为他家送的肉多。"总是忙"的和尚忙的是种菜春米；"一个月也没有两个人进香"，却煞有介事地去二十里地之外买盘香；进香的人助油送少了就不高兴……这里，废名并无意于颠覆宗教和教育崇高神圣的一面，所以并未走另一个极端，对其作放浪形骸的文学夸张（譬如传统小说中常见的浪僧淫尼），而是把他们当"人"看，由此展现教育文化和宗教信仰相当生活化、世俗化的另一面，指出这也是现实生存的一种，因此嘲讽和讥刺也是善意的。

《文公庙》和《火神庙的和尚》中的"和尚"形象，很容易让人想起汪曾祺《受戒》中的五个和尚。其相通之处在于，"出家"在这两个作家笔下的和尚形象中，更多的是谋生的需要，是"当和尚"（《受戒》），即，汪曾祺和废名更多关注的，首先都是"当和尚"背后的生存欲求。二者的描写中亦均透射着质实的生活气息和诙谐味道。不同的是，《受戒》里和尚们的生命形态洋溢着现世生活的愉悦和进取；而废名小说中的和尚，则多给人无聊和悲哀之感，尤其是金喜（《火神庙的和尚》）之死，更是将诙谐笔墨下流动着的生命内在的寂寞和悲哀凸显出来，袒露纠缠在谐谑中的荒谬和悲哀，才是废名创作的重心。

针对这部分作品，沈从文批评废名，"从这不庄重的文体，带来的趣味，使作者所给读者的影像是对于作品上的人物感到刻画缺少严肃的气氛"[1]，不能说是十分恰切。这首先是因为，废名这类小说所

———————————

[1]　沈从文：《论冯文炳》，《沈从文选集》第5卷，四川人民出版社1983年版，第295页。

具有的诙谐意味（不庄重、缺少严肃），与废名自己对芜杂的生活本身具有的喜剧性、荒谬性因素的确认和体会有关。其实若将废名《忘记了的日记》所载的"不洁净"铺陈为一部小说，并不断强调主人公的身份是热血、耿直的大学生，这种诙谐的情调同样会自然流出。问题的关键还在于，中国诗学似乎缺少对于诙谐、滑稽甚至是无厘头式的作品的宽容和承认，"不庄重""少严肃"的另一面，庄重和严肃的作品是更易于为人所接纳的。这在一个特定的维度上暴露出中国文学"接受"和期待视野根深蒂固的保守性：其实，假语村言、嬉笑怒骂中未必不含真理，这尤其可从魏晋风度和《红楼梦》，包括异域的《堂吉诃德》中得到证实。而这种保守性反倒又能证明，废名此类创作可能是一种具有超前性的新的形式和内容，它与当时现有的艺术接受和文学批评的"规范"，有一定的距离。这距离的存在已经足以产生误解或歧义。

当然，就根底而言，对于人性的这一面，废名的基本态度，只是客观上的接受和承认，对其考量的结果也是悲哀和叹息。描写的最终目的并不在于主观玩赏，但也绝不是声色俱厉的批判，是一种展示，也是一种探索，对他们就那么热闹忙乱却又全无目的、不无悲哀地"活着"的生活和生命意义的探索。

应该补充的是，这部分创作体现出的写作手法中，已经包含了后来《莫须有先生传》和《莫须有先生坐飞机以后》的一些因子。前者是通往后两者的"桥"，而支配这部分创作的、对于人性和世界的某些独特认知，亦是后两者的源头之水。

三 生命意义的追寻

1926—1927 年间，废名将原名"冯文炳"改为"废名"，并说"我在这四年以内，真是蜕了不少的壳，最近一年尤其蜕得古怪"[1]，这时他已经开始十年造《桥》的工程，表现出内容和风格上的明显蜕变。小林对于生命、自然和宇宙的邈远玄想，琴子、细竹对自然界

---

[1] 废名：《忘记了的日记》，《语丝》1927 年第 128 期。

的微妙变化、对生活细节与生命基本命题如生死、时间、轮回等的感悟和体验构成小说主体，较之《竹林的故事》中还隐约可见的故事一跃而为无故事，日常生活场景和玄想，具有了主体性。与之相适应，文字省净、跳跃，充满机锋又旨深笔长。废名的蜕变并不"古怪"而是有迹可循——我们是能从魏晋玄学的兴起及其对文学、美学包括士人心态的影响中找到这种先例的——这是"人的发现"以及执着于此可能产生的后果之一。

正如魏晋精英"基于逃避苦难之要求……在精神的自由解放中获得了'人的发现'（Discovery of Man）或人的自觉，从而使这一时期的思想获得了深刻、鲜明的哲学意蕴"①，个体自觉影响到审美意识和理论思辨，由之社会思潮也"不在社会而在个人，不在环境而在内心，不在形质而在精神"②。——在人的发现之后，自然地，个体存在的身（生命）心（精神）问题，即，怎么安顿自身，并且如何认识与自身密切相关的自然和宇宙，就是随之而来的紧迫问题——这是自我意识觉醒在更深刻层次上的表现，而玄学的兴起也正是对这一现实要求的适时回应，因为人们有追问和落实人生终极意义的需要。这样，"对个体人生的意义价值的思考，成为魏晋玄学的最高主题"③，并且"所追求和企图树立的是一种富有情感而独立自足、绝对自由和无限超越的人格本体"④。作为魏晋美学的精魂，玄学直接而又强烈地影响着文学，在个体意识、主体精神与审美情感等诸多方面为其输送成长的营养。之前《古诗十九首》中对于生命自觉与悲愁的咏叹，在魏晋文学中强化、凝结成对于宇宙、生命和艺术之美苍凉悲怆的彰显，以及生命本体和生命意义在形而上层面的追寻。

上述变迁也可为我们借鉴，由之揭示废名创作的蜕变过程：从20世纪20年代初开始创作，废名就处于城头变幻大王旗的，军阀割据

---

① 汤用彤：《魏晋玄学论稿》，上海古籍出版社2001年版，第3页。
② 同上书，第196页。
③ 李泽厚、刘纲纪：《中国美学史》上册，安徽文艺出版社1999年版，第103页。
④ 李泽厚：《庄玄禅宗漫述》，《中国思想史论》，安徽文艺出版社1999年版，第200页。

混战的历史时期。动乱的时代，容易产生超越的哲学。如前分析，此时的废名已以或庄或谐的小说，在对人生现象作较为广泛的反映，它们已经郁结和表达着废名对生命意义的初步思考与艰苦探索。《桥》开始作一种超越的努力，既是超越时代的纷乱，也是超越此前的创作。废名不再盘桓于对故人旧事的追忆，而是转向对自然、生命和宇宙的深沉关怀。一些精微复杂的思维和情感，如思辨、直觉体验和在潜意识中大幅度跳跃的联想，开始得到特别的重视和观照。而《桥》表现出的，对生命个体内心世界和精神活动异乎寻常的关注和执迷；对乌托邦式的独立自足的生存境界的营造；对人生意义、自然宇宙的终极性思考，都使其像极魏晋玄学历经千载后的现代版本。

　　《桥》高度重视并强调表达丰富的、具体化的感性存在和经验存在。小说就是以小林十年前和十年后的内心活动——他对生活、自然、风景和人的体验和感悟——为中心线索。比如小林坐在坟头上，看着"草那么吞着阳光绿，疑心它在那里慢慢地闪跳，或者数也数不清地唧咕"，而且"芭茅森森地立住，好像许多宝剑，青青的天，就在尖头"（《芭茅》），就把捉和放大了孩童眼中和心中瞬间的体验，是废名用直觉而非理智对外界事物进行观照的结果：因为内心情感的注入，客观物象在情感、经验或审美情趣的作用下发生变形或重新组合，成为主观性强、符合观照者内心经验的新意象。这些新意象中包含着，或者说已经积淀了，更丰富的联想内容、情感内容以及更深层次的哲理内涵。并且，在意象的生成和组合过程中，感觉的诸种形态也会不受理性制约而彼此通融化合，生成联觉。这样，意象本身又会标示出直觉和体验等感性经验注入物象的过程。因此草会"吞着阳光绿"；而小林也会猜度，"声音，到了想象，恐怕也成了颜色"。也缘于此，琴子能在灯下"忽然替史家庄唯一的一棵梅花开了一树花"（《灯笼》）；路过曾经牵牛的地方，小林发现"牛儿就在他的记忆里吃草"（《清明》）。最精彩的要数琴子和细竹乘凉的感受，"走近柳荫，仿佛再也不能往前走一步了。而且，四海八荒同一云！世上唯有凉意了。——当然，大树不过一把伞，画影为地，日头争不入。"以人的动（往前走一步）描写柳荫的静（四海八荒同一云），又因现实的静衬托出想象中的动（日头争不入），倍添其静。这就凭借对感觉和想象的精微捕捉和表达，把抽象的"柳荫"写得形象可感，琴子和细竹在柳荫下的惬意经验也被活色生香、不落俗套地传达出来。

瞩目以联想、想象和回忆为主要形式的直觉和体验，并且刻意以体验、感悟去表达抽象观念和物体，即是要赋予无边无形的色、相以具体可感的形象，并在这一过程中刻意追求（也是一种必然要求）思维的、表达的乐趣，这些文学想象的内容和方式都是似曾相识的——我们完全可以在魏晋人物品藻、谈玄论道时要求的，通过有限、具体的外在言语形象，传达无限的、不可穷尽的本体、玄理和深意的要求中，找到其最初的形态。朱光潜认为"废名的人物却都沉没到作者的自我里面，处处都是过作者的生活"①，不仅道出废名的人格和个性在小说中透射、重叠的现象，也指出废名极端重视以个人的感性体验了悟世界的私人化倾向——在小说中，深刻的哲理不是靠理性的逻辑论证实现的，而是经由小林们对世界的直觉体验和感性把握而获得的。

这样，在《桥》中，客观世界通过由个体主观的联想和想象"制成"的"镜子"的反射（加工）后，实际就是以镜像的方式存在的，这些镜中之像（也是不断生成的新意象）才是作者所确认的"真实"世界，即使它仅由感觉构建。《桥》着力描摹经验存在，也是为了无限接近作者心目中的镜中之像。

比如《桥·树》有个场景：

她们的一只花猫伏在园墙上不动，琴子招它下来。姑娘的素手招得绿树晴空甚是好看了。

树干上两三个蚂蚁，细竹稀罕一声道'你看，蚂蚁上树，多自由。'

琴子也就跟了她看，蚂蚁的路线走得真随便。但不知它懂得姑娘的语言否？琴子又转头看猫，对猫说话：

---

① 孟实（朱光潜）：《桥》，《文学杂志》1937 年第 1 卷第 3 期。

"惟不教虎上树。"

于是沉思一下。

"这个寓言很有意思。"

话虽如此，但实在是仿佛见过一只老虎上到树顶上去了。观念这么的联在一起。因为是意象，所以这一只老虎爬上了绿叶深处，全不有声响，只是好颜色。

这里的"一只老虎"，是由实际是由实物"猫"和实景"蚂蚁上树"联想出猫教虎上树的寓言，再由这寓言而带来想象，随之在头脑中生成"一只老虎上到树顶上去了"的意境。之后的"这一只老虎爬上了绿叶深处，全不有声响，只是好颜色"，则又完全是由前一个意境生发出的更为"清晰"的意象和情境。这里，因为"观念这么的联在一起"，所以无论是老虎还是老虎的动作，都不是现有的实物而是镜像，一种类似镜花水月的幻象，仅存于作者和读者的头脑和想象当中。但重要的是，相对于个体经验及其内心世界来说，谁又能说，这不是客观存在的？！

当然，对客观物体而言，尽管对应的镜像可能出自于心灵真实，但将其说成是平面反射和客观存在的，显然又并不恰当。因为心灵这面"镜子"，它是折射而非反射客观物象的，客观物体的局部或整体，总会有所变形，或被放大或被缩小。但恰恰是这种变形，它的歪曲程度和最终状貌，其实又由观察主体所处的历史的、美学的具体处境所决定，这样，镜像同时也就反映出心灵之镜的种种性质。因此，分析《桥》的联想和想象世界，不但是要解释镜像，更为了分析镜子本身——这镜子以其自由不羁、生生不息令我们惊叹。

《桥》还着意描绘一种理想化的生存境界。这是 20 世纪 30 年代就有评论者指出的：《桥》"所写的是理想的人物，理想的境界。作者对现实闭起眼睛，而在幻想里构造一个乌托邦"①。将《桥》中每一幅自成一境的风景画连缀起来就可发现，这些山水景致、花鸟自然

① 灌婴：《桥》，《新月》1932 年第 4 卷第 5 期。

包括人情风俗构成了一个自足、独立并且相当诗意化的乌托邦。小林、琴子和细竹自由、适意地生活其间。这种自由并不仅指他们行动自由，可以任情逍遥地观山水、赏风俗，更是指他们思想自由，可以在寂然凝虑间思接千载，于悄焉动容时视通万里。废名甚至难得地让小林以自白的形式直截了当地称许这种自由："我告诉你知道，小林早已是一个伟人物，他的灵魂非常之自由。"——说这话时已是十年后，小林"走了几千里路又回到这'第一的哭处'"，继续在委运大化中体悟人生的真谛，人格依然丰富而又高洁。废名有意语焉不详地告诉读者，小林是中途放弃学业回到故乡。那么，为何要语言含糊，且以之（行为空白）为界，将小说分为前后部分？其实不管其中途弃学的原因是什么，有一点是毫无疑义的，小林此时很可能已经获得了与童年不同的价值观念、更为广阔的视野和反观式的、间离的"他者"眼光。即，应该处在认知的更高层面。但这反而促使他重新归来，并且认可和自得于自己的抉择。这里，废名在暗示，如果说十年前小林的生活方式是外在和生而如此的，那么小林现在的自主回归则是理性使然。故而废名有意不表上部和下部中间十年小林的作为，是因为中间十年对于整部小说的主题表达而言游离甚远。废名的目的只是在于，通过前后十年小林不变的生存方式和生命行为，表达出一种内心世界的绝对自由与真实，确认出一种理想的生存状态和人生价值。

因为它是一种理想，我们也就不能以真实与否的标准去衡量《桥》和小林。正像我们不能以此去看待历史上一直就存在着的，构想乌有之邦和塑造理想人物的文学诉求。但这并不代表，它们不是来自于沉重的现实。事实上，几乎所有关于乌托邦的文学想象中都包含着诗人对于现实的态度，而现实也是乌托邦构想最重要的文化动力——是因为现实当中有不可解脱的人生悲苦，才会寻求超越和解决，就像魏晋文人"超世之理想，而仍合现实的与理想的为一。其出世的方法，本为人格上的、内心上的一种变换"[1]。故而，乌托邦是

---

[1] 汤用彤：《魏晋玄学论稿》，上海古籍出版社 2001 年版，第 200 页。

诗人们超拔现实的途径、寄托理想的所在，又更是他们批判现实的武器。乌托邦的建立本身，既是基于一定价值判断的、对现有世界的批判，又是对某种价值指向的确立。即或它是虚无缥缈的，也能让人们在这混乱的世界上得到暂时的慰藉和喘息，并不断使人们联想起纷繁污秽的现实。这是"虚妄"的乌托邦所具有的内在、深刻的一面。同样，动荡的现实也是废名十年造桥文化上和情感上的动力：每个读者都能读出，这座宁静的"桥"，在现实中是无法安置的，唯一可能的地方，大概只有心灵和头脑。这正是废名以自己的方式，曲折隐晦地表达出的，对于黑暗现实看似轻淡，实则刚烈、精心而又严肃的抗争。它和偌大华北放不下一张宁静的书桌的直接抗议，殊途而同归。

更何况，《桥》背后还隐藏着许多悲剧，这些悲剧以冰山一角的外在形态，暗示着乌托邦背后隐匿着的，更多真实和惨痛的历史。比如，琴子从小父母双亡，由年迈的奶奶抚养；而小林也失去了父亲，母亲对小林父亲去世的详情欲言又止，还将他父亲的画有意藏起来。另外，史家奶奶看着小林和琴子时，常会有隐忍的泪水闪露，而他们两家原先"素来是相识，妇道人家没有来往罢了"——这一切又是废名在不断提醒读者，他苦心营造的乌托邦，只是一个幻象。这个幻象背后真实的历史到底是什么，废名并未明确，但也因为没有明确，反让我们确证，那段过去无疑是血肉模糊和不堪回首的。而这些含藏着的悲剧，又使小说主体所敏感并抒发的、关于宇宙自然和人事生活的观感，更多是饱经风霜的成人沧桑，而决非无愁少年的强说愁。因此，朱光潜就提醒读者不要走入阅读误区，"看见它的美丽而喜悦，容易忘记它后面的悲观色彩"①。同样，认为废名"对现实闭起眼睛"，在概括《桥》的玄想性质时是可以的，但若说《桥》无视当时的历史和社会现实，则不确。

魏晋"人的发现"带动了对自然山水的关注和对宇宙、人生等诸多基本命题真正的理性思辨。反映在文学上，就是山水诗和玄言诗的自觉。在《桥》中，"山水"和"玄言"同样具有主体性的地位和功

---

① 孟实（朱光潜）：《桥》，《文学杂志》1937年第1卷第3期。

能，且能互相映发，而不仅仅作为背景出现——小林们在山水花鸟中体悟哲理，亦以哲理的眼睛重新发现自然和存在；对于自然、存在的发现和感喟，则总与宇宙的流变、自然的道和人的本体存在相连，激荡着一种宇宙感。而这种心灵与宇宙互摄互映的艺术境界"既使心灵和宇宙净化，又使心灵和宇宙深化，使人在超脱的胸襟里体味到宇宙的深境"①。同时让《桥》充满理趣，"停留在一种抽象的存在"②，"追求一种超脱的意境，意境的本身，一种交织在文字上的思维者的美化的境界，而不是美丽自身"③。这使我们很容易在《桥》中找到以下哲学命题，如"动"与"静"的相对性："这个静，真是静。那个天井的暗黑的一角里长着苔藓，大概正在生长着"（《天井》）；"但这里的声音是无息或停——河不在那里流吗？"（《杨柳》）；还有"顿时，千百人拼命喊叫之中，他万籁俱寂，看她"（《诗》）。这里，废名故意将极动与极静并置在一个场景或情境之中，两镜相入，突出"动"与"静"客观存在的绝对性和这种绝对性在人的意识当中的相对性。

这其实也还深刻牵涉着废名对于"存在"与"意识"的认知：小说开头，琴子对世界的认识，更多带有唯物论的色彩。比如，她就认为，坡上的白庙灯光"不照它，它也在这块"，然而小林却一直都相信，没有映入眼帘的物体就是不存在，即使它在客观上是绝对存在的："小林先生的眼睛里只有杨柳球，——除了杨柳球眼睛之上虽还有天空，他没有看，也就可以说没有映进来。"（《杨柳》）"有多少地方，多少人物，与我同存在，而首先消失于我？不，在我他们根本上就没有存在过"（《黄昏》）；更彻底的莫过于，"这个路上，如果竟不碰着一个人，这个景色殊等于乌有"（《路上》）。显然，小林认识世

---

① 宗白华：《中国艺术意境之诞生》，《艺境》，北京大学出版社 1997 年版，第 173 页。

② 李健吾：《画梦录——何其芳先生作》，《咀华集》，人民文学出版社 2001 年版，第 113 页。

③ 李健吾：《边城——沈从文先生作》，《咀华集》，人民文学出版社 2001 年版，第 43 页。

界时更多具有唯心主义的特征。与此同时，废名屡次暗示意识、意念的强大力量，即便是"唯物论者"琴子在小林的潜移默化下也慢慢发生转变，她可以于清明时节时在和奶奶聊天的灯下，"替史家庄唯一的一棵梅花开了一树花！"（《灯笼》），也能因"走马看花"四个字，在想象中"立刻之间，跑了一趟马，白马映在人间没有的一个花园"（《路上》）。尽管这些认识和感悟，"同科学家这么讲，真是风马牛不相及！"（《花红山》）——废名并非不相信科学，他只是以一种更形象、更极端的形式说明世界存在的相对性，表明客观存在的最终落实还是要靠人的意识的事实。这里，废名在文学上明确赋予意识以主体性的地位，正像他在哲学上从来也不隐讳自己是个唯心论者。这其实使得小说在许多时候并不试图描写客观实在的此在世界，如前所述，废名更看重和执迷的，其实是世界在他小说中，或者说，是在不同经验主体的头脑中、想象中的一种镜像式的存在。这些镜像由客观事物引发，经由主体眼睛这面镜子，通过联想和想象的构筑，成为一个具有自足价值的经验世界——这也正是废名借小林之口强调的，"我感不到人生如梦的真实，却感到梦的真实与美"。

对自我经验的看重，使废名在看待"生"与"死"的终极问题时也不落窠臼：小林幼时"最喜欢上到坟头"（《芭茅》），认为"坟烧得还好玩些，高高低低的"（《狮子的影子》），并且连"忌日"和"生日"也弄混了（《"松树脚下"》）——这是孩子眼中的生与死，它是自然界的一个组成部分。十年后，成年的小林还认为"'死'是人生最好的装饰"，"我没有登过几多的高山，坟对于我确同山一样是大地的景致"（《清明》），对于"死"的理解依然如故。这里必然会牵涉出的一个问题是，史家奶奶、三哑叔和小林对"送路灯"这样古朴风俗全然不同的理解，又显示出"死"在某种程度上的无法理解和不具通约性、非公共经验性——他们均以各自"生"的经验对"死"作等量齐观，这种经验无论如何也都是隔岸观火、言不尽意的。这其实也在一定程度上暴露出废名哲学上的矛盾和困境：对个体经验的看重，使得主观和客观两者无法（或并不要求？）达成稳定的、可检验的制约关系。这是有可能落入相对主义的。

此外，《桥》还大量书写了对时间、空间、宇宙以及流转的世事的感悟。中国现代文学史上，应该再没有任何一个作家把这么多哲学命题——这其中的大部分，都属于人类生存的某些终极性命题——放在小说当中反复思辨和玩味，而这种以诗学的形式探讨哲学的热情，我们完全能在六朝文章中找到。比如《世说新语》《文学》《言语》中就有许多许询、谢安、支道林等以"叙致精丽，才藻奇拔"谈论老、庄的记载；另外谢灵运《石壁精舍还湖中作诗》《登石门最高顶诗》《从斤竹涧越岭西行诗》等均将佛理与山水结合，开一代诗风，在中国佛教史和诗歌史上都有深远影响。而废名小说中的"哲思"，又与五四初期表达"人生问题"的诗文有所不同。五四文学中之哲学沉思，更为解决"怎么办"的现实问题；废名这里，所思考的问题和思考问题的方式，都精微和抽象得多，即，无论是形式还是最终目的，都更有形而上的哲学意味，尽管其中也不无叩问现实、安顿自身的实际要求。

如果我们能越过上述理念、命题的障碍而不过分滞实还能够发现，废名相当重视不同阅历的生命个体在理解、感悟难于用语言表达的抽象理念时，所具有的差异性和私人性。即使这有令他走入哲学的困境和悖论的可能。比如即便是亲密无间如小林、细竹和琴子，他们在对许多问题和观念的理解上都是有极大的歧异的，然而彼此也并不苛求意见的最终统一，形成自说自话的态势。比如，同样面对坟，小林的想法是"年青死了是长春，我们对了青草，永远是一个青年"，而细竹则让小林"不要这样乱说"。接下的一句意味深长："他们真是见地不同。"而琴子看小林则是"苦于不可解，觉得这人有许多地方太深沉"。（《树》）但废名也只是点到为止地指出他们思考问题层面的不同，凸显出这种差异后，这个话题也就结束了。他们之间既沟通又不沟通。故而《桥》中的三个人是独立，确切地说应是孤独的，即便只是在某个问题上达成共识也难。虽然形成了《红楼梦》中宝黛钗式的三角关系，却明显让人感到，他们的"三人行"永远不可能有交集。耽于玄想、不切实际的小林是寂寞和不为人理解的，其他人又何尝不是如此！这就写出不同主体在理解和表达同一客体时必然要遭遇的、具有本体论色彩的困境：生命体验的绝对个体性和言语表达的绝对非个体性的悖反。《桥》也因此弥漫着寂寞的空气并带着禅意——禅宗不仅"是静默的哲学"①，而且极为强调参禅悟道的个人性和主体心灵的能动性，以及对人生终极意义直觉式的领悟。

也因此，废名在《桥》中并没有对所关注之物事作确切的、一问到底的追究。许多时候，都是在问题的探讨将要达到水落石出的最后关头，蜻蜓点水般轻轻掠过。这种主要是由于不同主体在理解客体时，意识的飘忽变幻、无法完全统一而导致的含糊其辞，不仅使问题停留在最初提出的状态，而且进一步将其置于复杂难解的境地。这样，整部小说就像一张引而不发的弓，而它最终射向何方，可能的答案将会有无数个。这无疑会使惯于追问最终结果、得到肯定判断的中国读者难于接受也难以理解，而《桥》费解和耐读的原因也在这里。

这种写法标示出的，不仅是废名对人和人的意识、观念的特殊理解和尊重：外部世界只有按照个人的想象和理解存在才是有意义的。但更重要的恐怕是，《桥》的写作策略和文学精神传递出（它本身也应该来自于）一种更富现代气息的小说观念，即"小说的精神是复杂性的精神。每部小说都对读者说：'事情比你想的要复杂'，这是小说的永恒的真理"②。我们也就能理解废名告诫读者，"不要轻易说，'我懂得了！'或者说'这不能算是一个东西！'"的用心所在。在此意义上，《桥》确实只是"桥"，是导引读者认识世界的复杂存在、寻找那些不可知的解的桥。因此，就可用废名对小林的评价，阐明《桥》的文学意义，"小林这人，他一切的丰富，就坐在追求"（《桥·诗》）。

四　世界图景的拼接

一如冲淡平和与浮躁凌厉同为魏晋的时代风神，大约与《桥》同时，奇僻生辣的《莫须有先生传》也陆续写出。之前端倪初露的对

---

① 冯友兰：《中国哲学简史》，北京大学出版社 2001 年版，第 218 页。
② 米兰·昆德拉：《小说的艺术》，三联书店 1995 年版，第 17 页。

于世俗人生的嘲讽戏谑，此时演化为处处逢源的嬉笑怒骂。与《桥》的省净平和完全不同，《莫》是在"满纸荒唐言"的叙事表层下揭示"一把辛酸泪"的生存真实。这是它们具有内在联系的地方：二者取不同向度、以不同话语形态，表达出对世界图景和自我存在的探寻与认知。

第一章《姓名年龄籍贯》中，废名刻意模糊、但也不断提供莫须有先生的真实信息，这为文本中的奇思妙想、荒唐言论提供了可靠的前提，因为作者这里暗示出，作品世界是虚构、"莫须有"的，并非现实（未必文如其人），但同时虚构却又是以现实为基础的（文中有其人）、可靠的。废名的声明并不矛盾，他特别指出自己创作的双重性质，目的在于一边以明显的叙述人"我"的存在（比如小说中常出现类似"我简直不肯往下写了"的话语）维护自己作品作为可以虚构的小说文体的优越地位，因此取得随意发论的权利；但一边又在解构虚构世界，开辟一条通往现实的路（比如第九章所写，是"自己拿了自己做材料"），以现实世界映现虚构世界，或者暗示虚构世界的现实性和真实性，那么这时不仅作者可以在现实和虚构之间自由往来，而且亦可引导读者不要把小说纯然当作虚构，应以观察现实世界的眼光看待、思考小说世界。

其再一个优点就是，很可能在文本内部形成虚构、现实交织的双重世界。譬如，这种亦真亦幻就拉大了莫须有先生的行为举止与世俗现实生活的距离——第二章就强调了这种距离："但那么一个高人岂是这么一个世俗的原因。"而在最后一章中，这种距离依然存在，作者以反讽的口吻再次强调，"我以为怪的，是他追求理想的方向，恰恰都在社会习惯所指定的正道的反面"。而且文本的主体也大致是以书生与村妇为象征符号和叙事框架的，理想和现实、想象与经验在日常生活片断中的不断交锋。

第二章起，莫须有先生开始俗世的奇遇。他下乡，与房东太太在花园不雅地巧遇，后又碰到更俗的三脚猫太太，代人写信，看一群老娘儿们斗嘴……都是俗事。但废名正是通过叙写莫须有先生和村妇面对这些俗事时态度和观念的不同，凸显生存理想和生存现实的不同，进而考问（确切说是拼接）世界的真实图景。

莫须有先生和房东太太有各自看问题的角度、生存的层面和审视生活的任务：前者多以理想化、抽象化的想象或自我的心灵感知看待现实生活，比如，"世界正同一个人的记忆一般大小"、"我有许多少年朋友在那里生生死死，都是这个时代的牺牲者，所以，那个城，在我的记忆里简直不晓得混成一个什么东西了，一个屠场，一个市场"等等；与之形成对位，房东太太则是相当现世的，她依恃的价值观念与世俗社会舆论、判断相一致，并以之为基础，对生活和世界做出解释。借莫须有先生的话，这种差别是："你总是讲这样实际的话！""我此刻的心事完全同你不一样"，"我们两人讲话无从谈起了，我讲的是那个，你谈的是这个。"——这是废名有意使人物的思维方式、表达方式和行动方式各行其是，为的是最终使整篇小说的意义表达处于平行的两个层面上，以暴露他们各自代表的，理想和现实、想象和经验之间的距离。

于是我们看到，村妇们眼中的莫须有先生"简直是一个疯子"，一副可怜的"呆相"，成天说着空话。而莫须有先生自赏的"我的心总是清明的，抵掌能谈天下事"的别具只眼，在房东太太看来也只是他自己"扮个丑脚样儿"。莫须有先生认定房东，"你老人家完全是一个写实派，一说又说到事实上去了，……我可不这样想"，但"好心"的房东太太却劝他"以后多谈点故事，不要专门讲道理，人生在世，过日子，一天能够得几场笑，那他的权利义务都尽了"。莫须有认为"理想派"才能懂他，而村妇目光如豆，"只记得金子"。而且经过代为三脚猫太太写信的狼狈，自己"到如今只落得在你们的面前钩心斗角！"这里我们发现，满脑子"道理"的莫须有先生和引出许多"故事"的房东太太几乎互为镜子，鲜明地映现出彼此在对方心目中的形象。也正缘于此，双方的差异和距离就会在每一个生活细节上都不断得到表现。

与此同时，通过对两者的生动描绘，文本开始体现小说的两种持久和普遍的功能：向哲理提升、引导读者思索的"讲道理"的功能和使小说逼真、呈现具体形象的"谈点故事"的功能。废名有意让莫须有先生和村妇分别承担这两种功能，这又进一步强化了他们各自的形象：房东太太串起莫须有先生代人写信、看顶戴、记日记、写情书等事件，不断牵引出附之于上的议论。莫须有因此能将一己对世界的理解抒发出来，比如，"所谓'天真'，所谓'自由'，只有我们生而为人者才意识到，也就是我们的理想，凡百有生则完全是一个本能作用而已"，桃花源"看来看去怎么正是一个饥寒之窟呢？"并且在此基础上进一步激发读者的思考。像废名在《莫》的序言中指出的，令小说"实有一思索的价值也"的阅读效果。这样，因为二者一处形而上的层面，一处形而下的层面，小说实际上也就在现世的、抽象的不同的维度上，揭示出生命的生存现实。

另外，以房东太太为参照，作者又将莫须有先生置于常态生活之中，当读者能随莫须有的眼光和视线审视世界时，就能暂时抽离或者说间离（estrange）自己与实际生活、常态心理之间的必然联系，这意味着，读者自己曾经熟视无睹的现实生活和实际观念，均将被重新审视；而看来是"一个疯子"的莫须有先生的许多话语中，就能够说出看来是"理智"之人难以说出、也不敢说出的，有关现实生存的真话和真相（这有些像鲁迅之借于"狂人"，才对中国社会历史做出入木三分的概括的话语逻辑），比如"人生就让它是一个错误的堆积又算什么呢？""天下并无奇迹"，"圣人才真是凡人，经典也大都是小说"，等等；并且，反而能有足够的理由在历史的此岸世界，"切实"地表达自己对于诗意、合理的栖居方式的向往，比如，做个"能够快乐一阵，做做文章"的"艺术家"。

因此在某种意义上，莫须有先生并非小说唯一的传主，他和房东太太是互补关系，是对方意义生成必不可少的前提。作者也暗示过其各有所长："老实说，一切大问题莫须有先生都已解决了，所差的就是这一个人家常过日子的琐事"——家长里短正是房东太太所长。莫须有先生迷惑于"我的世界，是诗人的世界，还是你们各色人等的世界！"其实正说明他们彼此眼中的对方和世界，在各自的生存层面上都为"真"，都具权威性。而其错位性的交锋则说明，他们自身的生存也是只有在各自相对应的层面上时才有意义。比如说，房东太太的世故和小聪明只有在应付俗世生活时才实用，而莫须有先生必须遭遇到房东太太的嘲讽和不理解，才表明他逸出了历史轨道，获得立于现实生活之上的层面，不仅可以反思自己，也能反思的现世的生存。但这里实际又存在着的一个悖论是，他们实际都不具备正确评价客观世界的能力，他们以各自不同的观点、角度和方式映现世界，对于客观世界的整体而言，难免有主观随意性和局限性。这就需将二者两相对比、互为参照。这样，莫须有和村妇其实又为彼此解释了世界。最终，只有将他们眼中的世界合而为一，这个世界的真实图景和生存的全部真相才能得到全面客观的反映。

五　社会历史的反思

如果说，废名在《桥》中谈玄，在《莫须有先生传》里论道，那么《莫须有先生坐飞机以后》则是说理。他凭借说理放纵随心地表达自己，也通过说理一以贯之地观照世界。

除了生命体验、玄学境界，魏晋文人为后世所追慕的，还有其一往情深。他们的歌哭悲欢往往能见情见性、纯粹自我地叠映在其诗文当中。这种在文学实践中追求作者主体性和个性的自我表现，也是废名推崇的。早在 1927 年，他就认为在小说中"我只知有那一个诗人，无论他是怎样的化装"①。之后又在《莫须有先生传》（第一章）中断定"大凡伟大的小说照例又都是作者的自传"。1937 年又谓"名句不一定表现着作者……我所最喜爱的一句两句诗，诗是真写得好，诗又表现着作诗之人……律诗能写如此朦胧生动的景物，是整个作者的表现，可谓修辞立其诚"②。直至 20 世纪 40 年代，还在《莫须有先生坐飞机以后》中强调，"我读莎士比亚，读庾子山，只认得一个诗人，处处是这个诗人自己表现"，这就可见其持论的一致性。

在《莫须有先生坐飞机以后》之前，废名的许多小说中已有自己的影子。初期的忆旧之作《柚子》、《初恋》和《我的邻居》均以

---

① 废名：《说梦》，《语丝》1927 年第 133 期。
② 废名：《随笔》，《论新诗及其他》，辽宁教育出版社 1998 年版，第 235 页。

"我"贯穿全文，且都叫"焱哥"；《枣》《墓》更是充满寂寞的自说自话。即或是在第三人称的全知全能叙述中，废名也刻意提醒"我"的视角和感受的存在，比如《竹林的故事》。《桥》和《莫须有先生传》，则形成了较少见的，第一人称和第三人称同时出现的叙事局面，譬如，"（小林）他到了些什么地方，生活怎样，我们也并不是一无所知，但这个故事不必牵扯太多，从应该讲的讲起。"（《桥·"第一回的哭处"》）还有"山上的岁月同我们的不一样，而莫须有先生传又不是信史，而我有许多又都是从莫须有先生日记上抄下来的。"这都是废名对自己叙事技巧层面的自我说明和调侃，有意形成自我指涉，以表明"我"的存在，这个在场的"我"和作者具有同一性，所以我的出现显示着作者对整个叙事层面的支配，以及对叙事者和读者关系的把握和设计。这使叙事带上鲜明的主观性，也极具个性。

"我"存在的意义还不只是为了支配叙事，更是为了让读者理解（尽管这反而使小说显得纷乱纠缠、难于理解）："我"其实既站在小说作者的立场上，又站在读者的立场上，这两种立场一对应着虚构世界，一对应着现实世界，废名隐约透露出想将虚构和现实结合起来的意图："我"一面在维护自己作品世界的优越性、指出其虚构的性质（"故事"、"又不是信史"），另一面又在拆除虚构世界的藩篱（"我们也并不是一无所知"、"从莫须有先生日记上抄下来的"），提醒读者他的小说决不仅仅是个故事。这都留下了足够的空间，使废名不论是在现实还是虚构世界，都有可能表明自己的态度、情感和哲学。到《莫须有先生坐飞机以后》，虚构世界的藩篱被完全拆除，废名似乎不再关注文本"虚构"的"小说性"，而只在意如何更畅快地表达他对历史和人生的反思。此时，作者和"莫须有先生"合二而一，人名、地名都不再假托，因而记录社会历史，也是对废名艰深思索历史文化的精神历程的展露——他以避难见闻为依托缘事发理，从容自在地倾泻自己对社会、历史和人生的观感，"字里行间，时时流露出作家的感喟和讽刺"①。

---

① 唐弢：《四十年代中期的上海文学》，《文学评论》1982 年第 3 期。

从《莫须有先生传》到十几年后的《莫须有先生坐飞机以后》，虽然见情见性的自我表现仍有赓续，但某种明显的变化也透露出废名晚期思想进展的轨迹。这时，废名已经能够将内心世界精微的体验和感受与对外界事物的分析评判不露痕迹地结合起来。以"夹叙夹议"的方式看取世界，不玄远也不过分质实。这或许是受禅家道不远人、不离俗世而超越俗世的思维方式的影响，也可能是由于长期不被理解的寂寞使然。但导致这种变化最强有力的原因应该是抗战。历经这一民族劫难，废名在故乡更广泛地接触了社会和人生，加之战后重返北大，应该受到当时文学思潮的影响——20世纪40年代，整个中国文学面对着遍体鳞伤的民族进入了对历史、现实和知识分子自身的沉思和反省的时期。这种沉思状态滤去了前一时期（不仅是抗战前期，甚至可以是新文学发展以来）难免的浮躁凌厉之气，而在平实稳健中显示出理性的清明以及前所未有的探索和反观历史的深度和广度。上述机缘都可能在不同层面上对废名发生综合作用，促使他记录国情、反思文化。正像小说申明其缘起，"他怕中国读书人将来个个坐飞机走路，结果把国情都忘掉了，他既深入民间，不妨留下记录。"废名确实在以记录所需的详尽和实录展示战时的社会和历史；但不同于一般记录的是，实录中更有反思，或者说，实录正是为了反思，抽象的历史、哲学问题在社会风尚、战时生活和百姓情绪中获得点化，而小说虽看似指事直说、随手信口，却能自成文章，发人深思。

在对逃难、卜居、日常劳作、征兵、小学和中学教学生涯、过年、跑反等战时生活侧面的描述中，废名直陈自己对于政治、文化和历史的独到见解，比如，"关于中国文化是否应该全盘西化的问题，莫须有先生认为是浅识之人的问题，而中国教国语的方法则完全应学西人之教其国语，这是毫无疑问的。"中西文化的关系问题早已在作者思考的范围里。他谈宗教，认为"世人不知道佛教的真实，佛教的真实是示人以'相对论'"；论历史，认为"中国的历史都是歪曲的，歪曲的都是大家所承认的"；析国民精神，认为"中国的老百姓的求生的精神是中华民族所以悠长之故"；亦指斥"进化论是现代战争之源，而世人不知"，"历史与今日都是世界，都是人生，当有一个对，一个不对吗?"更多的时候论学说文，"中国学文学者不懂得三百篇好不足以谈中国文学，不懂得庾信文章好亦不足以谈中国文学"……这些观点瑕瑜互现，分布穿插于绵密的叙述中，机锋时现。废名还有意使用"足以""都""只有"等相当绝对化、极端化的词语和判断句的句式，似乎在以一种"权威"的叙述方式刺激读者思考或接受其发论。这些观点正确与否当然犹可商榷，我们关注的是，其师心使气处，直追魏晋狂士的尖锐和不羁。也这正是契合了李健吾对废名的评价："这沉默的哲人，往往说出深澈的见解，……他有偏见，即使是偏见，他也经过一番思考。"①

《莫须有先生坐飞机以后》是一篇终结之作。从早期的创作至此，废名一直在探索和变化。目前研究更多关注的，也是他在形式层面上的不断实验。然而形式实验的内在动力，来源于或者说是为了去适应废名在不同时期对于生命、社会和世界在不同层面上的不同理解。由"人的发现"而发现自然和社会，又由之重新思索和定位人的生存，这一直都是废名创作不变的主题。而在这一种主题下，废名的小说呈现出多样的形态，其中就不仅是对生命意义的艰苦探索，还有自觉的为文意识。

第二节　文的自觉

一般而言，"文的自觉"是指"魏晋以后，文学才成为一种独立的文艺形式，文学创作才成为一种自觉的艺术活动"②。在魏晋，它是与"人的发现"相适应并且互相发明的新形式。而若以"文的自觉"来衡量，废名刻意在文学的形式层面孜孜探求，为自己的内容和主题寻找最恰切的表达形式，在现代作家中也几乎成为一种象征。他自言写小说"用写绝句的方法，不肯浪费语言"，"运用语言不是轻

---

① 李健吾：《鱼目集——卞之琳先生作》，《咀华集》，人民文学出版社 2001 年版，第78 页。

② 袁行霈：《中国文学史纲要》（二），北京大学出版社 2003 年版，第 8 页。

易的劳动，我当时付的劳动实在是顽强"，[1] 也是有意为文的表现。废名的"顽强劳动"是有回报的。周作人对其小说就评价极高："我觉得废名君的著作在现代中国小说界有他独特的价值者，其第一的原因是其文章之美。"[2] 废名也确实找到了极富个性并流动着魏晋文学血脉的表达方式。比如"断片"的小说结构方式；对非严肃精神的重新发现；对玄想和思辨的高度重视以及对语言本体的沉迷等。循此，废名以自己的方式、自己的逻辑，一个接一个地发现了存在的不同方面。

一　断片的美学

现代小说理论认为小说高于故事。但在中国传统的叙事中，"故事"一直都是以因果关系为哲学基础的情节小说的中心和主体，关于人生意义、生存真实的探讨（这一般是小说叙事的最终目的）就常寄寓在这故事当中。直到 1922 年，茅盾还对"中国人一般看小说的目的，一向是在看点'情节'，到现在还是如此"不满，认为"非把这个现象改革，中国一般读者欣赏小说的程度，终难提高"。[3] 废名却在摆脱"故事"和情节的囿限——《桥·故事》中的一句话意味深长地道出废名的观念："人生的意义本来不在它的故事，在于渲染这故事的手法"——这不等于说他的小说中没有故事，而是说，相对于讲什么故事，废名更关心故事怎么讲：他的"手法"常是，无意于精细分析人物性格命运的逻辑发展和事件的因果关系，而多由思绪引发的"断片"构成小说。即，在很多时候，和别的小说组成部分不具外在的连贯性，各段落间无明显的因果、转折等表层逻辑，但自身又具自足性的"断片"，在其小说中既是小说的形态也是小说的手法。当然，"断"是就表层的语言形态而言的，在现实世界和想象世界之间自由滑翔的诗性思维是小说并不间断的文脉，它既是促发断片

---

① 废名：《废名小说选·序》，人民文学出版社 1957 年版，第 2 页。

② 周作人：《枣和桥的序》，《知堂书话》下卷，海南出版社 1997 年版，第 931 页。

③ 茅盾：《评〈小说汇刊〉创作集二》（发表于 1922 年），《茅盾全集》第 18 卷，人民文学出版社 1989 年版，第 244 页。

不断生成的内在力量，又是贯穿这些珍珠似的断片的红线。

早期的小说代表作《竹林的故事》、《桃园》、《浣衣母》、《菱荡》和《河上柳》已经初显这种特色。最直接的证据是，它们很难回答"它到底讲了一个什么故事"的提问。读者在其中更多看到的是由生活细节、某一场景或情境等构成的断片，而在传统小说、包括许多现代小说中，只具备上述因素并不能够全然结构小说，它们大多作为故事情节的某一片段或渲染整体氛围的某一部分而存在，相对于整体的故事和小说，它们是断片，仅作为次级功能存在却无主体性功能。可在废名的小说中，这些断片却代替情节结构了小说，而且由于并不要求缜密的逻辑关系，在纵向的小说发展上，断片可被不断生发，加上自身往往由特定的故事浓缩而来，这样，即使外在的叙事层面并不构成一个完整的故事，但在内部却可能指涉、隐含着许多故事（包括情境），这就使小说意蕴深长、耐人寻味。废名认为六朝文章有"摘一片叶子下来给你们看，你们自己会向往于这一棵树"①的妙处，完全可以用来描述由"断片"组成的小说的优长。

《桥》是这种"断片"美学所能达到的极致。在这部小说里，早期还可勉强连贯和找寻出的故事逻辑被完全摒弃。朱光潜认为它"几乎没有故事"②，与20世纪30年代的大多数评论一致："读者从本书所得的印象，有时像读一首诗，有时像看一幅画，很少的时候觉得是在'听故事'"③。直到20世纪，许多研究者依然以"画簿"式的结构④或散文化小说描述其"形散"特点。但笔者以为，"断片"也许是更能切近废名小说诗学特色的概括：它在以《桥》为代表的小说中表现为由宇宙或心灵外化的山水或玄思构成的不同艺术意境，"动作大半静到成为自然风景中的片段"且"每境自成一趣，可以离开

----

① 废名：《谈新诗》，《论新诗及其他》，辽宁教育出版社1998年版，第30、129页。
② 孟实（朱光潜）：《桥》，《文学杂志》1937年第1卷第3期。
③ 灌婴：《桥》，《新月》1932年第4卷第5期。
④ 方锡德：《中国现代小说与文学传统》，又，在《现代小说中的"散文画"》（收入《文学变革与文学传统》，北京大学出版社2003年版，第370页）中仍以"画簿"式结构分析《桥》。

前后所写境界而独立"。① 刘西渭称废名在《枣》后的创作"失却艺术所需的更高的和谐……逃免光怪陆离的人世，如今收获的只是绮丽的片段"②，是一种到位的美学把握，尽管其中不无批评意味，但他也承认，废名的表现方式拦住的只是一般读者，却可能是少数人的"星光"。

"断片"美学在废名小说中出现具有某种必然性。一方面，它适应了思维、情绪的偶发性。废名执着于把捉并表现生命对万物的感性体验，这些感受又主要由随着场景、事件的变化而不断生发和拓展的议论、回忆或感悟构成，其运动性不仅会使之呈现发散型、多面性的特点，加之思维的运动本身就具有偶然性、跳跃性和不可预知性，这都决定了，线性发展的故事情节无法包涵小说内容。反之，跳跃性思维又容易使情节的线性发展受到瓦解，倘要表达这些主要是由某一情境或生活细节引发的体验、感悟甚至是想象和潜意识构成的内容，其小说的形态就可能会是断片。

另一方面，"断片"也是传统诗学常用的手法，它伏源深广，并非废名独创，而只是独具慧眼的发现和续接。像普实克所说，"中国古典诗歌使一种创作构思的艺术——通过一个印象以最有效的方式表现无数细节的构思艺术——达到了炉火纯青的地步。"③ ——这种运思方式亦可用"一叶知秋"、"以一斑而窥全豹"进行通俗的表达。而废名本身是诗人，同时又喜欢庾信、李商隐和温庭筠且对中国诗歌有深入了解，他也一直在以作诗的心态和手法作文，吸收其进入小说创作，应是一种当然。

无独有偶，斯蒂芬·欧文在其著名的《追忆》中，也论述过"断片"。他认为"所谓断而成片者，就是指失去了延续性"……"这块断片所以打动我们，是因为它起了'方向标'的作用，起了把

---

① 孟实（朱光潜）：《桥》，《文学杂志》1937年第1卷第3期。

② 李健吾：《画梦录——何其芳先生作》，《咀华集》，人民文学出版社2001年版，第113页。

③ 普实克：《普实克中国现代文学论文集》，湖南文艺出版社1987年版，第59页。

我们引向失去的东西所造成的空间的那种引路人的作用"，① 因此反而是，"整体的价值集中在断片里"②。我们在废名的小说中也可看到，具有自足性的细节和断片，不仅"自成一境"且能生发，确切地说，是引导读者找寻——集聚——延续从而在最终能复得断片所来自于的、更广大深邃的整体；与此同时，看似松散的外观则为这些自成一境的断片的或独立、或连缀提供了意义生成的足够空间。这样，"断片"由于其不完整性反而标志出包含"断片"的整体世界（幻想的或是现实的）的深远和博大。也因之，断片可以成为小说本身和小说形态。

《桥》就描绘了许多由小林们的主观想象所生成的"个人的意境"，促使这些意境形成的动因可能是诗词曲赋、花鸟虫鱼等介微之物，但重要的不是以"断片"形态存在的"起兴之物"，而是其中包含的、作为未来可能性的整体。即，当读者的注意力被这"方向标"所指引，从而走向某种隐而不露的深处，这整体（"个人的意境"）才会完满实现。比如，《路上》一章写琴子和细竹在杨柳夹道的路上信步，杨柳让琴子想到，"唐人的诗句，说杨柳每每说马，确不错。你看，这个路上骑一匹白马，多好看！"细竹因之又想到"走马看花"，这时，正是"这四个字"作为触发点（或曰小断片），使琴子有"你这句话格外叫我想骑马"的感受，于是废名接着写道："这是她个人的意境。立刻之间，跑了一趟马，白马映在人间没有的一个花园，但是人间的花。好像桃花。"此时，"白马映在人间没有的一个花园"这样绮丽的、天上人间自由想象的自足、完整的意境生成。

在上述完整意境生成之后，小说其实还具有生生不已的能力，保证着文脉的贯通：因为相对于小说的其他章节而言，这些已经自足的、"单元式"的意境之间是不具延续性和因果关系的，可视为更"大"的、具有"引路"作用断片，它们的存在又足以使我们的阅读和玄思从各个方向向整体挺进，去构筑更为寥廓的、关于宇宙、自

---

① 斯蒂芬·欧文：《追忆——中国古典文学中的往事再现》，上海古籍出版社 1990 年版，第 79、80 页。

② 同上书，第 93 页。

然、人生的邈远也是最终极的意境。这既为何废名在一定程度上颠覆了现实主义小说中的"人物——情节"模式，弱化小说故事性功能的同时，还可以表达出对生命内在美感的哲学发现和审美发现。甚至可以说会表达得更好：由这些断片组成的小说，其意义和信息的涵容量是可想而知的。故而小林可以处处谈玄，莫须有先生则时时论道，几无故事的小说，展示的却是一个广大悠远、处处生花的世界。

二　对非严肃精神的重新发现

昆德拉认为《堂吉诃德》"充满了非严肃精神的活力，这精神却被后世的下半时的小说美学、被所谓真实性的迫切需要变得不近人情，难以理解"[①]。将其引入中国文学，如果给予较为宽泛的外延，我们完全可以说，倘用审美的眼光考究魏晋风度中的见性见情、离经叛道，在祢衡于庙堂脱衣击鼓，刘伶、阮籍们纵酒放诞等行为中，其实已经蕴含并张扬着"非严肃精神"。并且，诚如鲁迅所说，"表面上毁坏礼教者，实则倒是承认礼教，太相信礼教"[②]。"非严肃"精神其实是严肃的：在种种夸张和极端表现的背后，是对固化的礼法名教束缚下的自然之心的解放，对人生真意义、真道德的发掘。不管是在哪一层面上，伦理的、社会的还是美学的，它都是对已经僵化的规则的反动和冲击，对某些被压抑的规则和内容的寻找。这些被压抑的规则，同样可能是真理。这也是其最重要的意义：从文学发展动力的角度看，它可以不断促使现有文学秩序、文学规则的调整；而就文学发展的多元化来说，仅只作为一种文学风格和结构方式，非严肃美学精神也有存在的足够理由。废名被称为"邪僻"一路的讽刺小说，包括莫须有系列，亦未尝不是对这种非严肃精神的重新发现。并且正像阮籍的"外坦荡而内淳至"："外坦荡"就是敢于打破礼法的束缚，不矫情虚伪，但其底里是"内淳至"，是对人对真诚的爱重，并不浮

---

① 米兰·昆德拉：《被背叛的遗嘱》，上海译文出版社 2003 年版，第 63 页。
② 鲁迅：《魏晋风度及文章与药与酒之关系》，《鲁迅全集》第 3 卷，人民文学出版社 1998 年版，第 513 页。

华轻薄。① 废名小说中的嬉笑怒骂、放诞不羁也正可视为魏晋风度在美学维度上的外化，它是打破传统的小说模式，对小说观念与内容，结构和形式的革新。而在其背后，是对于小说诗学艰深严肃的思考以及"确是忠于人生"②的真诚创作理念。

诗学层面的非严肃精神，是洞察人生的一种视角，结构小说的一种方式和一种小说风格。废名正是由之借力，从传统审美观照时严肃性的，却也是虔敬沉重的羁绊中超越出来，或以一种自由无忌的眼光重新发现世界；或对严肃的事物加以滑稽处理，以此特殊方式揭示社会和世界真相的另外一面。这在沈从文看来是"趣味的恶化"，是"把文字发展到不庄重的放肆情形下"和"刻画缺少严肃的气氛"，"诙谐的难于自制"③——他是以"朴素的美"等正统文学批评标准评判废名创作的新发展的，然而这恰是废名挑战传统小说理念的地方，也正反打出成就废名非严肃美学精神的两个要素：乱写和诙谐。

（一）乱写

写作时"不庄重"、"放肆"甚至看来不假严密规划，我们一般都可称其为"乱写"。但在废名，"乱写"却是一个严肃的诗学观念，是从他所称道的庾信的文章中体悟出来的："真的六朝文是乱写的，所谓生香真色人难学也。"④要乱写就将"破坏"复杂而严谨的艺术结构，在技术操作层面，是他"个人觉最有意思"，也包含"极大的欢乐"的"无全书在胸，而姑涉笔成书"。⑤废名不只欣赏乱写，还

---

① 参见李泽厚、刘纲纪《中国美学史》上册，安徽文艺出版社 1999 年版，第 153 页。

② 废名：《妆台及其他》，《论新诗及其他》，辽宁教育出版社 1998 年，第 203 页版。

③ 沈从文：《论冯文炳》，《沈从文选集》第 5 卷，四川人民出版社 1983 年版，第 294、295 页。

④ 废名：《三竿两竿》，《废名选集》，四川文艺出版社 1988 年版，第 727 页。

另：本章使用的"魏晋"还下延包括南北朝，虽魏晋文与南北朝文颇有差异，但相对于两汉文和隋唐文，在文学精神上自有其欣赏人格独立、强调文采与想象、智慧与深情并重等独立品格，这种一以贯之的特殊精神使魏晋南北朝文学可作为整体而存在。汤用彤先生在《魏晋玄学与文学理论》中亦指出，"而常谓魏晋思想，然其精神实下及南北朝（特别南朝）。其所具之特有思想与前之两汉、后之隋唐，均有若干差异。"（《魏晋玄学论稿》，上海古籍出版社 2001 年，第 194 页）。

⑤ 废名：《无题》，《冯文炳选集》，人民文学出版社 1985 年版，第 359 页。

依此为标准评价新文学中的诗歌和散文，认为郭沫若的诗"本来是乱写，乱写才是他的诗，能够乱写是很不易得的事"①；并说"亡友秋心君（按：指梁遇春）是白话文学里头的庾信，我看他写文章总是乱写，并不假思索，我想庾信写文章也一定如此"②。

《莫须有先生传》叙事涉笔成书，处处生情；取材雅俗共赏，美丑杂陈，堪称乱写的经典文本。借莫须有先生的话说是，"目之所见，耳之以闻，都是文章"。这首先表现为，小说并不遵循理性的思维逻辑和严格的因果逻辑，而是自由漫漶地描写莫须有先生由于目见耳闻引发的具有偶然性和跳跃性的玄思。譬如，他由看到去山西打仗的士兵而想到人类的命运，忽然又从前面走来的花轿感到花轿在天地间的寂寞和新娘的肚子饿不饿，这里看不到废名对意识活动进行剪裁和择取的痕迹，思绪完全随着路途见闻而游走发散，它"流过的地方，凡有什么汊港湾曲，总得灌注潆洄一番，有什么岩石水草，总要披拂抚弄一下子"③。乱写的特点也反映在其取材的俗而直上。比如废名戏写房东太太的杏林解溲，亦直陈代人写信时因为信纸和邮票钱与房东太太、三脚猫的"钩心斗角"，还写他在乡下厕所里，"蹲在两块石砖之上""悠然见南山，境界不胜其广"的随遇而安，这就难怪被沈从文斥为"不庄重"。再从小说的整体结构看，前后章节之间的题目和内容时雅时俗、互不搭界，显得全无规划、处处流连，可处处流连又"都不是它的行程的主脑，但除去了这些也就别无行程了"④。这种思绪上的随意、取材上的恣肆和整体的看似无主脑，也只能以"乱写"来概括了。

当然，乱写只是形散，小说最终的落脚处是生活和生存。前清遗民、被征士兵、愚昧村妇和现代知识分子这各色人等夹带着他们的生

①　废名：《谈新诗》，《论新诗及其他》，辽宁教育出版社 1998 年版，第 129 页。

②　废名：《谈用典故》，《废名散文选集》，冯健男编，百花文艺出版社 1992 年版，第 75 页。

③　周作人：《莫须有先生传序》，《知堂书话》下卷，海南出版社 1997 年版，第 937 页。

④　同上。

活和思想在"乱写"中粉墨登场，乱写的聚合也构成对当时芜杂动乱的生存的总体印象。而乱写背后隐现出的广大的世界图景和对于生存形而上和形而下的全面思考，则是将乱写凝聚的内在力量。

《莫须有先生坐飞机以后》是夹叙夹议的战时生活流程，生活原生态的芜乱和松散是其内容也是结构，实践了莫须有给学生传授的作文方法："一切的事情都可以写的"，因为"以前的文章则是一切的事情都不能写，写的都是与生活没有关系的事情。"而且"要紧的是写得自然，不在乎结构"。但这种基于对"以前的文章"的反思基础上的实践也是"文的自觉"的表现，其最终目的实际是要"动用所有理性的和非理性的，叙述的和沉思的，可以揭示人的存在的手段，使小说成为精神的最高综合"①。这样，乱写其实逼近了小说自身的真理——既是为了更好地关注人的生存真实和生存意义；同时又是对此前"注重情节、注重结构，因之不自然"②的固有小说模式不满的必然结果。这种破中求立的乱写手法中蕴含着极为可贵的、更具现代性的文体自觉意识：在现有的叙事模式外，怎么找到一种更适当的文体来反映人生、生活和生存。"乱写"的小说实践就是废名贯彻这种认识和思索的结果。

（二）诙谐

诙谐是源远流长、富于文化意义的存在：《史记》中就有《滑稽列传》，《笑林》已见对谐谑的自觉欣赏，记载言行诙谐之人事也是后来的笔记文的重要组成部分。《世说新语》的《排调》《任诞》所载魏晋名士的风流中亦包含有诙谐的因素。"优孟衣冠"显示出谐谑所能达到的作用和效果。诙谐还是一种生活态度和精神境界，苏轼就是代表。当然，诙谐更是一种创作智慧，它是诗人"以游戏的态度，把人事和物态的丑拙鄙陋和乖讹当作一种有趣的意象去欣赏"③。废

----

① ［捷克］米兰·昆德拉：《小说的艺术》，三联书店1995年版，第15页。

② 废名：《莫须有先生坐飞机以后》，《废名选集》，四川文艺出版社1988年版，第565页。

③ 朱光潜：《诗与谐隐》，《朱光潜美学文集》第2卷，上海文艺出版社1982年版，第27页。

名小说中的诙谐，就或者是因庄谐并置的局面形成，或者是因故意夸张造成的嘲弄意味导致，且已成为自觉的构思技巧。譬如《文公庙》中，废名特地指出主人公是教书先生与和尚。一般来说，他们的身份让人想到的是神圣和庄严。但教书先生惦记的却是怎么吃饭，而且"实在他不关心韩文公"；而和尚则纠缠于"上茅司"的事情，且出言不逊、满嘴脏话，诙谐、滑稽的效果自然呈现，可谓平地生谐。

废名也通过反复申说和有意夸张制造诙谐的气氛，如"石大先生娘子来了，穿了石大先生娘子的裙子来烧香"（《四火》），"张太太现在算是'带来'了，——带来云者，……"（《张先生与张太太》）。这种反复，是作者有意将所写人物的性格特点，如迂腐、假道学和自以为是等带入叙述，达到叙述对人物的戏拟效果。再就是比喻失当。如"莫须有先生站在地球之上鸦雀无声了，"实际是写莫须有从座位上站起来的一个小动作；说错话的后果是"凡事都不可挽回"，事实和文本话语之间存在着明显的不对等。此外还有刻画乖违。如"其房东太太，送了客回头，忍不住还要踵见一踵见。掀帘而入，一见其人高卧不打眼，又缩头掉背而逃之"（《莫须有先生传》），这是故意用之乎者也的文言文描绘世俗的形迹，在语言层面上形成强烈的反差和对比，成功地将村妇的动作充分漫画化和夸张化，将其狡黠、多事、庸俗和愚憨的性格特征生动的描绘出来。这里，"诙谐"不仅只是作为一种文体风格而存在，它更是塑造人物性格最为重要的支援力量。

应该指出的是，诙谐只是作者引导着读者用另外一种方式和眼光看世界，在这一点上，它与严肃文学或者说文学中表现出严肃性的那一部分，具有同样的重要性。这正是巴赫金强调指出的，"诙谐，和严肃性一样，在正宗文学（并且也是提出包罗万象的问题的文学）中是允许的"，"世界的某些非常重要的方面只有诙谐才力所能及"。① 废名也正是凭借"诙谐"，写出了人类生存中那些常为"严肃"文学鞭长莫及的"角落的生活"，譬如神圣者的吃喝拉撒。

_____

① ［苏联］巴赫金：《弗朗索瓦·拉伯雷的创作与中世纪和文艺复兴时期的民间文化》，《拉伯雷研究》，李兆林、夏忠宪等译，河北教育出版社 1998 年版，第 77 页。

之所以谓其"诙谐"而非讽刺，是因为在废名的"诙谐"中有对人生和世界的宽容和谅解，对于庸俗滑稽而不自知，但却热闹、充满生命活力（哪怕这活力是苟活）的教书先生、四火们，废名不仅发现了他们身上的喜剧性因子，也悲悯他们的浑噩不幸，并有意在表达时将哀和乐调和成诙谐。因此他的这部分小说没有鲁迅怒其不争的剑拔弩张，也不追求钱钟书洞穿世事的犀利，又避免了沈从文讽刺小说中的对峙拒斥，它们带点有趣，却更让人感到生活的无奈和辛酸，这使其诙谐意味深长，超越滑稽的边界转入苦涩、悲怆的境地，这正如金喜（《火神庙的和尚》）和他的失足死去带给人们的阅读感受："他们即使不讨人家的喜欢，也总不招人家的反感，无论言行怎么滑稽，他们的身边总围绕着悲哀的空气"①。因此，理想的、能够会心的读者对于废名小说中之诙谐的审美接受，实际上并不轻松。

应该补充的是，"诙谐"的尺度不好把握。"诙谐"的不节制，往往容易造成油滑，使作者立场模糊不清，表意暧昧不明，作品易有士大夫式的自我赏玩色彩，只见趣味不见其他。这时，艺术的自觉意识就可能会沦为文字的游戏和居高临下的观看，反而走向其反面。客观地说，这种倾向在废名的创作中不是没有，这也是他招致沈从文严厉批评最主要的原因。

还应强调的是，诙谐的篇什是写给能够诙谐的时代和懂得诙谐的读者看的，这也可以解释沈从文其时的无心诙谐：中国现代的历史条件可能就容不得诙谐，正如沈从文 1931 年指出的，当时"整个的趋势，则以文学附丽于'生存斗争'和'民族意识'上，使创作摆脱了肤浅的讽刺，拘束到'不儿戏'情形中，又成为必然的要求了"②。——这是由诙谐所透露出的，时代心理与时代创作诸多因果关系中的一种。而废名小说中诙谐的审美价值和文学史意义能在多大程度上被发现和肯定，其实也恰好揭示出不同时代的批评者是否具有领受诙谐的能力，这是诙谐在诗学之外所具有的历史文化之意义。

---

① 周作人：《桃园·跋》，《知堂书话》下卷，海南出版社 1997 年版，第 920 页。

② 沈从文：《雪·序》，《沈从文文集》第 11 卷，花城出版社、香港三联书店 1984 年版，第 14 页。

无论"乱写"还是"诙谐",其意义在于对小说所拥有的诸多艺术功能的拓展或曰恢复。长期以来,强大的史传传统和"补史阙"的小说功能定位,使板着面孔严肃说教的小说形态成为主流样式。即或是古代小说创作的最高峰,试图建构现实和理想两重世界的《红楼梦》①,它的"假作真时真亦假"在许多时候也是被放在人生哲学的层面探究,而非美学的层面。时至近代,文学更重要的意义,包括对小说内在价值的衡定,是能否唤醒国民的精神和灵魂,进而推动民族复兴(解放)的历史进程。不管这是历史对于文学的小看还是抬举,一个严重的后果是,被赋予这一功能的文学,在其诸多的艺术功能中,未能充分展示其自由、游戏和"无主题变奏"的一面,不论是内在还是外在。这又带来文学的批评标准和价值判断体系的微妙调整与变动,在一定程度上,复又导致新的载道文学和不断新生同时不断固化的叙事模式的形成。周作人和朱光潜都敏感于这一点。周作人认同"随笔风的小说",认为"有结构有波澜的"小说"似乎是安排下好的西洋景来等我们去做呆鸟";② 朱光潜评《桥》时也旁涉当时的创作:"看惯现在中国一般小说的人对于《桥》难免隔阂;但是如果他们排除成见,费一点心思把《桥》看懂以后,再去看现在中国一般小说,他们会觉得许多时髦作品都太粗疏肤浅,浪费笔墨。"③ 半个世纪以后,卞之琳依然指出批评废名时的常见误区是"沿用不科学的'批判现实主义'术语,也简单用现实主义作为衡量艺术的唯一标准"④,进而以《桥》为例,指出其在"美感享受、美感教育"这一维度上所具有的不可忽视的意义。

同理,《莫须有先生传》和《莫须有先生坐飞机以后》的可贵之处也就在于,废名以高度自觉的文体意识重新发现了曾被压抑的"非

---

① 余英时:《红楼梦的两个世界》,《中国思想传统的现代诠释》,江苏人民出版社2003年版,第261页。

② 周作人:《明治文学之追忆》,《立春以前》,止庵校订,河北教育出版社2002年版,第72页。

③ 孟实(朱光潜):《桥》,《文学杂志》1937年7月,第1卷第3期。

④ 卞之琳:《有来有往——略评新编〈中国现代作家与外国文学〉》,《文艺报》1986年1月4日。

严肃精神"。通过莫须有先生，废名蔑视常规、鄙弃礼法，以庄谐并作的文本形态表达精神、心灵包括创作的自由和高蹈，"将随笔式的思考引入到小说艺术中；他们使小说构造变得更自由；为离题的神聊重新赢得权利；为小说注入非严肃的与游戏的精神"①，而这些，都本该就是小说内在价值毫无疑义的组成部分。——可以说，废名重新发现了一个谈不上伟大，但对于小说以及只有小说才能反映的世界的某些方面而言却是不可或缺的传统，并为之恢复了名誉、争得了地位。

三 联想和想象

使"断片"美学和"非严肃精神"得以实现的是联想和想象。正是凭借它们，废名将自由的结构、看似离题的神聊和不断插入的随笔式思考组织并统摄起来。作为最重要的诗学手段，它们使废名的创作充满抽象思辨的玄奥、浮想联翩的自由和耐人寻味的高华。

废名的小说中，联想和想象居于主体性的地位。这是他与其他将其作为辅助性手段的作家很不相同的地方：即使是叙事线索较为明晰的前期创作，事件的先后顺序、故事的起因结果甚至是情节起承转合的关节点，都是隐藏在人物的联想和想象中的。

比如，《河上柳》由"老爹的心里渐渐又滋长起杨柳来"的想象引出陈老爹对手植这棵柳树的妻子的回忆，由之又联想到妻子的细心与明智，不露痕迹地点出妻子逝去，陈老爹孤苦无依而柳树是他最亲近的伴儿的现实。这些联想占到全文一多半的篇幅，没有它们，我们很可能就无法厘清小说的来龙去脉，更谈不上体味其中惆怅哀伤的诗意。而这诗意又因建立在回忆和想象的基础上，天然地具有缥缈、茫然的基调。这一时期，联想和想象已经具有重要的作用。

到《桃园》、《菱荡》和《墓》，联想和想象密集的程度使小说几乎就是由思维的闪跳和感觉的串联织就，已经谈不上故事的起承转合，即或是句与句之间的关系，也靠联想和想象维持。

---

① 米兰·昆德拉：《被背叛的遗嘱》，上海译文出版社 2003 年版，第 78 页。

因而，《桥》、《莫须有先生传》和《莫须有先生坐飞机以后》的出现就是某种必然。这时，废名甚至以描述联想和想象为基本形式的内心世界的起伏变化为叙事的最终目的，可能触动和引发联想和想象的生活细节、山水花木、民俗风情甚至诗词曲赋均被高度重视并不断生发新的艺术意境，"故事"愈发淡化，情味和诗意益发醇厚。这同时也意味着，在摆脱客观叙事的束缚的同时，废名有了足够的生发点和空间去议论与抒情。在一定意义上，它们是对将联想和想象作为小说叙事目的这一写作思路的极端化发展。而这也是这三部风格迥异的小说具有内在联系的地方。

因此很可能，从自由的浮想中得到享受，或是从精微的思辨中获得乐趣，会是读者的主要收获。哪怕是耽于玄想之美，废名就是想让读者细细体味这些由即兴随想、记忆瞬间、联想转换所带来的万花筒般的绮丽之美。这意味着，当废名安排情节和故事仅仅作为小说的线索和框架（有时甚至只是引发玄想的凭借）出现时，不能欣赏想象和意念之美而只是用力在其中寻找故事和微言大义的读者多半会不讨好地落入文字障，反会因为错过了小说至为精彩的，层出不穷、滑翔衍生的神来之笔而一无所得。

这些由联想和想象带来的"神来之笔"使废名的小说具备了某种叙事上的革命性的意义。这正是朱光潜所谓《桥》"表面似有旧文章的气息，而中国以前实未曾有过这种文章"[1]。将联想和想象之美作为小说写作的统摄性力量和中心，这种结构安排改变了同处于小说叙事手段这一系统内的各种文学元素的位置，打破了它们原有的主从层次，带来了几乎颠覆性的消长关系。当然，这"革命"不只针对形式和文体，就内容而言，将联想和想象之美作为小说主体，也是对文学主题潜在领域的拓展与深掘。我们不难发现，某些曾被漠视的美学因素和美学价值，譬如狂幻、玄想和意念之美等，在重新焕发出光彩。不可否认，赋予联想和想象以主体性地位并且风生水起的实验背后，有废名对小说版图的重新思考和全新认知。

---

① 孟实（朱光潜）：《桥》，《文学杂志》1937 年第 1 卷第 3 期。

当然，这也意味着废名的试验可能已经达到了某种"临界"状态。最直接的表现是，对其文体进行界定时的混乱和读者无法了然其内容。比如《桥》常被认为是散文，卞之琳认为《莫须有先生坐飞机以后》不是小说①。即使是文章大家周作人，还称自己读《莫须有先生传》所获未必多于别人，一般读者的理解程度更是可想而知。废名自己在20世纪50年代出版选集时也意识到，这些"个人的脑海深处"的东西并不好懂——联想和想象也是有某种先天的局限的，这主要表现为，联想和想象的难于捕捉和由之凝结成的心象和意念在意义表达时的难有通约性和意义接受时具有不确定性。毕竟，每个人都有自己对于世界极具私人性的感知方式，不管是信息接收还是信息传送。而这未引起废名足够的重视，或者说，是他完全执着于表达基于自我体验的感性经验，难免放大这种局限，使之成为缺陷。

联想和想象给废名的小说带来内在的自由。这自由也使读者随着废名在世界的每一处灌注抚弄，一路走来落英缤纷。借助联想和想象，废名巧妙淡化了时空顺序和因果关系等小说的基本逻辑，将小说中习见的线性历时叙事变为开放的发散型叙事，小说的整体结构是敞开和并列的；但在每一个共时的空间内又能无中生有，利用联想和想象不断化实景为虚境。比如《桥·今天下雨》写小林雨天想出去玩，碰到"雨天还是好好的打扮"的琴子和细竹，因为两人的"好好的打扮"，于是联想起"另外一个雨天"，紧接着，小林就展开"记忆里的样子"："有一回，那时我还在北方，一条巷子里走路，遇见一位姑娘，打扮得很好，打着雨伞，——令我时常记起"。他继续铺展想象，"那个巷子很深，我很喜欢走，一棵柏树高墙里露出枝叶来"。恰恰是"这一句倒引得琴子心向往之。但明明是离史家庄不远的驿路上一棵柏树"。这里，由实景"下雨"，靠联想出的"另外一个雨天"、雨巷、雨巷里的姑娘和雨巷里"露出枝叶来"的柏树等诸多回忆和想象中的虚境的过渡，"雨天"不断跳脱滑翔，最终生成琴子意念之中"驿路上一棵柏树"的虚境。因而从理论上说，借助联想和

———————————

① 卞之琳：《冯文炳选集·序》，《新文学史料》1984年第2期。

想象是能推衍出无穷无尽的虚境的。即使不求呼应，小说也能涉笔成趣、生生不已。这就不仅在语言层面使"字与字，句与句，互相生长，有如梦之不可捉摸"①，其整体效果也是"情生文，文生情"②，最终营造出廖阔高远的想象空间。

　　除结构和组织的一贯功能，联想和想象还常以玄想的面貌出现。这时，空灵诗意的想象以对人生、自然和宇宙的哲理思辨为终极指向。或者也可以说，这是废名倚借玄学和禅宗的思维、体悟方式，提升了联想和想象，将其本身可能具有的潜在力量激发、凸显出来。毕竟，玄学和美学在魏晋最初相遇时，其联结点就在于它们均具有"超越有限去追求无限"③的能力。玄学所指示的超越境界也是艺术思维恰好需要的，而其思辨玄想中对宇宙人生终极意义与价值的直接领悟，也往往成为文学想象的重要内容。

　　譬如由小林在夜里对隔壁的细竹和琴子的想象，废名引出"然而到底是他的夜之美还是这个女人美？一落言筌，便失真谛"（《桥》）的考辨。这是由两种看似类型不同，但同样抽象的"美"的无法决然剥离、比较和具体表述，道出世间万物在某种程度上的不可以言说和无法以理喻，如"真谛"和"言诠"的彼此词难达意，意犹未尽，两者不能统一的哲学困境。再如"慈望着棕榈树的叶子笑，爸爸的话明明是没有影响了，人在自然之中一切都不过是'偃鼠饮河不过满腹'，即是说自然之中足以忘怀"（《莫须有先生坐飞机以后》），这里由孩子对父亲教育的反应自然联想到比之自然，人的渺小与有限，而自然风景的博大丰富使教训也"每每无用"，易被忘怀。

　　当然，不论是具有哲理意味和思辨色彩的玄想还是作为诗学手段的联想和想象，它们也还多是从具体的形象和动作哪怕是曾有的微妙感觉或经验生发出来，这使废名的好发议论、好讲道理在小说中更多

---

①　废名：《说梦》，《语丝》1927 年第 133 期。

②　周作人：《莫须有先生传序》，《知堂书话》下卷，海南出版社 1997 年版，第 937页。

③　李泽厚、刘纲纪：《中国美学史》上册，安徽文艺出版社 1999 年版，第 103 页。

成为"理趣"，而非"理障"①。而历史、人类和宇宙等哲理平台的搭建，则又赋予这些思绪以超越感和纵深感。这都使废名的小说具有杂花生树般的美妙和奇异。

废名是现代作家中"文的自觉"的先驱，他也以自己的创制，标识出"文的自觉"所能达到的高度。在此意义上，即便是在更强调"作文"的其他京派作家那里，废名的高度也是难以逾越的。废名还在这个过程中挑战了"小说"的文体边界。当然，与其说是"挑战"，毋宁说是废名重新确定并扩大了小说的定义，其影响所及，甚至是我们对文学批评体系构成的反思。而废名自觉的艺术意识和艺术实践，不仅成就了他的文章之美，也成就了他最具个性的小说风格。

第三节 魏晋风度

前面我们援引李泽厚对魏晋艺术境界的概括"慷慨任气"和"冲淡平和"，对废名小说的内容做了大致分类。废名小说的总体风格同样可用魏晋风度涵盖："慷慨任气"的内容在其风格上往往通脱，传达"平淡冲和"观感时，文字则多表现为清峻。

一 清峻

"清峻""就是文章要简约严明的意思"②。它首先表现为形制短小精悍，而内容意蕴却丰富渊放。具有这种风格的作品，应该是废名早期表现"生命之悲"的短篇小说和后期的长篇小说《桥》。它们"文字方面是又最能在节制中见出可以说是悭吝文字的习气的"③。譬如《竹林的故事》只是撷取三姑娘幼时、少年及成年生活的几个片段，就将时光的流转、三姑娘美好人性及其后无穷无尽的生命悲哀传

① 孟实（朱光潜）：《桥》，《文学杂志》1937年7月，第1卷第3期。
② 鲁迅：《魏晋风度及文章与药与酒之关系》，《鲁迅全集》第3卷，人民文学出版社1998年，第502页。
③ 沈从文：《论冯文炳》，《沈从文选集》第5卷，四川人民出版社1983年版，第294页。

达出来。《桥》则完全具有"一花一世界，一沙一天国"之妙。这里，废名对现代短篇小说的理解并不止于某一事件横截面的选取，而是更进一步，将事件浓缩或化约成断片，又将一个个背后蕴含深长历史、故事的断片连缀成小说。这还有些类似于海明威的"冰山文体"——每一个断片又是冰山的一角，完全可由之完形"冰山"。用文字表达出来的东西只是海面上的八分之一，而八分之七是在海面以下。海面下的世界幽深广阔。因此废名的小说清新又老成、简约却悠远。其艺术效果恰如废名品评陶渊明"采菊东篱下，悠然见南山"："我们说他写得自然，其实神秘得很"①。这辩证法还有些像中国的水墨写意，似枯淡实膏腴，以四两拨千斤，在蜻蜓点水之际最大限度地调动读者的经验参与，看似轻松，实是险招。

清峻之风，还指废名炼字炼意时严苛险峻。严苛谓其运用文字精心用力，险峻是指语词搭配时奇僻生辣甚至匪夷所思。废名可说是现代小说界的"苦吟诗人"。他数次表白自己写小说付出的劳动实在是辛苦，此言不虚。以字字珠玑评价《菱荡》《桃园》《桥》也不过分。更令人叫绝的，是废名遣词造句时的出奇用险，别开生面。比如他写洗衣妇走进菱荡，"菱荡的深，这才被她们搅动了。"不是"静"也不是"寂"而是"深"，它不止写出其静寂，还给菱荡增添了幽深和神秘。"老爹的心里渐渐又滋长起杨柳来了"（《河上柳》），没有任何说明，废名突兀地拆去了内心和心象、意念（滋长起杨柳）之间的桥梁（如"浮现"等词），单刀直入却令人印象深刻。还有"琴子的辫子是一个秘密之林"（《桥·瞳人》），"（杨柳）仿佛用了无数精神尽量绿出来…它这样哑着绿"（《桥·杨柳》）……这些在现代汉语中绝少搭配在一起的名词、动词就这样在废名的奇思妙想下险峻峭拔地组合在一起，这种组合又因以"联觉"、"通感"作为沟通的桥梁而在跳脱之间现出必然，精巧当中却无造作，反令人有惊采绝艳之感。

应该强调的是，"险峻"依托于或说藏匿着废名对生命和世界细腻、深入而又极为独特的体验与感悟。换句话说，遣词的险峻，就正

① 废名：《十年诗草》，《论新诗及其他》，辽宁教育出版社1998年版，第160页。

来自于废名的生存体验和文化实感，一旦废名力图言说出这些感觉，那么笔下就必然会产生这样峭拔的语体。而从另一个方面说，像他读庾信的文章，"觉得中国文字真可以写好些美丽的东西"①，废名敢于这么搭配，又因为他对中国语言文字所具有的激发想象的力量，有着深刻的体悟和自信得近于自负的判断。

以清峻而非清新概括废名小说的艺术风格还因为他的小说中常有长长的悲音绵延不绝。废名认定美丽和悲哀之间的必然联系："凡是美丽都是附带着哀音的，这又是一份哲学，我们所不可不知的。"②又以为"中国人的思想大约都是'此间乐，不思蜀'，或者就因为这个缘故在文章里乃失却一份美丽了"③。这种创作理念加之废名本身内倾型的性格和对生命、人生的悲剧性体验应该是导致废名小说中悲剧大量存在、悲哀的空气若隐若现却从未消失的重要原因。废名的小说凝淀着低回、弥漫着哀伤也就可以理解了。这生命之悲的底蕴，使废名的小说清新而不单薄，绮丽却有风骨，即便是有意制造的诙谐空气中，也还能引发读者对于生命深深的怅惘。

二　通脱

废名"更像他自己的"艺术风格不只是"清峻"，也还有"通脱"。并且二者几乎同时出现，一如魏初的求清峻与尚通脱的共存。

"通脱即随便之意。此种提倡影响到文坛，便产生多量想说甚么便说甚么的文章"④。从早期带有戏谑意味的《火神庙的和尚》、《张先生与张太太》到后期的莫须有先生系列，废名确乎是"想说甚么便说甚么"，不管是对世界图景几近夸张的全面展示还是对社会历史风俗人情的记录反思，这些小说看似全无组织而能涉笔成趣，是随处

---

①　废名：《中国文章》，《论新诗及其他》，辽宁教育出版社 1998 年版，第 223 页。

②　废名：《林庚同朱英诞的新诗》，《论新诗及其他》，辽宁教育出版社 1998 年版，第 173 页。

③　废名：《中国文章》，《论新诗及其他》，辽宁教育出版社 1998 年版，第 223 页。

④　鲁迅：《魏晋风度及文章与药与酒之关系》，《鲁迅全集》第 3 卷，人民文学出版社 1998 年版，第 503 页。

抚弄的水，也是呼啸而至的风。而所发议论则相当绝对化和个人化，如"宋儒是孔子的功臣，而他不知道他迫害了这个民族的精神"，"我作文向来不需要注解，若说旁人看不懂，那是旁人的事，不干我事。可笑许多人要我替自己的诗作注解，那简直是侮辱我了"……这些议论，少有一般论述的严谨复杂，也不似《桥》中发论的玄奥难懂，不尚浮靡、辞达而已，观点表达平易近人且相当口语化，尤其是《莫须有先生坐飞机以后》，类似于莫须有先生的"语录"。其直白处若以人们对"议论"的一般标准衡量，已是随便甚至是狂妄。废名又处处缘事发理，"语录"被十分绵密甚至有些繁琐地安排在小说中，"想说甚么便说甚么"的"谈话风"就益发明显，"笔下放肆"的趋势也就有增无减。不管其持论是否恰当，气势却是直流而下的。

通脱的另一义还包括"写文章时又没有顾忌，想写的便写出来"。而且"别人所不敢说的"，"别人所不敢用的"①，废名都能海纳百川为我所用。没有顾忌首先表现为敢于袒露人性的阴暗面和"不洁净"。偷油、偷鸡的无产者四火，无聊的教书先生，庸俗的和尚，解手的房东太太……这里全无诗情，也就少为人作为小说素材而使用，但废名却正是靠这些不登大雅之堂的素材写活了人。

通脱在废名小说中更突出的表现，是他对用典的方式进行了解放并有全新的阐释：他认为"屈原不会活用神话典故"②，又称许庾信用典时"以典故为词藻，于乱辞见性情"，有"没有结构而驰骋想象，所用典故，全是风景"的妙处③，还直言"《离骚》里的神话典故，等于词藻，这一份词藻又等于代词"④。"以典故为词藻"意味着废名并不强调典故背后的深意，也突破或故意不去理会千百年来已经成形的关于典故的惯常文化记忆，比如历史传统、文化习惯和使用范围等。这就不为典故所拘泥，也不受其束缚，"活用"时也就会随意

① 鲁迅：《魏晋风度及文章与药与酒之关系》，《鲁迅全集》第3卷，人民文学出版社1998年版，第503页。
② 废名：《赋得鸡》，《论新诗及其他》，辽宁教育出版社1998年版，第230页。
③ 废名：《谈用典故》，《废名散文选集》，百花文艺出版社1992年版，第74、75页。
④ 废名：《神仙故事》，《论新诗及其他》，辽宁教育出版社1998年版，第226页。

驱遣"别人所不敢用"或不这么用的典故，像使用普通词汇一样，并不深究典故的来源和它所拥有的表层含义、深层含义与象征含义，也不过分强调诗人用典时普遍会有的苦心和动机，以及由之形成的，典故与读者之间的文化对应关系，比如，读者遇到典故时凭借自己的知识可能使一个意象的外延和内涵迅速膨胀的受众反应等等，而多服务于"驰骋想象"的需要，取其叙事简洁、具有视觉美感和情感色彩的特点。因此，典故在小说中的作用也主要是营造某种情境或意境，它们本身的意义反倒退居较次要的位置。

"活用"使典故在废名笔下是绮丽繁华的风景，而其小说也现出不拘一格的生动面貌：比如他用"放下屠刀，立地成佛"，描写琴子收起镜子的动作，同时作者又解释"他（小林）的意思只不过是称赞这个镜子照得好"。"坐井而观天，天倒很好看"，只不过是指视线由窗户出去，与坐井观天只有动作上的相似。"琴子心里纳罕茶铺门口一棵大柳树，树下池塘生春草。"也只是以典故铺排出风景：树、池塘和春草。琴子由之联想到的谢灵运的诗句，正好契合着这个场景。

当然，似乎信手拈来的"活用"并不等于乱用。废名用典的通脱处，也还在从心所欲又能不逾矩的限度内，对文本整体，他还是有缜密的通盘考虑。比如"我不如起来运动一下，起舞弄清影，何似在人间，一！二！三！"（《莫须有先生传·月亮已经上来了》）"起舞弄清影"虽与"运动"只有"舞"字可勉强勾连，但其使用却使"清影"的轻盈和"一！二！三！"的浊重形成雅与俗的对比，与《莫须有先生传》"理想——现实"的整体结构和反讽、戏谑的文本基调保持了统一。

基于废名用典时的达观态度和写作时的信手随笔，读者就不可过分拘泥和孜孜考据、索隐其背后的微言大义，否则只会落了文字障。实事求是地承认这一点，才可能不会游离了废名小说的本意和他运用典故的本心。以同样通脱的阅读期待领略这"故典新用"带来的芜杂、华丽的"文章之美"，就足矣。

第四节　自由精神与言语牢笼

废名在现代中国文学激荡起魏晋古风。

深刻关怀和理解人，抒发生命自觉意识，关注个体生存境遇进而思索世界和宇宙的意义，这些文学主题同时也是写作的总体走势，是废名的小说和魏晋文章共同的旨归，这种神似表现出两者深厚的血缘关系。而其千载之下的强烈共鸣，在很大程度上是因为两者拥有相似的社会历史背景：比如你方唱罢我登场的政权更迭，比如血雨腥风下的命如草芥。不同的是诗人对待现实的态度。在魏晋文章中交织着的狂放与超脱的生命意识和哲学玄思，既源于那个时代的混乱与黑暗，又作为一种记录，尖锐地直指时代。但在废名这里，历史和时代施予人的强大影响，因其曲折隐晦和偶尔闪露而看来远离时代，尽管废名的本意并非如此。而废名对"人"的过分执着发展到后来，也确实是有"有意低徊"、"顾影自怜"①之嫌。虽然鲁迅未看到其后期的《莫须有先生坐飞机以后》，论断也稍嫌尖刻，但就废名创作的整体看，却也点到了要害处——与清峻通脱随行的"壮大、华丽"风格，在废名的小说中是找不到的，这使其创作虽具瘦硬曲折的古意，却无堂庑特大的气象。

然而废名更重要的意义却在于，借由魏晋文章的涵养，思索、表达出自己极具现代性的小说创作思维。而其小说思维，在中国现代小说发展尚不完备、成熟的20世纪二三十年代，超前地触及了小说诗学构成当中许多具有本体意义的"元问题"。比如废名以自己对于联想和想象的高度重视和"断片"式的结构形态，从小说主题和小说形式两个方面证实了小说可能拥有的另一种写法，这其实是对小说版图的扩大和重新确定。而他有意识地让非严肃精神重新浮出历史地表，宣告了对自由、游戏的小说艺术精神的再次肯定。废名的小说思

---

①　鲁迅：《〈中国新文学大系〉小说二集序》，《鲁迅全集》第6卷，人民文学出版社1998年版，第244页。

维，即或是在今天已是又一个世纪的当代文坛看来，也还可能依然是一场革命，也是一个异数。

另外，即使是废名创作当中未能完满解决的问题，也尖锐地暴露出文学在言说世界时会遭遇到的普遍困境。

这首先是，哲理如何进入小说。哲理进入小说的具体时间已经不可考，但哲理境界与艺术境界却一直都是小说的重要维度。在小说中，二者的关系应该是"灿烂的'艺'赋予'道'以形象和生命，'道'给予'艺'以深度和灵魂"①。但哲理该以怎样方式进入小说、二者如何互相成就，却一直都没有得到很好的解决。这中间突出的问题是，怎么避免哲理进入小说时人物的扁平化和抽象化，不使小说流于哲理、观念包括政策的图解？而这恰是废名小说的明显缺陷。但是，在废名并不依托形象和情节，而多以玄想和议论张扬哲思时，他其实探寻了一种可能，尽管这试验的结果并不尽如人意，也不能证明废名所走的路行不通。因为倘若废名的失败是因为一直难遇理想的读者呢？还有，中国当代的十七年文学，到是注重以人物、情节和曲折的故事阐发理念和意识形态的信息，但谁又能说这种方式就是成功的？在某种意义上，废名和十七年文学，它们重蹈的反倒是同一覆辙。虽则其"道"，大不同矣。因此，废名提出的问题和他提供的一种解决方式，其意义依然现实而又深远。

其次，语言作为人类最基本的符号存在形式，同时又圈定了人类意识的存在范围。这是一个经验性的文化约定，即共同意义和表达方式的绝对非个人的普遍性。② 这就决定了，每个人只能用大家能够听懂的话语言说自己，并由此获得理解。作为一种语言活动，文学也莫能例外。然而文学创作既不是历史记录也非日常用语，它又应该是最富个性色彩的、追求"陌生化"的语言活动。这就形成了一个永恒的悖论。现代的中国作家中，再没有谁把这种悖论凸显得如此鲜明：废名获得了个性，却在相当长的时间内保持一种少有知音的"光荣的

---

① 宗白华：《中国艺术意境之诞生》，《艺境》，北京大学出版社1997年版，第168页。

② 参见维特根斯坦《哲学研究》，汤潮、范光棣译，第一部分，三联书店1992年版。

寂寥"① 的状态——怎么在个性和共性，独特性和通约性之间取得平衡，废名再一次将这个文学之中的哈姆雷特式的生死之问，提了出来。

此外，文学创作还应该是超时空、神合性的活动，这就要求作家充分运用语言的启发性和暗示性。但比之大千世界、时光流转和千变万化的思维和心理活动，言辞往往又是有限和苍白的。如何以表达能力有限的语言文学形象来充分地表现世界的深邃丰富，并启迪读者的悟性，即，怎么搭建既诉诸言内又寄诸言外的语言之桥，是普泛也是复杂的诗学问题。同时语言与意义的关系也是哲学的基本问题。就这一角度而言，废名的苦心孤诣可说是无以复加。其遣词造句的奇僻跳脱处，已经接近了某种限度。魏晋玄学、文学中极具普遍性，也是中国诗学最古老的问题之一——言意之辩，又一次被废名以相当极端的方式推到现代文学的前台。但谁又能说，这种"极端"表现折射出的不是普遍问题?!

废名的小说在话语和结构上的纯形式意义，其实倒要比他小说中大量犹可商榷的、对于历史人生的宣判和议论有更为深刻和深远的意义，尽管前者来自于后者。但倘若没有他在读了莎士比亚、塞万提斯后转而研读和欣赏"中国文章"，尤其是"六朝文章"，并对其进行创造性的转化，这一切都可能只是空中楼阁。而废名文章中的绮丽古艳、自由放诞和见情见性，不仅与魏晋文学在哲学意识、文化品格上形成同构，无疑还是对魏晋文学精神的重新发现或者说是现代续接。

---

① 李健吾：《画梦录——何其芳先生作》，《咀华集》，人民文学出版社 2001 年版，第 113 页。

第三章　沈从文：生命的传奇

　　较之京派其他作家，沈从文最爱讲故事，且是充满传奇色彩的故事。而"传奇"又是沈从文特别爱用的字眼。在《水云》《新废邮存底》《一个传奇的本事》《绿魇》《黑魇》《生命的沫·题记》《读〈论英雄崇拜〉》等许多文论中，他在不同的角度和层面上使用传奇，或以之表达对生命奇迹的惊叹，或感伤于现代社会中的传奇不存，表现出某种独特的偏好。他也以"传奇"解释自己的文学世界："我一切用笔写成的故事，内容虽近于传奇，由我个人看来，却产生于一种计划中……我似乎还有另外一种幻想，即从个人工作上证实个人希望所能达到的传奇。"① ——对于"信仰生命"② 且是"一个写故事的人"③ 的沈从文，这个自我评价很中肯。前一个"传奇"，概括出沈从文那些生命故事所具有的传奇色彩；后一个"传奇"则指出贯穿沈从文写作始终的文学立场，传达生命的神性。无论是何种意义上的"传奇"，它们本身又均从"传奇"这种小说文体演变生发出来。这种由表及里的、对于"传奇"的倚赖和看重，已经暗示出他与中国古代小说中的传奇传统的某种密切的精神血缘关系。

　　事实上，"传奇"与沈从文也有深长的渊源。从沈从文的文化心理结构看，湘西是他创作的不竭源泉，这是众所周知的事实。且不说自然景观，"三十年来水永远是我的良师，是我的净友，给我用笔以

---

① 沈从文：《水云》，《沈从文文集》第 10 卷，花城出版社、香港三联书店 1984 年版，第 279 页。

② 同上书，第 294 页。

③ 沈从文：《知识阶级与进步》，《沈从文文集》第 12 卷，花城出版社、香港三联书店 1984 年版，第 322 页。

各种不同的启发。这份离奇教育并无什么神秘性，却不免富有传奇性"①。另外，湘西原住民自然健康的生存方式和充满血泪的历史命运，也是传奇。这一切，都作为一种内在的制约力量和永远无法褪去的文化记忆，成为构建沈从文文化人格的凝重背景。而当他进入都市，以一个"乡下人"所拥有的文化背景考量都市生命形态时，也会以之为奇——只不过，这"奇"只能在负面意义上理解。于是，乡村和都市这两方面的生命之奇在正负两极上，使沈从文发现并把捉湘西充满神性光辉的生命形式和上流社会扭曲冲突的人生形态，并明确做出自己的文学选择："在'神'之解体的时代，重新给神作一种赞颂。"② ——这一切都是沈从文写作传奇的先在要素。

如果说，上述因素是在非典籍文化层面上影响着作家的人生观和世界观，那么从典籍层面看，沈从文对传奇类的文学著作一直都情有独钟。这影响了他的审美选择。

沈从文从小就读过《聊斋志异》和《今古奇观》，前者是用传奇笔法写就的文言小说，被认为是"唐传奇浪漫主义精神的复活"③ 之作，其中那些充溢着奇幻的想象力、荒诞神奇却又蕴含着真情实感的故事应该是好幻想的沈从文的最爱吧。《今古奇观》是从"三言""二拍"选萃的话本选集，其体制和内在神韵仍不脱传奇的窠臼。之后他又在偶然的机缘中陆续读了《史记》、《汉书》、《天方夜谭》和《四部丛刊》，这都使他受到民族文化宽泛而又深切的熏陶。20 世纪 20 年代，刚到北京最为艰难的日子里，他在京师图书馆读了《笔记大观》《小说大观》《玉梨魂》等新旧小说，依然不离传奇的趣味。

更有意味的是，20 世纪 30 年代沈从文在青岛大学讲授小说史时，对于六朝志怪、唐人传奇、宋人白话小说及大量佛经故事作过深入研究，并得出与众不同的识见：他认为这些题材"主题所在，用近世眼

① 沈从文：《一个传奇的本事》，《沈从文文集》第 10 卷，花城出版社、香港三联书店 1984 年版，第 140 页。

② 沈从文：《水云》，《沈从文文集》第 10 卷，花城出版社、香港三联书店 1984 年版，第 294 页。

③ 林庚：《中国文学简史》，北京大学出版社 1995 年版，第 646 页。

光看来，与时代潮流未必相合，但故事取材，上自帝王，下及虫豸，故事布置，又常常恣纵不可比方，只据支配材料的手段组织故事的文体而言，实在也可以作为'大众文学'、'童话教育文学'以及'幽默文学'者参考"①。在 20 世纪 40 年代的《小说作者和读者》中他又以唐传奇的代表作分析"恰当"，认为这些作品"恰当"的原因是"即写的是千年前活人梦境或架空幻想，也同样能够真切感人"，进而指出，"一个作品的恰当与否，必需以'人性'作为准则"。② 这就意味着，沈从文对传奇传统的认识，由初始的因与其天性相合而生的喜欢逐渐发展为理性的自觉：他虽然也意识到传奇的浪漫想象"与时代潮流未必相合"，但他更欣赏传奇在艺术表现上的奇妙多姿和自由驰骋的想象力，而且进一步指出，传奇能够"真切感人"缘于其中包蕴着的人性内涵。感性的偏爱和理性的自觉不仅为他进行这一类型的小说创作打开了新的视野，提供了更广阔的题材领域，同时，传奇传统像是桥梁和依托，使沈从文"走入一崭新的世界，伟大烈士的功名，乡村儿女的恩怨，都将从我笔下重现，得到更新的生命"③。

第一节　传奇内涵

比之京派其他作家承接的、即使不去严格定义亦可对其进行整体把握的文学传统，例如废名之于魏晋文学精神或是汪曾祺之于笔记，"传奇"这个概念本身就是相当复杂甚至是混乱的，需要对其进行界定。

我们首先要排除的是从 14 世纪到大约 19 世纪中叶作为戏曲（比如昆曲）和杂剧存在的"传奇"艺术形式，也就是说，本章只在一

①　沈从文：《月下小景·题记》，《沈从文选集》第 5 卷，四川人民出版社 1983 年版，第 221 页。

②　沈从文：《小说作者和读者》，《沈从文选集》第 5 卷，四川人民出版社 1983 年版，第 120 页。

③　沈从文：《芷江县的熊公馆》，《沈从文文集》第 10 卷，花城出版社、香港三联书店 1984 年版，第 173 页。

般的意义和基本倾向上，即以早期文言小说发展而来的小说文类为基础，使用"传奇"，并在这一基础上对其规范。这一方面因为，沈从文的文论，较少涉及作为戏曲形式存在的传奇；另一方面也为集中论述，不管是以戏曲还是小说形式存在，这两种意义上的传奇有其相通之处，但这不是本章所能承担的。

在此前提下，"始有意为小说"① 的传奇内容广泛而多以历史、爱情、侠义、神怪故事为题材。就其形成渊源看，它由六朝志怪小说发展演变而来，但某些非神怪的传奇作品也上承自野史杂传或民间故事；另外，佛教和道教也为之提供了一部分题材。传奇是以"奇"为旨归的，因此，凡在特定时代的作者看来是可喜可悲、可惊可怪的非凡奇异的人、事，均可"传"之。可以说，在一定程度上，传奇就是"以玄妙的语言描写从未发生过也似乎不可能发生的事情"②。也为能"传"之，传奇所述故事就多集中于神仙道化、妖狐鬼怪、帝王将相、才子佳人，而环境也是奇境异域，山林野壑，情节更是离奇神秘、曲折多变。

作为小说文体，传奇在其漫长的历史发展中形成了相对固定、具有普遍性意义的叙事模式。我们所熟知的，是作为其代表唐传奇的"史才"、"诗笔"和"议论"的格局，即"以叙事为主，文体近于野史，中间常穿插诗歌韵语，结尾缀有小段议论"③。与之相适应，落实到具体的叙事过程，传奇作为艺术表现手法，为达到令人惊奇之目的会"施之藻绘，扩其波澜"④，特别追求非常态性和"虚拟"性。非常态性主要表现在，从时间维度看，物理时间在小说中往往较为模糊；从空间维度看，小说叙事不受自然空间的限制而常出现天上、地下、仙境、人间的多维空间并存状态，并且时空转换自由。"虚拟"

---

① 鲁迅：《中国小说史略》，《鲁迅全集》第 9 卷，人民文学出版社 1998 年版，第 70 页。

② ［美］韦勒克、沃伦：《文学理论》，三联书店 1984 年版，第 241 页。

③ 《中国大百科全书·中国文学Ⅱ》，中国大百科全书出版社 1988 年版，第 831 页。

④ 鲁迅：《中国小说史略》，《鲁迅全集》第 9 卷，人民文学出版社 1998 年版，第 70 页。

性多就其叙事手段和效果而言，即传奇创作要求作者能神游八荒、放飞想象，以虚实相生、出人意表的故事情节而能够让"小小情事，凄婉欲绝"①，这决定了它一般行文奇幻，故事曲折。那么在此意义上，传奇不是绝对现实的，而是"诗的或史诗的，或应称之为'神话的'"②。

若从传奇作者的创作心理分析，传奇中高远飘逸的文学世界，是靠创作者神奇非凡的想象力构筑的，如何叙事有方地想象他们心目中的传奇世界，折射的又是作家的思维模式、审美意识和价值取向。广阔无边的想象力和个性焕发的理想色彩往往会使传奇具有浓郁的浪漫主义诗情。应该特别指出，就价值取向而言，传奇中往往寄托着创作主体在现实世界中无法得到解释的某些现象的原因和无法得到满足的需求，换言之，实际上传达的是创作者的心声，表现出创作者对现实的理解或是超越以及对理想的向往。尽管这些"心声"无疑都经过了变形或夸张。因而完全可以说，在神灵鬼异、妖魔幻化的故事表层下，传奇痛切诉说的也还是世道人心——它以非同寻常的独特形式反映了特定时代的精神波动和社会现实。如果我们能够完全理解它，这种努力让读者联想起的，仍然还是现实世界。因此传奇之奇并不是传奇创作的最终目的，其中寄寓着的批判和希望才是写作的终极指向。

中国文学一直存在着悠久而丰富的传奇传统。这首先表现在，唐传奇是之后的戏曲和说唱文学以及后世小说创作汲取题材进行再创作的重要源泉，并且还经由历代戏剧家的舞台创造，成为广泛传播的民间故事，滋养着一代又一代的中国民众。有论者说传奇是"我们的许多最美丽故事的渊薮，他们（指传奇——作者按）是后来许多小说戏曲所从汲取原料的宝库。其重要有若希腊神话之对于欧洲文学的作用"③，也正点明了由唐传奇创作所形成的文学传统在中国文学发展中的重要作用。

---

　　① 洪迈：《唐人说荟·凡例》，转引自吴志达《唐人传奇》，上海古籍出版社 1981 年版，第 148 页。

　　② ［美］韦勒克、沃伦：《文学理论》，三联书店 1984 年版，第 241 页。

　　③ 郑振铎：《插图本中国文学史》，人民文学出版社 1957 年版，第 378 页。

　　更重要的是，作为一种文学传统，传奇创作所要求的作家的主观创造精神和驰骋不羁的文学想象；传奇所表达的对人生和命运思悟、对自由人性和超功利爱情敬畏和追慕的生命意识；传奇所曲折透露的疗救社会的济世意向等，都像是一种精神血脉，深深地积蕴在历代文人心中并或隐或显地体现在几千年的文学实践中。因此尽管实用理性的民族性格和儒家"不语怪、力、乱、神"的现实主义态度以及启蒙、救亡、革命的严峻形势曾导致传奇创作本身在近现代的衰落，但作为一种文学传统和文学精神，传奇从来就没有消失过，它永远都是千古文人超拔现实、寄托理想最为浪漫的表达方式。

　　因此，完全可以想象，传奇所内在的生命意识、济世意向对于身处中国社会现代转型的历史进程，目睹上流社会的腐朽堕落，坚持以笔为枪、以小说代经典，一方面去做"人性的治疗者"①，也去"证实生命的意义和生命的可能"②，循这两方面，由文学重造进而达到国民灵魂重建文学理想的沈从文来说，意味着什么。

　　另外，从传奇创作的原始动因看，它是承接了原始时代的神话传统，往往试图唤起往昔和社会意义上的遥远年代，表现了进入文明时期的人类对神性时代的理解和眷望，也就是说，体现了人类企图将原始神性带回世俗世界当中，或是为接近理想世界所做的乌托邦式的努力。湘西生命"优美，健康，自然而又不悖乎人性的人生形式"③ 所反映出的神性存在和诗意存在，在 20 世纪 30 年代被沈从文带回"表面上看来，事事物物自然都有了极大的进步，试仔细注意注意，便见出在变化中堕落趋势。最明显的事，即农村社会所保有那点正直朴素人情美，几乎快要消失无余，代替而来的却是近二十年实际社会培养成功的一种唯实唯利庸俗人生观。敬鬼神畏天命的迷信固然已经被常

---

①　沈从文：《给某教授》，《沈从文文集》第 11 卷，花城出版社、香港三联书店 1984 年版，第 312 页。

②　沈从文：《从现实学习》，《沈从文文集》第 10 卷，花城出版社、香港三联书店 1984 年版，第 300 页。

③　沈从文：《习作选集代序》，《沈从文选集》第 5 卷，四川人民出版社 1983 年版，第 231 页。

识所摧毁，然而做人时的义利取舍是非辨别也随同泯没了"①的"现代"社会，就不仅是"眷望"，更是"招魂曲"，"正像古代某些民族盛行着的招魂仪式那样，以期在危难之境招回本有的雄强魂魄"②。即，沈从文的文学世界，其创作意图亦是通过见证生命的神性，批判乡土中国向现代转型过程中神性的解体，最终想象民族未来的生存方式——这种想象和反思，相当集中地体现在沈从文创作的大量充满传奇色彩的小说创制中，并主要表现为相辅相成的两个方面：就艺术形式而言，借鉴传奇文学的一些形式特征；在作品的内在理路上，更保留着作家择取传奇文学对"神性"的展示和向往的精神内涵。

第二节　所传之奇

我们似乎可以笼统地说，"作意好奇"，因奇事撰奇文，以奇文传奇事是推动传奇创作的内在动力，但这里有一个前提常为人所忽略，何者为奇？传奇外延的不断扩大也在证实一个问题，随着社会历史、思想文化的发展迁变，"奇"的概念构成也在随之发生损益延革。譬如，在唐传奇发展初期产生的《灵怪集》（张荐，大历年间）、《广异记》（戴孚，大历末）、《玄怪录》（牛僧孺，贞元年间）和《通幽记》（陈邵，贞元六年——贞元末），多写仙鬼妖怪或人神遇合故事，它说明神鬼之说深入人心，但更反映出，这应该是为当时人所认定的奇谲诡异之事。但到后来，随着社会民众普遍接受了释、道两教的神鬼之说，以及唐代士人游筵狎妓风气的高涨，并非超现实的、人世间曲折有致的爱情故事，也可能被人们与鬼怪故事作等量齐观，认为是"奇"者。比如，元稹《莺莺传》（贞元十九年）原来名称就是《传奇》，所述就是人间悲欢离合的男女情事，并引发了强大的现实爱情传奇的创作潮流。之后的《谢小娥传》（李公佐，元和十三年）既非爱情亦非神灵鬼异，而是叙述了民女谢小娥手刃仇家，为自己行商在

---

① 沈从文：《长河·题记》，《沈从文选集》第 5 卷，四川人民出版社 1983 年版，第 235 页。

② 赵学勇：《沈从文与东西方文化》，兰州大学出版社 1990 年版，第 164 页。

外的父亲和丈夫雪恨的故事，饶有意味地折射出人们"奇"的观念的发展。而《聊斋志异》所录者也未必全是妖狐鬼怪，也有《牛飞》这样记叙俗世生活中离奇巧合事件的篇目。这都显示出，作为传奇的创作基础，特定的社会条件和传奇作者（包括潜在的阅读者）审美意识的变化对所传之奇的内容的影响。

当然，总的看来，对人类行为中的某些行为进行夸张、强化，以展示生命所能达到的最高境界（沈从文所谓"生命的可能"）以及在追寻生命本质和生命意义的过程中人们所遭遇的挫折，为战胜困难所付诸的所有超凡脱俗、具有神性的努力，应该是传奇的内在本质。

一　传奇之奇

沈从文的创作中，明显地具有传奇色彩的小说可大致分为以下三类。这种分类，又以其题材来源作为划分的主要依据。以之作为依据是因为，沈从文一直谓其创作是"习作"，而"使用'习作'字样……只在说明我取材下笔不拘常例的理由"①。一般说来，对于某一个形成（或正在形成）风格的作家而言，也许处理题材时的"下笔"即或"不拘常例"也还会有某种一致性，但内容却会由于"取材不拘常例"而判然有别。因此，取材的不同就可作为一种划分依据，既能区别其不同，又可让我们在不同中寻绎其主题意蕴和审美选择的深层一致性。

第一类是，大约1929年前后，沈从文以苗族或南方其他少数民族的风俗习惯为蓝本，创作了极具诗化特征又充满传奇色彩和浪漫想象的《龙朱》、《神巫之爱》、《媚金，豹子与那羊》以及《月下小景》等。龙朱是"美男子中之美男子。……是人中模型、是权威、是力、是光，种种比譬全只为他的美。其他德行则与美一样，得天比平常人特别多"，因为他的完美，"女人不敢把龙朱当作目标，做那荒唐艳丽的梦，不是女人的过错。在任何民族中，女子们不能把神做

---

① 沈从文：《习作选集代序》，《沈从文选集》第5卷，四川人民出版社1983年版，第229页。

对象，来热烈恋爱，来流泪流血，不是自然的事么?"——龙朱是"神"，确切地说，是具有神性的人。和龙朱一样的，还有神巫(《神巫之爱》)，"在云石镇女人心中，把神巫款待到家，献上自己的身，给这种神之子受用，是以为比做土司的夫人还觉得荣幸的"。他们的故事也具有某种一致性：对爱情执着、努力，以独特的方式，譬如无比美好的歌声和百折不挠的勇气，追寻与他们所拥有的"完美的身体与高尚的灵魂"(《神巫之爱》)相匹配的爱情。而爱情在这两篇小说中，既是一种"超越一切利害去追求"的生命热情，也是"超过一切的事情"这样的生命本质(《龙朱》)。迸发这种追求爱情的热情与勇敢，在沈从文看来是作为一个民族和一个人最重要的事情：对于种族来说，族中长老"愿意你的聪明用在爱情上比用在别的事还多"(《神巫之爱》)；并且倘若族中"女人们对于恋爱不能发狂，不能超越一切利害去追求，不能选她顶喜欢的一个人，不论是什么种族，这种种族都近于无用"(《龙朱》)。而对于个体："一个人在爱情上无力勇敢自白，那在一切事业上也全是无希望可言，这样人决不是好人!"(《龙朱》)——爱情是做人的必须，是估量人的基本指标，更是生命的最高意义。龙朱和神巫自身及其求爱过程，就因在最大程度上正面张扬了这种带有原始气息的人性而更具神性。

《媚金，豹子与那羊》和《月下小景》则以悲剧的形式展现人们为求得真正的爱情而付出的最大代价，以此凸显爱情作为一种生命本质的至高无上与人们行为观念的质朴单纯。爱情在刚烈的媚金的心目中是神圣而不能被欺也不可无信的，在她误以为自己的爱情被玷污时，就以插在胸口的尖刀祭奠了心中本该不渝的爱情。但实际上，豹子爽约的原因，亦出于遵守承诺和信义：他就是要找到那只承诺给媚金、也配得上媚金的纯白小羊。——他们对于爱情有着同样执着的信念，也坚守着同样不可变更的价值规则。正是因此，豹子之后也做出和媚金同样的行为——许多评论都认为，他们赴死的前因后果具有某种宿命性、突发性，其实悲剧的发生看似充满偶然和巧合，是命运弄人，实际却有其更为深潜的动机，是真正源出必然：他们都认为不能辜负这至高无上的爱情，即使为之付出生命。《月下小景》中，傩佑和他的"女孩子",因为习俗使其"想不出一个可以容纳两人的地方",就想到天堂,因为他们认为"战胜命运只有死亡,克服一切惟死亡可以办到。最公平的世界不在地面,却在空中与地底"。以死亡对抗与纯真爱情相悖的习俗,并由之赢得完美无瑕的爱情,这行动在常人看来不能不说是极端,然而他们却觉得,"同时去死,皆是很平常的事情",并由这种朴素、自然也是单纯信念的支配,而在"快乐的微笑"中双双服毒。这也就反证出,爱情在他们生命中再无出其右者的位置和意义,也因而在当时已经"神性渐少,恶性渐多"的"人类性格"中,保持了神性。

　　这类小说是非常明显的传奇。它们确乎在以诗一般的优美语言和不断生成的巧合描述着在现代社会"从未发生过也似乎不可能发生的事情"。而在几乎每一篇小说中,在诗化人物行为的同时,沈从文总不忘尖锐地指出,"爱情的地位显然已经堕落,美的歌声与美的身体同样被其他物质战胜成为无用的东西了"(《媚金,豹子与那羊》)。这是因为作者感觉在当时,"所有值得称为高贵的性格,如像那热情,与勇敢,与诚实,早已完全消失殆尽"①。——这类小说也传达了对传奇的神性内涵的理解:它们所赞美的,正是具有神性的人物对生命本体坚守的执着和对人性自由本质勇敢追求的热情;而其主人公身上所反映出的人性的各个侧面,如刚烈、真诚、勇敢和忠贞等等,其实正是人性的本来。但这些高贵同时也是朴素的品格更多存在于这些民间故事、古老传说所发生的人类的童年时期,面对这些生命故事,现代人只能称之为传奇。而沈从文也正是借湘西和湘西那些美丽的故事和传说复原了健康自然的人生形态,这些情爱故事的种种极致表现亦是对"神性"主题的精彩阐发。

　　第二类是指沈从文那些模仿传奇体式写作的小说,它们在文体上就已标示出一种续写传奇的努力。这主要是指《寻觅》《女人》《爱欲》《扇陀》《猎人故事》《一个农夫的故事》《医生》《慷慨王子》《青色魇》等。其本事多出自《法苑珠林》,是沈从文对这些佛经故

① 沈从文:《写在〈龙朱〉一文之前》,《红黑》1929 年第 1 期。

事取材作重新处理，想让读者明白，"一千年以前的人"，"怎样去说故事。"① 因此体制刻意接近《十日谈》，让不同的讲述者轮流讲述这些故事，形成叙述人——故事——叙述人的套盒结构，不妨称之为"仿传奇体"小说。

仿传奇体小说与第一类小说有内在一致性的地方是，与古代传奇写作手法相似，均极度夸张和强化人类行为中的某些特征，又从这种夸张和再造中取得特定的意义所指；它们的人物亦都被置于奇境异域，发生在其身上离奇曲折的故事情节以一种极端化的方式充分显示出人性的不同侧面所能达到的神性程度。

而这两类小说的不同，除了表现为结构体式，相异之处还在于，若说第一类小说集中揭示的是"爱情"的神性侧面，第二类小说则扩展到生命构成的其他侧面。

比如《医生》中的医生，忍受着被误解的精神痛苦和被鞭笞的肉体痛苦，但却只是为了挽救一只吞吃珍珠的白鹅生命。人物采取的行为和为这行为付出的代价之间显然是不等值的。而这种不问代价也不计回报的牺牲又是普通人所难以作为甚至是难于想象、"不中情理"②的，这就以一种极端化的方式验证了人的牺牲精神所具有的最大限度，正如医生所言，即使"为一只小鹅牺牲，虽似乎不必，但牺牲精神，自然极其高贵"，更何况，"人类牺牲自己，目前世界，已不容易遇到"。医生的人格也因此"光辉眩目，达到圣境"。同样具有牺牲精神的还有扇陀（《扇陀》）。她在国民都"宝爱性命，不敢冒险应募"的情况下勇敢出征的无私勇气和以智慧取胜的魅力让人奉她为真正的神，也使听到她故事的人保持一种信仰多年："相信女人是世界上一种非凡的东西，一切奇迹皆为女人所保持。"扇陀的美丽与智慧既订正了"妇人只合鞭打"的愚莽想法，也与"秀才"的世俗卑琐形成鲜明的对比。《一个农夫的故事》又写"外甥"在善于应变中的

---

① 沈从文：《月下小景·题记》，《沈从文选集》第 5 卷，四川人民出版社 1983 年版，第 222 页。

② 汪辟疆：《校录〈无双记〉附记》，《唐人小说》，上海古籍出版社 1978 年版，第 173 页。

"聪明狡黠，天下无双"，这狡慧中裹藏的生命灵性会构成"像我们这种人（指农夫）做出说出"的鲜活历史，而非历史学者所记录的"历史稿本"中的抽象化、符号化的文字历史。在典型的传奇模式下，这部分创作彰显的仍然是作者认为当时的人性构成中所匮乏的东西：生命的神性、诗性和智慧，人性本来所必然应该具有的牺牲精神、自由、勇气等宝贵品质，寄寓着沈从文对人性真谛的思考，对生命神性的憧憬和渴望。

沈从文一直希望自己在"完成学习用笔过程后，还有机会得到写作上的真正自由，再认真写写那些生死都和水分不开的平凡人平凡历史。……因为这平凡的土壤，却孕育了我发展了我的生命，体会经验到一点不平凡的人生"①。因此，对于生活中的传奇事件、传奇经历的书写也是他"我一切用笔写成的故事，内容虽近于传奇，由我个人看来，却产生于一种计划中"的庞大"计划"之一部分，是"把不同时间和空间生长的生命，以及生命不同的式样，发展不同趋赴相同的目的，作更有效的粘合与连接！……必然会充满了传奇性而又富于现实性"的写作雄心的体现。②

这类写"平凡人平凡历史"的创作，集中展现了湘西底层人民的人生形式。比如少年虎雏（《虎雏》），既乖巧温和却又不断凶悍杀人，展示出一种单纯而又丰富的人性，这个"小小的灵魂，放着奇异的光"，但城市最终也未能如"我"所愿，将其驯服过来，他在犯了命案后逃离城市，使我觉得这"真像一个传奇，却不愿意写出这原因！"且意识到虎雏是"一个野蛮的灵魂，装在一个美丽的盒子里"。同样在温顺外表下有着强悍内心的还有放火的贵生。他在拥有希望和毁灭希望的两端之间只取其一、决不含糊，这决绝看似不合情理，却最合乎更多湘西的贵生们对于爱情的信念以及对于生活的体认。而《山鬼》《三个男子和一个女人》以神秘奇诡的叙述方式表现人性中

---

① 沈从文：《一个传奇的本事》，《沈从文文集》第 10 卷，花城出版社、香港三联书店 1984 年版，第 140 页。

② 沈从文：《新废邮存底·二十五》，《沈从文文集》第 12 卷，花城出版社、香港三联书店 1984 年版，第 74 页。

反常和复杂的一面；《说故事人的故事》讲述一个军人和一个被捕女匪首的奇异恋情；《厨子》折射下层社会的变态人生……这些在人生常理之外发生的人性故事，渲染和张扬了人的本源性生命创造力，是要让读者"对于'人生'或生命，看得宽一点，懂得多一点，体会得深刻一点"①——这类"传奇"的目的是在丰富人性的内涵构成，而人性的驳杂和幽暗面亦是这些传奇得以成立的理由。这显示出沈从文对传奇的改造——古代的传奇创作，作者对人性的洞察一般都还滞留在善恶对峙的伦理化层面上，而封建的道德训诫也常常成为"议论"主宰部分。这里，沈从文对生命发展"不同的式样"则有更多的体谅、理解，有时甚至是欣赏，其中所反映出的对人性的宽容和尊重，显然来自于更具现代性的价值标准。

与此同时，当读者认定这些表达人性幽暗面、驳杂面的事件、经历是传奇时，他们就一定有以之为奇的心理——这不是废话，而是强调，这里存在着认识上的差异，它关涉到不同时间、地点和文化背景的人如何理解"奇"：譬如，佛教题材之所以能够进入传奇创作，就是因为在当时的中原人看来，不管是佛教的形式还是其内容都是新奇的事物。同理，对于湘西人和时正士兵身份的沈从文，上述人生内容就是生活当然的构成和生命本来的图景，就像柏子（《柏子》）和阿黑、四狗（《雨后》）们，因为其所作所为顺应的是他们自身最自然、最本真的情爱节奏和道德标准，所以才会"不曾预备要人怜悯，也不知道可怜自己"；但对于这些"故事"现在的阅读者（他们一般是城市中人）而言，却是传奇。这两种认知之间实际存在着一种深刻的错位，沈从文既在创作中利用这种错位，但同时又无时无刻不痛苦于这种错位，就像他在《三个男子和一个女人》中指出的，"我知道，有些过去的事情永远咬着我的心，我说出来时，你们却以为是个故事"，换言之，在现代人看来是由湘西生命所留下的逝去的遗迹和创造的传奇，曾经，在湘西生命自身看来，却只是生存的现实和必然——这错

---

① 沈从文：《给一个作家》，《沈从文选集》第 5 卷，四川人民出版社 1983 年版，第167 页。

位虽看似由观照角度、参照体系的不同所导致，但又未尝不是由这发展着的时代所带来的、由于文化意识和哲学观念包括思维方式的剧烈变更所造就的传奇。

这个由现代化进程所控制的、既由之受益也因其招损的时代还创造着另外一种意义上的传奇；而沈从文所看取的，"不同时间和空间生长的生命"，显然还包括都市生命形态。《绅士的太太》映现的，是上层社会守礼有节面具下充斥着的乱伦、通奸和欺瞒，道德观念的虚伪和行为方式的堕落令人难以置信。《八骏图》中老成持重、学识渊博的教授们，则因为内心欲望被压抑堵塞已成为精神上的阉人却也是人们想不到的。

这些上流人士、学者先生的欲望游戏和畸形变态也许最早引发的是由湘西一脚迈入都市、以"乡下人"的"尺寸和分量，来证实生命的价值和意义"① 的沈从文的惊奇：这些所谓城市精英者原来"要礼节不要真实的，要常识不要智慧的，要婚姻不要爱情的"（《凤子》）；而且"一切所为所成就，无一不表示对于'自然'之违反，见出社会的拙象和人的愚心"②。更令沈从文惊异的是他以直觉（经验）形式把捉到的、飞速进步的现代社会中的历史悖论：无知无识的湘西之子活泼粗野的情爱方式展露出其勃发的生命力量，接受现代教育和科学文化知识的城市精英反被"文明"扼杀了真情实感，丧失了生命活力，变得残缺衰颓。而都市中人对这悖论却浑然不觉甚至习以为常。

当我们分析沈从文城市题材小说创作的心理动因时，常习惯于从化解都市压力、宣泄受挫情感和缓释自卑心理的角度入手，实际上，古代"传奇"最原初的创作冲动"好奇喜怪"也可用来合理解释沈从文反复书写都市扭曲的生命故事的原因：就像唐爱情传奇的作者还是认为，士人与娼门女子的爱情是正常的社会生活之外特殊的、稀奇的事件，才反复"传"之一样，对"乡下人"沈从文来说，都市的

---

① 沈从文：《水云》，《沈从文文集》第 10 卷，花城出版社、香港三联书店 1984 年版，第 266 页。

② 沈从文：《烛虚》，《沈从文选集》第 5 卷，四川人民出版社 1983 年版，第 68 页。

一切给予他如此深刻持久、不能忘怀的刺激，而对"乡下人"价值尺度（这又主要是一种道德的、人性的尺度）的坚持又使他始终囿于个人的经验世界，不习惯从社会历史的角度和高度分析历史现象，也就无从相信，都市中发生的一切可能也是社会快速发展所会付出的必然代价。他亲眼目睹了湘西民风的自然质朴，也切身经验到城市生活的堕落反常，因而才会惊叹都市所谓"摩登女郎""这些近代女子做的事，竟恰恰像有意在违反自然的恩惠！"①，也一直认为，即使是湘西的夜渔、械斗和沉潭也不算什么，这些都市人、事才是真正的非常奇异之事。此外，都市中人对这现象的麻木和处之泰然也令沈从文惊异焦虑、感到不祥。这一切都是沈从文希望读者在"一个乡下人的作品中，发现一种燃烧的感情，对于人类智慧与美丽永远的倾心，康健诚实的赞颂，以及对于愚蠢自私极端憎恶的感情。……引起你们对人生向上的憧憬，对当前一切腐烂现实的怀疑"②的原因所在。

当然，这"惊奇"虽然表面看来显得不够理性，却让沈从文保有一种难得的"天真"，不为都市所同化或异化，能坚持以"他者"的眼光看待都市的一切，不断获得创作所必需的动力。这里，制约沈从文的是更深层的价值体系的尖锐冲突：同样是面对都市，在何者真正为"奇"的问题上，城市中人的通常标准与沈从文自身的标准和规则产生严重对立，这对立使他不遗余力地书写大量都市"传奇"，甚至接近他全部创作的一半，试图引起都市中人对于现实的深刻怀疑，此时显然已经不仅是为缓解都市压力——"其对现代人处境关注之情，是与华兹华斯、叶慈和福克纳等西方作家一样迫切的"③。

可惜的是，从另一方面来说，对于湘西的故事就是湘西人曾经的现实这一点，城市中人却体会不深，大多数情形下都是在猎奇的、读故事的心境和层面上理解这些传奇。也就无从了然作者寄寓在这些传奇中的深苦用心："人物的正直和热情，虽然已经成为过去了，应当

---

① 沈从文：《烛虚》，《沈从文选集》第 5 卷，四川人民出版社 1983 年版，第 65 页。

② 沈从文：《习作选集代序》，《沈从文选集》第 5 卷，四川人民出版社 1983 年版，第 233 页。

③ 夏志清：《中国现代小说史》，（香港）友联出版社有限公司 1982 年版，第 162 页。

还保留些本质在年青人的血里或梦里，相宜的环境中，即可重新燃起年青人的自尊心和自信心。"①。对这种误读，沈从文自己也非常清楚，他在1936年就意识到，"你们能欣赏我故事的清新，照例那作品背后蕴藏的热情却忽略了。你们能欣赏我文字的朴实，照例那作品背后隐伏的悲痛也忽略了。原因简单，你们是城市中人。"② 直到1979年，他还感慨："一般读者相差不多，只能从我作品中留下些'有趣'印象，看不出我反复提到的'寄希望于未来'的严肃意义。"③

有意味的还有，同样亦出于价值认知的根本不同，都市中生命的现实，在湘西人看来却是"传奇"，就像《贵生》里的乡下人惊诧于四爷五爷习以为常的吃喝嫖赌，《长河》里的人们对即将到来的"新生活"充满着好奇与想象。

沈从文也在《如蕤》、《薄寒》和《一个女剧员的生活》中，为都市书写接近湘西传奇内在意义的传奇。最典型的像如蕤，向往的是"固执的热情，疯狂的爱"，"强健的胳膊，强健的灵魂，一切皆还不曾为人事所脏污"，但这些却正是都市和都市爱情所稀缺的，她们也因此而无法在城市中安置其爱情。对于生命内在神性和生命本质的坚守让这些知识女性在都市重写传奇，也让其他都市中人以之为奇。这类由都市生活结晶的"传奇"，不管是正面还是负面意义上的，都显示出这个"乡下人"思考现实的某种一贯性。也使其成为湘西传奇较为特异的组成部分，或者不妨说，就是湘西传奇的衍生物。

综上可看出，不论是外在形态还是内在理念，这几类题材都以显而易见的传奇因素体现出沈从文对传奇传统的继承，譬如，对故事神秘性和特异性的注重，情节安排看似巧合宿命，借鉴传统传奇小说的写作模式，湘西自然环境蛮荒险峻的一面格外突出并作为小说中心意

---

① 沈从文：《长河·题记》，《沈从文选集》第5卷，四川人民出版社1983年版，第237页。

② 沈从文：《习作选集代序》，《沈从文选集》第5卷，四川人民出版社1983年版，第230页。

③ 沈从文：《一个传奇的本事·附记》，《沈从文文集》第10卷，花城出版社、香港三联书店1984年版，第163页。

象等等。

　　然而，作为现代意义上的小说家，沈从文对于古代传奇传统，还是有创造性的转化：这首先体现在，沈从文清醒地意识到"现代文学不能同现代社会分离，文学家也是个'人'，文学决不能抛开人的问题反而来谈天说鬼"，①循此，他不只局限于为传奇而写传奇，奇人奇事不是他写作的目的而更多是一种手段和题材资源，更重要的却是蕴含在故事情节中强烈的主体性、寓意性和当代性。那些评论、赞美或嘲讽都有着鲜明的道德指向，隐隐烛照中国艰难走向现代化进程中的文化困境：在乡村，"'现代'二字已到了湘西，可是具体的东西，不过是点缀都市文明的奢侈品大量输入"②，农民性格灵魂被"时代大力压扁扭曲失去了原有的素朴所表现的式样"③；在都市，"许多所谓场面上人，事实上说来，不过如花园中的盆景，被人事强制曲折成为各种小巧而丑恶的形式罢了"④，他们"都显出一种疲倦或退化神情"⑤。传奇故事对人性中之神性的发掘和张扬，自始至终针对的都是这一在作者看来愈来愈严重的文化困境。

　　总体而言，着眼于民族品德的重造，沈从文对传奇传统进行了理性的观照和现代性的转化，他从古代传奇传统中提炼出传奇的内在本质——神性，建构起自己关于生命的"神性"概念。"神性"是沈从文人性观的重要组成部分，正像他的作品《凤子》所揭示的，神性的存在需要人生情感的素朴，观念的单纯以及环境的牧歌性。如果说，神性在古代传奇中更多是指具有超乎寻常的能力和禀赋，那么在沈从文的传奇小说中，神性具有了不同的现代内涵：即或它以过去形态存在，但其最终瞩目的还是人类的远景和未来，应该是生命或人性

---

　　①　沈从文：《新文人与新文学》，《沈从文文集》第 12 卷，花城出版社、香港三联书店 1984 年版，第 168 页。

　　②　沈从文：《长河·题记》，《沈从文选集》第 5 卷，四川人民出版社 1983 年版，第 235 页。

　　③　同上书，第 237 页。

　　④　沈从文：《烛虚》，《沈从文选集》第 5 卷，四川人民出版社 1983 年版，第 68 页。

　　⑤　沈从文：《北平印象和感想》，《沈从文文集》第 10 卷，花城出版社、香港三联书店 1984 年版，第 130—131 页。

所能达到的最高形式，生命在这一阶段更为崇高、完善。不管是传奇的样式还是神性的内涵，这都是沈从文体察世界、解释人生较为持久也相当独特的"小说"中的方式。

二　传奇不奇

传奇是以"奇"为旨归的。这往往会令其创作者忽略了现实生活中平凡普通的题材，就像"即空观主人"所言："今之人但知耳目之外，牛鬼蛇神之为奇，而不知耳目之内，日用起居，其为诡谲幻怪，非可以常理测者固多也。"[1] 沈从文却不然。他的文学世界和生活世界都是广大的，他从各种文体入手，"用不同方法处理文字组织故事，进行不同的试探"[2]，在日常生活的"一切有生中发现了'美'，亦即发现了'神'"，获得了"美固无所不在，凡属造形，如用泛神情感去接近，即无不可见出其精巧处和完整处。生命之最高意义，即此种'神在生命中'的认识"[3]。如果说，"传奇之奇"标示出他对传奇传统的创造性转化，《灯》《会明》《边城》等小说的出现则表明，沈从文对这一传统也有超越，他的写作也因之另拓"传奇不奇"的层面。

谓其超越，原因如下。

首先，在取材方面，沈从文打破传奇的取材囿限，而能从平常处见不平常，于无奇中见有奇，以散淡拙朴的故事表达人性的传奇和生命的尊贵。

其次，尽管于小说的形式层面不再张扬和过分渲染小说的传奇性因素，却在平淡悠远中最大程度地暗合传奇的神性精髓；此外，传奇体所习见的"议论"曾常被沈从文大胆借来展开自己对于世事人心的长篇评价，而在这部分小说中，无论展示还是批判，都已不露

---

① 《拍案惊奇·原序》，凌濛初：《拍案惊奇》（全本），海南出版社 1993 年版，第 1 页。

② 沈从文：《从文自传·附记》，《沈从文文集》第 11 卷，花城出版社、香港三联书店 1984 年版，第 76 页。

③ 沈从文：《美与爱》，《沈从文选集》第 5 卷，四川人民出版社 1983 年版，第 179 页。

锋芒。

最后，中国文学史上，传奇在许多时候都被划归通俗文学的行列，今天所谓通俗文学中的许多门类，也是其变体或分化体；在国外，"'传奇'这个词在 16 世纪可以用于任何种类韵文或散文写作的世俗故事"①。而从传奇创作本身看，篇末垂诚也使它确实较少像许多高雅文学那样，在哲学的层面上思索历史和人生的奥秘并将其寓于描写；高雅文学则不屑于叙述离奇的"江湖"式的下层人生，并在这些故事中作生命的神性发现。沈从文并不为这两者某些先在的规定所拘束。为了更好地表达自己对处于变动时代中的生活和生命的体悟与发现，他不断突破文体边界和原有模式，给自己创造了更多可能性。这一时期的"习作"，就是由这种可能性而带来的现实性：不只是内容"无奇"，读者也被带入了"反传奇"的小说世界中。但变化之中不变的，却是展示生命的神性这样传奇的本质内涵。这使这部分创作成为更高意义上的传奇。

在一个全无信仰的时代对信仰的守候也许会被世俗认为是堂吉诃德式的不识时务，但沈从文却在《灯》和《会明》中的老司务长和老伙夫这些"下层士兵身上，挖掘着'生命'——人性具有神性的一面"②。单纯善良地守候和信奉所认定的价值，是小说主人公的特征。老司务长一生的要义是忠心侍主，会明则多少年来做着军中无人需要的伙夫，甚至如今"全连中只剩会明一人同一面旗帜"。而且"十年来，世界许多事情都变了样子，成千成百马弁、流氓都做了大官；在别人看来，他只长进了他的呆处，除此以外全无变动"。尽管会明们坚持的价值显然已经在世界时移中面目全非，但他们坚定地以自己的信仰选择生活的道路和生命的存在方式，比之大多数人不假思索俯就时代的浅薄，他们拥有可贵的、令人肃然起敬的人格力量。

需要特别指出的是，这两篇小说在一定程度上还表现了历史与人的关系。这种关系在小说中具体表现为，历史变更对个体选择生存方

---

① ［英］吉利恩·比尔：《传奇》，昆仑出版社 1993 年版，第 48 页。
② 凌宇：《沈从文创作的思想价值论》，《文学评论》2002 年第 6 期。

式的影响和个体选择对于历史的意义，这是一个问题的正反两面。在不断变革、无法确定的时世和会明们确定不移的生存方式选择之间，既存在着一种矛盾和无意识的较量、对立关系，又有其互相成就的一面。历史和人就这样既在深层上紧紧纠结，又表现为表层的全不相干。

比如，老司务长和老伙夫"在别人看来"的凡庸呆傻，主要缘于其没有像别人一样跟上时代的发展、适应时代的游戏规则，那怕这规则惟有"马弁、流氓"之流才能如鱼得水。因此会明"天真同和善"、"不容易动火的性格，在另一意义上，却仿佛人人都比他聪明十分，所以他只有永远当伙夫了"。而问题的双重性在于：从会明们这一面看，老司务长"完全不知道我们的世界和他的世界两样"（《灯》），而"会明则在伙夫的位置上按照规矩做着粗重肮脏的杂务，便是本连的新长官，也仿佛把这一连过去历史忘掉多久了"（《会明》），又是他们完全无视社会历史变更的结果。无视，才会将某些价值系统保留、坚持下来，无视之中其实有坚持。且能够坚持，很大程度上又是因为这些老兵们一直信仰的，还是其最初入伍时建立的某些自然的也是朴素的信念。令人称奇的是，这些信念和信仰没有在历史的淘洗和价值观念的易移中发生过任何变更。故而实际上，在会明们看似无意识的甚至是本能的、混沌的坚持里，有其必然也是有意的选择在其中。

并且重要的是，从较为长远的历史流变而非十年二十年的短期时间更替看来，会明们的选择，比如坚守自己的责任、行为观念单纯等，又恰恰被证明是人性中某些最可宝贵、应该珍视的品质。在此意义上，历史之"变"和历史之"常"都成就了会明们，也让读者在惊奇之中有敬意。

但沈从文又深知，历史也伤害了会明们，让这些努力执着生活着的小人物的付出和得到不成正比。比之历史，生命毕竟是短暂的。比如，在现世的现实生存上，就"使他（指会明）把世界对于呆子的待遇一一尝到了"。可背反之处在于，恰恰又是这不成正比才凸显出他们与世俗之人的区别，亦能让与历史拉开距离的观照者觉出会明们的神圣。

　　而更无情的事实是，历史还会继续伤害甚至挤压、摧毁会明们的生存。因为虽然"这些人根本上又似乎与历史毫无关系"，"按照一种分定，很简单地把日子过下去"，"对历史毫无负担"①，保持着自己的节律，对时代和历史的更迭浑然不觉；然而历史却因另外一些"聪明人"而改变着，这种改变又可能"行将消灭旧的一切"②，让会明们永远处在"呆子"的位置上，好像就不配过上好生活——这坚持又是浑然不觉，它在显示出生命庄严的同时也放大了生命的混沌。湘西的可悲和可爱就在这里，造成小说复杂性与悲哀基调的原因也在这里。

　　于是，我们明显感到沈从文写作时的矛盾和犹疑：作为一个有着重造国民品德理想的文学家，赞颂会明们是一种必然，他们应该是优美人生形式的样板和象征。但作为秉持现代思维方式和理念的现代人，沈从文又意识到，即使不以更高的道德标准衡量，而仅仅用人道主义的眼光看去，作为现实的生命个体，会明们也不该在现实中吃尽苦头；何况拿历史的理性眼光考量，会明们的生存还是愚憨甚至是盲目的。庄严与盲目竟然就这样如影随形，这让沈从文陷入具体和抽象、理想和现实不能统一的两难之中。显然，无论他执取哪一端，都无法获得真正的快乐和理性的清明，致他于"生命或灵魂，都已破破碎碎"③的境地，这矛盾也形成了沈从文对现实所抱的悲观态度的基础。然而，这两难的处境和是非曲直不再判然分明的历史哲学，却也标志着沈从文更是作为一个深刻的现代小说家而存在的，而非古典式的道德理想主义者。

　　同样悲悯于历史和时间对生命无情拨弄的还有《生》和《新与旧》这两个文本。就像沈从文在《烛虚》中所强调的，"这可见一切事物在'时间'下都无固定性"④。在这两篇小说中，同样是在无固

---

① 沈从文：《箱子岩》，《凤凰》，文化艺术出版社 1986 年版，第 434 页。

② 同上书，第 436—437 页。

③ 沈从文：《烛虚》，《沈从文选集》第 5 卷，四川人民出版社 1983 年版，第 82 页。

④ 同上书，第 58 页。

定性的时间之下对固定信念的坚守，却使其主人公在判断感知新与旧时发生了混乱，甚至在无意之中混同了生与死。这里，"新与旧"、"变与常"呈现出格外错综复杂的面貌。而在具有终极意义（"生"），抽象意义（"新与旧"）的题目下对个体现实生存的描摹也是在警醒读者，当新旧、生死这些发生认识混乱的抽象概念落实到鲜活具体的生命个体，转化为切实的生命行为时，带给个体的全部分量和后果。

《新与旧》是历时叙述，它以一个老战兵在光绪年间和民国 18 年两个不同时段的杀人故事质问新与旧、现代与传统的线性史观。杨金标曾经创造的传奇记录很快被看上去更进步的杀人武器和方法所刷新，"他的光荣时代已经过去"；而往昔求得禳解罪孽的"老规矩"，也早被人遗忘而使杀人程序看来更为便捷。剩下的，只是"新"与"旧"在杀人行为本身和滥杀无辜的实质上，还保持着惊人的一致。当他没落的旧手艺被"新"势力当作"非常手段"再次杀人却无从禳解时，这个老战兵在杀人的负罪感和惶惑感中被杀。——"新"还不如"旧"。活在过去的杨金标始终觉得，现在的自己是在做一个"怕人的梦"，然而这"梦"却是现实，只是这个老战兵曾经认定的现实，却真的成了旧梦。这杀人故事更深层的意义在于深刻怀疑将"现代"与"进步"等同起来的线性史观。沈从文以老战兵切身体验到的"新与旧"反映历史和人之间错综复杂的关系，写出了"新与旧"的相对性、复杂性，以及在历史漩涡中生命生存的荒诞性和悲剧性。

同样，《生》也以看去并不奇的传奇，剖析卑微个体纠结着荒谬与执着的生存。支持"老头子"坚韧地"生"的，是为死去十年的儿子复仇的希望。然而实现这希望的手段却是虚妄的：他在傀儡戏中一遍又一遍地表演儿子战胜仇家赵四的场面，获得精神上的慰安，十年如一日。其实质，是"扮戏永远给别人看"，只要别人看到儿子打倒了赵四，这假象仿佛也就成了现实。然而"那个真的赵四，则五年前在保定府早就害黄疸病死掉了"，这让老人的希望将永无实现的可能，又进一步彻底宣告其"生"的虚妄和无意义。这里，生和死、戏里和戏外、事实和假想、自己和他者，离奇地纠缠在这出演了十年还将演下去的傀儡戏中，显出老人"生"的悲剧性和荒诞性。更可悲的是，老人对其"生"的虚妄的不觉，会使这荒谬感伴着老人的"生"而一直持续，直到死亡方可终结；并且作者又在小说中指出，"这老头子也同社会上某种人差不多，扮戏永远给别人看"，将对这生的悲悯感扩大至更广阔的范围。这两方面既拉长也加深了"生"的悲剧感。但事情的复杂性却又在于，不可否认，老人虚妄的白日梦又是支持他活下去的力量，这使其生的荒诞性又增添了一重荒谬。

这类传奇反映出的，对于历史不再化约和更为多向的思考方式，充满矛盾、思辨的历史哲学，使其不似"传奇之奇"的明朗、单纯，而是更多传递着对历史、生存包括自己写作行为相当深刻的怀疑、辩难和悲哀。这些小说也因此而交织着斑驳的色彩和无尽的苍凉。

对历史和人的关系的思考，包括对历史演替模式的反思与诘问，很容易让我们想到京派的另一个作家凌叔华。显然，他们都充当了反思性社会进步动力的知识分子角色，也都意识到，将历史简化成一种发展模式，这既违背了认识历史的基本伦理，更与头绪繁多，进步与落后并存的参差的历史事实不相符合。

其不同之处在于，凌叔华的人物是边缘人，她们不被时代的强光关注，不论是社会实际地位还是文学取材实际。因无法跟上历史的变革，她们有些被动地承受着时代的挤压，压抑、惶恐的心绪和时代之外的实际处境还使其即便暗暗受苦，也无从言说。而沈从文笔下的"农人和士兵"，是 20 世纪 30 年代小说中的常见角色，看上去应该是那个时代的"热门"人物，尽管在作家，这种选择只是其生活积累、情感倾向综合作用的必然结果。但与文学时潮关注的焦点还是不同，其主人公不"革命"，对一些"过时"的价值观念的固守，使其身处历史之外，根本无视时代的升沉。可这处境又是其主动选择的结果。背对历史使他们即使受苦也并不自知，因而也就不懂言说，他们对于时代的记忆，是奠定其信仰的光荣的过去。当然，在更大的范围内，这两位作家的不同，也可以看作是"历史与人的关系"这一主题下的不同样态。

传奇发展到后来，并不纯然严格地按照历史、侠义、爱情等主题划分进行创作，常见的情况是，写作者常常在创作中综合多种题材和不确定性因素，增加其奇幻性。形式层面的变化关联着创作者对生活不断深入的认识：除了充满不确定性的时代和历史，生命中的许多其他不确定性因素，也会影响到人的生存。随着年龄和创作不断走向成熟，沈从文显然也意识到这一点。他在平凡的生活中寻找着影响生命运行轨迹哪怕很微妙的因素，在"巧又不巧"的平静笔触下揭示带有永恒价值的生命内容。1934 年，在沈从文自认为创作黄金时段的1931—1937 年的中间，《边城》诞生。它是沈从文小说世界最为动人的生命传奇。

《边城》的主人公是翠翠。但吊诡的是，小说开篇极为详尽地叙述的却是翠翠母亲的历史：因为在尽孝道的责任和爱情的责任之间不能两全，她选择了自杀。这悲剧时时从翠翠祖父掩埋很深的心底浮出，让爷爷担心命运的无情轮回。全篇一开始就笼罩在一种宿命的氛围之中。祖孙俩就这么背负着这个看似从天而降的悲剧"寂静"地相依为命了 15 年。是个孤雏也倒罢了，翠翠这个大自然孕育的精灵，还善良美丽。但她在爱情绽放之初又遭打击：天保爱她，但翠翠无意，他在失意中行船却意外溺水身亡；翠翠实际爱的是天保的弟弟傩送。傩送和翠翠彼此相爱，但却发生本不该发生的误会，彼此错过。爱情失意的翠翠接下来就面对了唯一的亲人雨夜而逝的现实。这里，整篇小说在叙事层面上综合了命运轮回、爱情、死亡等传奇故事的常见母题，一个简单的小儿女的爱情故事也因反复出现的不巧、误会等意外使其"爱而不得"。至此，小说采用的还是传奇的一般写法："一切充满了善，然而到处是不凑巧。既然是不凑巧，因之素朴的善难免产生悲剧"①。

可是细细分析，传奇不奇。

就翠翠的长辈看，翠翠母亲的自杀，主要是缘于亲情和爱情的不能两全，因为对她来说，这两方面的责任却都不可放弃：不想做无情

① 沈从文：《水云》，《沈从文文集》第 10 卷，花城出版社、香港三联书店 1984 年版，第 280 页。

的人又不能做无义的事。而她和翠翠父亲镇定地选择死亡，认为"一同去死应当无人可以阻拦"，很容易令我们想到《月下小景》中主人公的信念："克服一切惟死亡可以办到"。于是她以死亡这样最高的代价，表明对双方的不曾辜负。这是湘西人的朴素处，又是他们的执着处。现代人大概都无法理解其"不知变通"罢！因此，爷爷的宿命预感，也是因为看到母女都懂得心疼亲人——"翠翠的母亲，某一时节原同翠翠一个样子，也乖得使人怜爱"、"忽然觉得翠翠一切全像那个母亲"；并且也几乎同时到了情窦初开的年龄。爷爷知道，民族对于爱情的信仰、情义的看重（文化上的），母子相同的性格特征（遗传上的）和"人事上的自然现象"（生物规律上的），都很有可能使悲剧重演。故而，老人的宿命预感中，有"在自然里活了七十年"的人事经验。这经验和担心使老人决定"得把翠翠交给一个可靠的人"而且"手续清楚"，"他的事才算完结！"可他又想让翠翠自由择爱，这"自由"和"做主"两全的主观愿望在"车路"或"马路"只取其一的湘西显然又是行不通的。这无法调和的矛盾，最后只令他在心力交瘁中撒手人寰。

　　从几个当事人来说，天保虽然爱翠翠，但采取的却是不可能打动翠翠的"车路"求爱方式，且他相信祖父可以为孙女做主，这与事实、也与湘西自由的情爱观念南辕北辙，错位、误会在不可避免中产生。此外，横亘于翠翠之前的"碾坊"，也在傩送尚未做出选择之前，就先让祖父因为翠翠"又无碾坊陪嫁，一个光人"而有些失去信心，言行"弯弯曲曲"，反倒使事情更复杂起来。翠翠更在爱情初来时的自尊矜持和不确定不自信这诸多情绪的作用下有些迷乱，又因这迷乱而未能明确表白自己的心思，加之只关注爱情体验本身而一直都对围绕她发生着的一切浑然不觉，加速了更大悲剧的产生。直率的傩送误会老船夫"做作"、也摸不清翠翠的心思，才在与父亲顺顺争吵后失望地远走他乡，可即便远走，也是为坚持最初的选择……

　　但这许多不凑巧中，也还是有某种必然：对爱情的无比看重，是天保失意落水、水鸭子反被水淹的原因；也是傩送不能确定是否真正得到翠翠的心和出走的原因；还是爷爷深知爱情对于翠翠的意义而不遗余力努力的原因。这是为何"素朴的善"会"难免"产生悲剧的必然原因。

珍视爱情，还只是这传奇"不奇"的一重原因。生命和人性中的其他美质，也是《边城》奇又不奇的原因。

小说最有力量的一笔，应该是一直置身事外的翠翠面对突如其来变故时的沉着应对：她以依然柔弱的肩膀坚韧地生存，接过爷爷的撑篙，引渡他人到达彼岸；怀着对幸福的期待和未曾变更的爱情，等着那个"也许永远不回来了，也许明天回来"的爱人。爷爷的撑篙和归期无定的爱人，代表着翠翠最终极的信仰，也是她生命的寄托，她顽强活下去的努力和对爱情自然而然的坚持，展示出生命的庄严和魅力。翠翠对于苦难柔韧地凌越，更像是沈从文为了展示生命生生不息的动人力量。那些人世浩劫仿佛涅槃的烈焰，涅槃之后的翠翠，真正成为生命神性的代表。

《边城》中的其他人物也令人称奇——他们是具有真善美的人性的代表。且不论爷爷宽厚平和，天保、傩送正直勇敢，在爷爷去后，照顾翠翠的杨马兵与翠翠没有任何血缘关系，甚至还是翠翠父亲当年的情敌！——意外变故激发了善良厚道的人性本来和卫护幼弱的生命本能，使这些人成为具有神性的人性样本。——这大概也是沈从文反复书写悲剧的原因之一：这些悲剧无不带有偶然性、命定性和奇特性，从叙述表层看，它们是使文本具有传奇性的重要原因；而就其深层分析，这些悲剧的出现不仅具有必然性，而且往往还使人性中最动人的力量迸发出来，指向更大的生命必然："通过生命的'不确定性'挖掘出人性中更普遍、更闪光的美——一种带有永恒价值的并永远具有'确定性'的人生内容——人性美"①。

这确定性的人性美，在沈从文的小说中还表现为其他形式，比如萧萧（《萧萧》）"很高兴活下去"的生命本能，夭夭（《长河》）与邪恶对抗的无畏勇气，三三（《三三》）对美好的向往与渴望等等，他们富于传奇性的悲与喜无不指向那潜在的"优美，健康，自然而又

---

① 赵学勇：《沈从文与东西方文化》，兰州大学出版社1990年版，第56页。

不悖乎人性的人生形式"。

　　不能说这些"人性美"多表现为自然人性、具有自足性、是生而如此的，就不足以为奇。正像沈从文强调，写作"更重要点是从生物学新陈代谢自然律上，肯定人生新陈代谢之不可免，由新的理性产生'意志'，且明白种族延续国家存亡全在乎'意志'，并非东方式传统信仰的'命运'。用'意志'代替'命运'，把生命的使用，在这个新观点上变成有计划而能具连续性，是一切新经典的根本"[1]。通过上述分析不难发现，这些包蕴"人性美"的确定性人生内容，同样也是湘西人主动选择某种人生形式和坚持某种信仰体系的结果。

　　即便退一步说，我们亦完全可以假设，在一个被认为是现代化的、走向"新生活"的时代里，当其间的精英们连基本的生命本能（比如爱与死）和基本的道德底线（比如责任和坚持）都丧失、放弃还并不以为耻的时候，读者、包括许多评论者还能说《边城》表现的仅仅只是自然人性吗？还能不得要领、隔靴搔痒地要求沈从文应该看到社会历史发展的未来吗？因为沈从文恰恰发现，"从理性方面说来，则所谓人类，现在活着的比一千年前活着的人究竟有何不同处，是不是也一般的有了多少进步？说及时实在令人觉得极可怀疑"[2]。——在向"人类远景凝眸"这样更广阔的历史视镜下，沈从文已经深知这样一个前提，这朴素的、在边城人看来必须无条件坚持（有时甚至成了他们的生命本能）的自然人性，由被异化的城市读者看来，已经是遥远传奇。这也是他试图在那个时代续写传奇、切切实实地从基础出发而非从理论和主义做起重造人心的原因之一。人性之中某些基本的方面都无法达到神性的高度，我们还能指望其他？

　　如前所述，传奇也是有内在矛盾的，比如理想主义的激情、瑰丽奇特的想象，有可能对凡俗、日常的生活提供误导性的指引，也可能因此淹没理性的声音，使之缺乏理智的力量。沈从文从"五四"走

---

　　① 沈从文：《长庚》，《沈从文选集》第 5 卷，四川人民出版社 1983 年版，第 93—94 页。

　　② 沈从文：《知识阶级与进步》，《沈从文文集》第 12 卷，花城出版社、香港三联书店 1984 年版，第 322 页。

来，他应该意识到这一点，从他小说创作的实际看，也呈现猎奇意味渐淡，对人性真谛、生存本质理性思考趋浓的态势。"传奇不奇"昭示出的，在普通生活中显示"传奇"的审美选择表明，沈从文对传奇进行超越的同时也试图去解决一个悖论：他着力寻找一种恰切的想象湘西的方式，既能使生命"神性"的内在特质被充分认识，又不流于对相应的自然、社会背景的过度理想化。于是，在叙事层面上，传奇成为内在于"真实"世界的想象力量，所传之奇也进一步逼近了生存的本质，成为对生活世界本身包含着的偶然性、荒谬性背后的必然性、确定性的深掘。当然，这一方面与作家对生存和生命本质不断深入的体认有关，另一方面也缘于他含蓄蕴藉、温柔敦厚的审美意识在逐步成熟。在这一阶段，沈从文完成了他对传奇传统不露痕迹的融合与超越，并达到他创作的巅峰，但从根本上而言，这种超越依然是对传奇传统的现代叙述：他在现代理性的观照下，反思湘西生命的存在方式，用自己有关真善美的价值尺度建立起具有神性的人性样本，至此，沈从文和传奇传统，完成了彼此的历史遇合和现代升华。

但是，《边城》支撑起沈从文文学世界的同时，也隐隐预示出某种写作的和思索的困境，这困境在《会明》《灯》中已经出现过，即，一方面是一直坚持以小说代经典，觉得自己"应当努力来写一本《圣经》，这经典的完成，不在增加多数人对天国的迷信，却在说明人力的可信"，要实现"引带此一时彼一时读者体会到生命更庄严的意义，即'神在生命本体中'"① 的高歌猛进的文学理想；而另一方面却是无奈地意识到，自己为实现这文学理想而建造的，供奉人性的"希腊小庙"在现实中无法存在，他深刻地悲悯于自己建立起来的人性样本，大都既因其优美健康的生活信念而走向悲剧命运，也因这悲剧而神圣庄严。这两方面使沈从文陷入无法挣脱的悖论：他明确知道，根本无法用一套周严的事实或理论证明，湘西能为中国文化输入强健的热血。因此，这文学乌托邦在建构的那一时刻就在解构：他的

---

① 沈从文：《沉默》，《沈从文文集》第 10 卷，花城出版社、香港三联书店 1984 年版，第 64 页。

小说，最后几乎全是悲剧，而他精心建造的《边城》，其中白塔的倒塌，就预示出理想世界的前途命运，而代表金钱的"碾坊"的半路杀出和爷爷对单纯的情爱的不无疑虑，也是某种征兆。

当然，实际上，这是沈从文在更高意义上直面自身和直面现实的表现。可直面现实既使他陷入痛苦，又会影响到他作品教育意义、社会作用的发挥，而后者也同样是他所看重的。同许多现代中国作家的遭遇一样，在其内心深处，小说家的责任和社会人的责任发生着深层冲突。更何况，外界一般读者只能从他作品中留下些"有趣"印象，看不出沈从文反复提到的"寄希望于未来"的严肃意义。而当时文学批评家们所要求的、在作品中体现思想和主义的写作模式，又是沈从文所不屑于采用的。自身意识的分裂聚合和外界反馈的冲击，使沈从文在这个困境中似乎越陷越深。

我们今天能够注意到一个意味深长的事实，《边城》取得成功后的两年，沈从文进入一个没有任何新创作的沉默期。在1936年的《沉默》中，他对这段时间作如下解释，"我沉默了两年。……我不写作，却在思索写作对于我们生命的意义，以及对于这个社会明天可能产生的意义"[①]。创作应当追求的效果，可能产生的意义，还是他苦苦思索的。《水云》则从审美认识变化的角度，看待自己的沉默和之后的转折：《边城》以后，"重新得到了稳定，且得到用笔的机会"后，"我不再写什么传奇故事了，因为生活本身即为一种动人的传奇。"并且认识到，即使"中间从无一个不端庄的句子，从无一段使他人读来受刺激的描写，而且从无离奇的变故与纠纷，然而真是一种传奇"[②]。无论是对写作意义的叩问，还是对写作技巧的分析，这沉默期都预示着一种蓄势待发。

可惜的是，1937年开始的抗战打乱了一切。无论是国家的走向还是个人的命运。战时到云南，沈从文"便接近一个新的现实社会。

---

① 沈从文：《沉默》，《沈从文文集》第10卷，花城出版社、香港三联书店1984年版，第60页。

② 沈从文：《水云》，《沈从文文集》第10卷，花城出版社、香港三联书店1984年版，第284—285页。

这社会特点之一，即耳目所及，无不为战争所造成的法币空气所渗透"①。1943 年，在艰深思考战争、历史和人的《绿魇》中，他感慨，"我不仅发现了孩子们的将来，也仿佛看出了这个国家的将来。传奇故事在年轻生命中已行将失去意义，代替而来的必然是完全实际的事业，这种实际不仅能缚住他们的幻想，还可引起他们分外的神往倾心！"② 1946 年，他又在《北平的印象和感想》中愤然，"也许教育这个坐在现实滚在现实里的多数，任何神话都已无济于事"③。——在将近十年的时间中，沈从文都认识到再写传奇故事的可能性已经很小。上述散文所描述的社会实际情况与沈从文自身"我不再写什么传奇故事了"的生活体验形成一种应和。他不仅失望地确认了湘西及其所代表的人生信仰、生存境界的现在和未来，即，所有曾经在《龙朱》等传奇中敏感到的、随"现代"而来的金钱物质观给湘西生命带来的压迫和改变，已成为常见的事实；更让他不安的却是，所有关于湘西的文学想象真切地指涉着古老中国的历史命运，——偏远角隅的湘西在外界的倾轧下行将没落，而这种没落更加不能拯救内忧外患下的现代中国。更何况，还有那么多人包括孩子们在惟实惟利人生观下自甘堕落，任何神话或传奇都不能唤醒其灵魂和意志。这已经足以让沈从文再次深陷于曾经潜流在《会明》等小说中的，由于无法厘清个人与历史、常与变等诸多关系而凝结的焦虑意识。而在 1940 年代，这种持续的焦虑意识不但被放大和加深，对社会现状的洞察又在焦虑之外给他添加了强烈的危机感——这危机感不仅来自对于国家民族命运走向的担心；也出于对历史压力下生命和人性中的神性部分还能否保存的某种怀疑；这两者的合力，无疑又使沈从文挣脱目前的写作"路数"，寻找其他方式"教育这个坐在现实滚

① 沈从文：《从现实学习》，《沈从文文集》第 10 卷，花城出版社、香港三联书店 1984 年版，第 312 页。

② 沈从文：《绿魇·灰》，《沈从文文集》第 10 卷，花城出版社、香港三联书店 1984 年版，第 104 页。

③ 沈从文：《北平的印象和感想》，《沈从文文集》第 10 卷，花城出版社、香港三联书店 1984 年版，第 131 页。

在现实里的多数"，成为一种相当迫切的需要。因为他始终认为，"创作最低的效果，应当是给自己与他人以把握得住共通的人性达到交流的满足，由满足而感觉愉快，有所启发，形成一种向前进取的勇气和信心。"① 而在当时的实际空气中，"传奇"式的写作可能已经达不到这个最低效果。何况，《边城》以后，沈从文已经沉默了太久，还需要自我的超越。所有这些外界和内心的精神压力，都促使他在创作上作出某种改变。

标志这种改变的首先应是既注重意义也"无离奇的变故与纠纷"的《长河》出现。这部小说舒展自由，就情感基调看，之前在沈从文小说中常见的内聚型的绵长悲哀因为作家的"有意作成的乡村幽默"② 而在《长河》中显得稳健明朗，虽然背景是湘西事变、新生活运动包括更直接的地方官吏作威作福，结尾也依然笼罩着山雨欲来的气氛。小说的结构更趋散文化，即使有紧张的故事发生，也由于其结构而被肢解。比之《边城》，在人物性格塑造上也显出某种难得的、明确的乐观主义气质。沈从文贯注在许多小说中的，对时间、历史和人关系的思考依旧："作品设计注重在将常与变错综，写出'过去''当前'与那个发展中的未来"③。可问题是，《长河》只完成了原来计划中的第一卷，我们还不能认定，《长河》可以构成其创作的真正转折。但是它却预示着一种突破，并有可能使他从前述困境中得到一定程度的疏解。

沈从文曾在 1946 年的自传体小说《主妇》中分析造成自己"十年不进步的事实"。其原因一是，"素朴善良原是生命中的一种品德，不容易用色彩加以表现"；二是，"我的文字长处，写乡村小儿女的恩怨，吃臭牛肉酸菜人物的粗卤，还容易逼真见好"，并且"举凡另外一时另外一处热情与幻想结合产生的艺术，都能占据我的生命。"

---

① 沈从文：《沉默》，《沈从文文集》第 10 卷，花城出版社、香港三联书店 1984 年版，第 62 页。

② 沈从文：《长河·题记》，《沈从文选集》第 5 卷，四川人民出版社 1983 年版，第 239 页。

③ 同上。

可是赞美素朴,"我这复杂脑子就不知从何措手了"。——这里隐藏着的思考是,他意识到自己应该另寻一个突破口,并且已经找到了某种方向,也发现了若要实现突破,自己还需克服的困难。以作家的创作看,这想法相当自然,每个成熟的创作者都会有不断创新的内心要求。这倒并非只是因为意识到时代不再需要传奇,而是沈从文自己"希望个人作品成为推进历史的工具,这工具必需如何造作,方能结实牢靠,像一个理想的工具"①。但这两方面其实都既需要作家不断跟上历史的变化,同时又在变化之中保持对时代的清醒和冷静,因为"作品能存在,仰赖读者,然对读者在乎启发,不在乎媚悦。……随波逐流容易见好,独立逆风需要魄力"②,这在诗学和历史哲学上的"常"与"变",都是摆在沈从文面前需要解决的问题。

大体看,沈从文是从以下三个方面"造作"其新的"理想的工具"的。

第一,从自己最熟悉的生活入手寻求突破。在《主妇》和《芸庐纪事》中,他用细致朴实的笔致缓缓书写战时背景下家庭和家族的日常故事,其中一章的题目居然是《大先生,你一天忙到晚,究竟干吗?》这在沈从文的小说中是很少见的,而其行文也近乎"纪事"、"写实",整篇小说明显地表现出向铅华洗尽的叙述风格靠拢的努力。

第二,常为人忽略或误解的文学试验还有《看虹录》和《新摘星录》。这两篇小说是对女性生命形式或思想流程极为精微的叙述。因此在当时出现既以内容格式新颖引人注意,也被指斥为"色情文学"。但后来批评者也承认"大约是他(指沈从文)在探索新的写作方法吧!"③ 前者"对女性身体与鹿身体极端精微的凝视和呈现,正是出于表现生命本质的企图,他悬置了任何关于身体的'情欲'、'道德'等的理解,而仅将其看成'生命的形与线'的'形式','那本身的形与线即代表了最高德性'即神性,人由此获得与上帝造

---

① 沈从文:《沉默》,《沈从文文集》第 10 卷,花城出版社、香港三联书店 1984 年版,第 64 页。

② 同上。

③ 许杰:《坎坷道路上的足迹》,《新文学史料》1987 年第 2 期。

物相通的处境"①。《新摘星录》不似《看虹录》晦涩，是以主人公"她"对自己经历的回忆为主线，又不断穿插对这些人事所显示的意义的思索和辩难。尤其是书信体和对话体的插入，更使抽象的思索和感情的抒发成为小说的主体构成。这些实验小说是"超越世俗所要求的伦理道德价值，从篇章中看到一种'用人心人事作曲'的大胆尝试"②，也有研究者称其为"试图找到把个人经验上升为抽象抒情的方式"③。值得注意的是，这些抽象的思辨还是包裹在传奇（如《看虹录》的故事套故事结构）或是叙事的体制当中，显示出求变求新的努力也流露出写作上某种"常"的惯性。比如，依然采取了叙事文体，那些抽象的、终极性的思索还是试图应对现实的危机和个人长久以来的思想困境等。

可是，当我们肯定沈从文文体实验的尝试时却也不无遗憾地发现，"具体"和"抽象"结合的并不十分理想。沈从文放弃讲故事、写传奇的长处，却又无法完全摆脱其影响。而且，在叙事体制中引入大量思辨，需要创作者在叙事中不断创造合适的生发点，以便于自己进行抽象思考，这不仅会妨碍沉思默想所需要的周密、集中和较强的逻辑性，也加重了作者的负担，周严的逻辑思考毕竟不是沈从文所长。他更是一个感性的小说家和艺术家。因此，无论是对具体的故事还是抽象的抒情，都形成某种制约而非双赢。

第三，应是表现记忆中湘西生活的《赤魇》、《雪晴》、《巧秀和冬生》以及《传奇不奇》等。这类小说因其取材的特殊性而仍具传奇性，表现的也依然是"对生命充满了热爱"，且这热爱之情在一代又一代的生命中传承，"用另外一种意义更深刻的活在十七岁巧秀的生命里，以及活在这一家此后的荣枯兴败关系中"的主题意蕴；但可

----

① 贺桂梅：《〈看虹录〉的追求与命运》，《对话与漫游·四十年代小说研读》，上海文艺出版社 1999 年版，第 137—138 页。

② 沈从文：《看虹摘星录·后记》，《沈从文选集》第 5 卷，四川人民出版社 1983 年版，第 243 页。

③ 张新颖：《从"抽象的抒情"到呓语狂言》，《20 世纪上半期中国文学的现代意识》，三联书店 2001 年版，第 230 页。

以发现，之前创作中，沈从文常爱使用的空灵的想象与诗意的感知方式被冷静细致的描写所取代，比如写到巧秀妈被迫沉潭、战争的血淋淋等场景时，"朴素"所至，使我们对于这几篇小说的阅读体验更像是湘西风俗、湘西械斗的方志和说明书。

更重要的还有投注在这些小说中的感情的明显变化。传奇写作在其创作心态上是要求某种对世界和生命的惊奇、向往甚至是崇拜的，这是一种孩子般的、被沈从文称为是能够出生长故事（《青色魇》）的童心式的经验世界方式：能在"有生一切"中发现美，会在"与美对面时从不逃避某种光影线形所感印之痛苦，以及因此产生佚智失理之疯狂行为"①；但同时又需有成人的理智，能"不妨为任何生活现象所感动，却不许被那个现象激发你到失去理性"②。可保持这种情感和理性之间的"恰当"，却并不容易。《雪晴》集中，童心和感动就少了，代之而来的是真正的理性的冷静，尤其明显的是，《会明》、《边城》中那种贴着人物内心世界写、有时又是人我同一的、极具诗意的心理描写少了，比如描摹会明如何温柔地对待他养的一群小鸡仔，比如刻写翠翠爱情萌发时的一些小小的反常举动等等，沈从文似乎真的与他笔下的农人和士兵拉开了距离，这种距离还不是他所强调的诗学上的必要克制，也非《长河》中的沉静，而是一种情感上的远离，更客观地谛视：分析、说明甚至是解释论证的语调更多出现在其小说中，感情的抒发和喷涌却少了。

《传奇不奇》的最后，沈从文对小说中书写的，由生命热情导致的、离奇的也是合理的三代人的人生故事做出说明："我还不曾看过什么'传奇'，比我这一阵子亲身参加的更荒谬更离奇，也想不出还有什么'人生'，比我遇到的更自然更近乎人的本性——一切都若不得以"。这段话极像是一个意味深长的，对自己长期创作传奇的原因总结，不管其内容构成是"传奇之奇"还是"传奇不奇"。然而，当作家的创作目的、历史哲学思考需要明白说出；并且这议论还是卒章

---

① 沈从文：《潜渊》，《沈从文选集》第5卷，四川人民出版社1983年版，第86页。

② 沈从文：《情绪的体操》，《沈从文选集》第5卷，四川人民出版社1983年版，第42页。

显其志式的直接点出，而不像其他传奇小说中议论是为了烘托主题，是沈从文在 20 世纪 30 年代就已经"存心"放弃的，我们就有理由怀疑，这种改变是不是适合写了一辈子传奇的沈从文？

这段议论也像是一个终结，预示着沈从文传奇时代的结束。然而当他放弃写作传奇，他小说创作的里程也走到了尽头。尽管《长河》、《雪晴》和《新摘星录》等都预示着某种趋于素朴平静甚至是自己并不擅长的理性思辨的努力，但前者没有写完，后者却表现出试验、转型阶段的生硬。也许最根本的原因是，沈从文就不应该离开传奇，离开他所熟悉的、平凡中蕴含奇迹的生活和结构安排故事的手法？抑或是，这是找寻新的写作模式必须付出的代价？当然，也可能是沈从文和他的读者都需要时间去等待用笔成熟阶段的到来。

然而我们一直都未能等到。这原因中有众所周知的历史变革、个人生活变化的影响，前辈研究者也做出了令人信服的周详分析。但我们也必须追问一个残酷却必须直面的问题，除了时代和政治的重压，作家 20 世纪 40 年代就显示出来的，某些自身内在的、无法克服的文体选择与个体哲学之间结成的推挽力是否也是导致沈从文在 20 世纪 50 年代初最终放弃用笔的原因？一个证明是，曾经一直缠绕他的、某些对历史和人生的抽象思索由于日益与民族危亡的现实危机纠缠在一起，现出某种思维和小说创作上左右奔突、不得解脱的困境。沈从文为自己找到了疏导的方式。在小说中没有能够释放的某些情感和思想在 20 世纪 40 年代中后期被置于抽象精妙的《烛虚》和《云南看云集》中，这虽然对其散文写作和分流内心紧张起到了好的作用，但也在客观上导致他没有更多精力进行小说创作，也因为这种情绪分流，复又在一定程度上丧失了作为沈从文小说标志性特征的，作品意蕴的复杂性、感情趋向的多样性，一些小说仅仅流于单薄、客观、感情不饱满的故事，这不能不说是缺憾。

第三节 传奇之笔

传奇需要用能够"传"所传之奇的"诗笔"来写。

　　达到所谓"诗笔"的境界，首先在整体把握上，要求传奇创作者能在主观和客观、现实和超现实之间往来穿梭，或者以超现实的方式模拟（或曰戏拟、夸张）现实的生活；或者在面对非现实的奇闻轶事时，坚持从现实社会出发的清醒和理智，在创作中保持非现实世界与现实生活的平行（或曰映射）的隐喻关系。当然，这两个方面在整个创作过程中应当是互相交叉渗透的，"传奇"意义繁多的主要原因也就在这里。这决定了，传奇的内容和形式密不可分。作家既会在传奇中"提供给我们理想化了的生活：我们的世界是铜的，但诗人们把它变成了金的"[1]，为达到此目的，又会极为主观地选择和塑造一些在某些方面具有非常禀赋之人事作为描写的主要对象，或将其理想化或将其漫画化，在夸张或抽象中获得特定的意义所指。

　　因此具体创作时，作者和传奇的关系就应当是，"当一个作家称他的作品是传奇时，应该认为，他是想要求某种处理形式和材料的自由……"假如这样一个传奇的背景是过去的时代，也不是要分毫不差地描绘那个时代，而是要获得"一种诗意的……境界，这种境界不必要……什么真实性……"[2] 霍桑的体认在鲁迅这里亦有精妙的概括："大归则究在文采与意想"[3]。在此意义上，相对其他文学体裁，传奇更为主观，也更要求创作者具备非凡的想象力，就像吉利恩·比尔所言，"尽管传奇的有些文学特性在数世纪以来已经改变得难于辨认，但是它的想象功能的许多方面照常保留下来。"[4] 也因为这种把握世界的文学手段的主观属性，作者能够跨越描摹现实时，在诗学和逻辑上的限制，获得面对历史、社会，现实、非现实这样异常广阔的领域，并"致力于进入更高的现实和更深的心理之中"[5]。故而传奇最重要的意义莫过于它给艺术家以博大而自由的想象与创作的空间：

---

①　［英］吉利恩·比尔：《传奇》，昆仑出版社1993年版，第56页。

②　转引自韦勒克、沃伦《文学理论》，三联书店1984年版，第242页。

③　鲁迅：《中国小说史略》，《鲁迅全集》第9卷，人民文学出版社1998年版，第70页。

④　［英］吉利恩·比尔：《传奇》，昆仑出版社1993年版，第14页。

⑤　［美］韦勒克、沃伦：《文学理论》，三联书店1984年版，第242页。

"传奇则使那个世界（指人们熟知的现实世界）中隐藏的梦幻得以显现。传奇总是关心着愿望的满足——为了这个理由它采取众多的形式：英雄史诗、田园诗、异国情调、神秘事物、梦幻、童年和满怀激情的爱。"①

这里，我们能够会心地发现，史诗、田园诗、异国情调等等，都曾是众多研究者概括沈从文从各个方面练习用笔所创作的小说时常用的批评术语，只是，仅取其中的一种又不足以说明沈从文创作的全部，像朱光潜先生1982年就指出的，评论家喜欢用现实主义者、浪漫主义者、喜剧家、悲剧家等等去定位作家，"但是我就觉得这些相反的帽子安在从文头上都很合适，这种辩证的统一足以证明从文不是一个平凡的作家"②。所以，基于前述沈从文充满传奇色彩的创作内容，我们就有了足够的理由认定，他的小说可以用涵盖面更广的"传奇"进行概括。

前面我们谈到，想象力或曰"意想"，应该是传奇最重要的元素。运用想象力所能达到的程度，在一定意义上就该是作者创作传奇、读者识别传奇的主要标准："达到这种程度，传奇可以由它施加于读者和传奇世界之间的关系而与其它的小说形式区别开来。这种关系解放我们但它也引起不寻常的依赖性"③。尽管沈从文未曾明确论证不避虚饰的形容描写和想象力量与"传奇"创作之间的理论联系，但他却通过分析唐人传奇，表现过对其"架空幻想"的欣赏，并且也强调描摹、想象能力的重要性：他认为"文学是用生活作为根据，凭想象生着翅膀飞到另一个世界里去一件事情，它不缺少最宽泛的自由，能容许感情到一切现象上散步"④；对于作者创作，"经验世界原有两种方式，一是身临其境，另一是思想散步。我们活到20世纪，正不妨写

① ［英］吉利恩·比尔：《传奇》，昆仑出版社1993年版，第19页。
② 朱光潜：《凤凰·序》，《朱光潜全集》第10卷，安徽教育出版社1993年版，第616页。
③ ［英］吉利恩·比尔：《传奇》，昆仑出版社1993年版，第14页。
④ 沈从文：《记胡也频》，《沈从文文集》第9卷，花城出版社、香港三联书店1984年版，第81页。

15 世纪的历史小说。……文学作者却需要常识和想象。有丰富无比的常识，去运用无处不及的想象，把小说写好实在是件太容易的事情了。"① 那么，写作能达到的效果就是，"经验和梦想所组成的世界，自然就恰与普通人所谓'天堂'和'地狱'鼎足而三，代表了'人间'，虽代表'人间'，却正是平常人所不能到的地方。"② 这三段议论陆续在 1931 年到 20 世纪 40 年代中期发表，贯穿了他创作的黄金时间，来自于创作的切身体会，也较为全面地反映出沈从文在理论层面上对想象的深刻的把握，更显示出沈从文对这一问题的重视。

在《从文自传》、《从文小说习作选·代序》和《我的写作与水的关系》中，沈从文都谈到幼时的成长经历训练了他的想象力："这乡下人又因为从小飘江湖，各处奔跑，挨饿，受寒，身体发育受了障碍，另外却发育了想象，而且储蓄了一点点人生经验。"③ 这被严酷生活所开发的、还很粗糙不羁的想象力经由成年后理论和实践的反复打磨，终于成就出绚烂的文学世界。

在沈从文运用"常识"对湘西下层生活最初"身临其境"式的细致刻画中，我们就能惊讶地看到他对大牛伯和小牛（《牛》）心理活动的妥帖想象。这显示出的是沈从文想象现实的能力。他写大牛伯和小牛"在沉默中他们彼此才能互相了解，这是一定的。如今的大牛伯和小牛，友谊就建立在这种无言中"。人和动物在无言之中的友情，只能是沈从文从人们所不以为然的常识中获得的，对于生命异常独特又充满人性的审美发现吧。还有他描绘小牛因为不能走路而无法干活所做的"一只牛所能做的最光荣的好梦"："梦到大爹穿上新衣，它自己角上却缠了一幅红巾，两个大步的从迎春的寨里走出，预备回家。"他还揣摩牛的心事，"它明白他们的关系。他使用它帮助，所

---

① 沈从文：《给一个读者》，《沈从文选集》第 5 卷，四川人民出版社 1983 年版，第 52 页。

② 沈从文：《小说作者和读者》，《沈从文选集》第 5 卷，四川人民出版社 1983 年版，第 125 页。

③ 沈从文：《习作选集代序》，《沈从文选集》第 5 卷，四川人民出版社 1983 年版，第 229 页。

以同他生活；但一到了他看出不能用它出力的时候，它就将让另外一种人牵去了。它还不清楚牵去了以后将做什么用途，不过间或听到主人在愤怒中说'发瘟的'、'作牺牲的'、'到屠户手上去吧'这一类很奇怪的话语时，总隐隐约约看得出只要一和主人离开，情形就有点不妥，所得的痛苦恐怕就不止是诅骂同鞭打了。"因此懂事的牛又做梦，"梦到它能拖了三具犁铧飞跑，上山下田，犁所到处土地翻起如波浪。"——这些想象虽诉诸动物心理，可又与读者的经验相通，极易令读者身临其境。还有大牛伯失悔不已又反反复复的心理变化过程，也完全符合外表沉默寡言内心丰富的中国农民的生命形态……这个二十多岁的青年对老人和牛内心世界温情细致的想象不仅照亮了人和牛那么艰难的生存现实，而且又因这想象而让小说流溢着无尽的哀伤和浓郁的诗性气质。

沈从文的诗意想象力，还表现在对梦境的描摹上，典型的如《边城》。这是一个三十多岁的男性作家对一个情窦初开的十五岁女孩娇嫩内心的观察和想象，他以梦幻的形式谛视那颗柔弱单纯心灵，其实也是借助想象，拂去覆盖在人生表层的世俗尘埃，比较超然但也相当理想地表达出爱情更纯然的本体。这其中既寄托着作者对情爱纯然本质的向往，读者也完全能随着翠翠无拘无束的内心感受到爱情的诗意与美好："轻轻地在各处飘着，上了白塔，下了菜园，到了船上，又复飞窜过对山悬崖半腰——去做什么呢？摘虎耳草！"这时的想象不仅仅是诗学手段，更是对诗意生存理想的张扬。

卡尔维诺认为，"想象力是一种电子机器，它能考虑到一切可能的组合，并且选择适用于某一特殊目的的组合，或者，直截了当地说，那些最有意思最令人愉快或者最引人入胜的组合。"[①] 这阐明的是想象力所具有的无限的文学可能。倘若作家心智足够强大，完全可以在其激活下唤醒潜在的经验和记忆，并由之抵达生机无限、奇异丰富的艺术意境。《月下小景》集就完全是作家的"思想"在广阔的头脑中"散步"后，完全凭借想象来构筑的世界。正像作者所言，它

---

① ［意］卡尔维诺：《未来千年文学备忘录》，辽宁教育出版社 2001 年版，第 65 页。

是"把佛经中小故事放大翻新，注入我生命中属于情绪散步的种种纤细感觉和荒唐想象"①。比如《扇陀》渲染扇陀出征的巨大排场，"牛脚四千，踏土翻尘，牛角二千，嶷嶷数里。车中所有美女，莫不容态婉娈，妩媚宜人，娴习体仪，巧善辞令，虽肥瘦不一，却能各极其妙。货车所载，言语不可殚述：有各种大力美酒，色味与清水无异，吃喝少许，即可醉人。……有紫玉笛，铜笛，瓷笛，各种乐器个性不同，与它性格相近女人吹它时，即可把她心中一切，由七孔发出。有五色玉磬，陨石磬，海中苔草石磬。有宝剑宝弓，车轮大小贝壳，金色迳尺蝴蝶。有一切耳目所及与想象所及各种家具陈设……"其实又岂止是"家具陈设"是"一切耳目所及与想象所及"，这里的一切都应该是想象所及之物，这些场景器物，无疑会唤起我们久违了的、被实录、摹写和再现所训练出来的老去了也迟钝了的审美味蕾，其华美的文言散文体和描写人物外形或景物时讲究铺排藻绘的骈俪化倾向，也让我们恍又回到传奇文体，得到像"一个孩子在听故事时感到的那种全心全意的沉浸"②，这种"孩子般"的"沉浸"，是往往只有传奇或神话才能带来的、沈从文称之为"童心"的东西。

我们也能注意到，其想象的内容，其实又基于现实的生活经验，经过想象，成就出"一切可能组合"：这里有琳琅满目的、似乎在生活中见过的日常用具，然而它们又有着神奇的功用——这也就是我们一直强调沈从文的小说是传奇的原因——"传奇罕有尝试去完全卸掉我们对现实的把握。听讲故事的安慰与美学的愉悦混合在一起。传奇乐趣一部分是在于我们知道并不要求我们全部时间都生活在它的理想的世界里，它拓展我们的经验，它并不坚持把直接的日常事务压在我们身上。"③ ——这种阅读传奇时，在现实和理想之间的精神游历，倒有些像沈从文在《扇陀》中指出的，"各种家具陈设，使人身心安舒，不可名言，它的来源，则多由人间巧匠仿照西王母宫尺寸式样做

---

① 沈从文：《水云》，《沈从文文集》第 10 卷，花城出版社、香港三联书店 1984 年版，第 274 页。

② ［英］吉利恩·比尔：《传奇》，昆仑出版社 1993 年版，第 14 页。

③ 同上书，第 14—15 页。

成。"经历了超现实（"不可名言"）——现实（人间巧匠仿照）——西王母宫（超现实）的过程。

让自己的写作带给读者"孩子般"的阅读感受，在接受文学批评时，却未必能讨好。——"求真写实"的尺度，在我们的文学批评中盛行了多年，甚至至今仍然如此。这一尺度一直都使沈从文"腹背受敌"。从他的小说被评论开始，关于不真实、脱离现实等空洞抽象的帽子就扣在他头上，且不说负面评价的主要理由之一常是"不真实"；新时期以来，即使着力为他平反正名的评论，强调的也多是他确实反映了湘西下层人民的苦难现实。细思量，这对立矛盾的两种评论，其实出自于同一种思维方式和价值评判体系，虽然看似结论相反。也都不是沈从文希望被理解的方面，不管是在方法层面还是由之导致的结论。

因为早在 20 世纪三四十年代，沈从文就已经数次在不同场合申辩过"真"与"不真"。30 年代的《习作选集·代序》认为："若处置题材表现人物一切都无问题，那么，这种世界虽消灭了，自然还能够生存在我那故事中。这种世界即或根本没有，也无碍于故事的真实。"[1] 在 40 年代的《水云》中质问："什么叫做真？我倒不大明白真和不真在文学上的区别，也不能分辨它在情感上的区别。文学艺术只有美和不美。精卫衔石，杜鹃啼血，情真事不真，并不妨事。"[2]《小说作者和读者》则谓："故事内容发展呢，无所谓'真'，也无所谓'伪'，要的只是恰当。"[3] 在 40 年代末的《〈看虹摘星录〉后记》中又一次申明："我不大明白真和不真在文学上的区别，也不能分辨它在人我情感上的区别。"[4] 他显然认为，对于一个作品来说，感情

---

① 沈从文：《习作选集代序》，《沈从文选集》第 5 卷，四川人民出版社 1983 年版，第 231 页。

② 沈从文：《水云》，《沈从文文集》第 10 卷，花城出版社、香港三联书店 1984 年版，第 276 页。

③ 沈从文：《小说作者和读者》，《沈从文选集》第 5 卷，四川人民出版社 1983 年版，第 118 页。

④ 沈从文：《看虹摘星录·后记》，《沈从文选集》第 5 卷，四川人民出版社 1983 年版，第 242 页。

真实，其中包含的善美情操等精神实质是真实的，就已足矣。但为达成其"真情实感"的主题意蕴的诗学手段，却可以是"不真实"的夸张、虚构和想象，而这些，无疑才是审美活动的内容构成。而站在文学发展更久远的视镜看，"真"与"不真"的叩问，无疑留有史传叙事的强大影响，严重些说，甚至可以认为是一个伪文学问题，对"真"、"真实"的要求，其适用范围应主要限于历史或科学，却不应该是在文学中反复强调。何况，我们今天断定自传奇中国文学"始有意为小说"，其实也就是因为传奇中有更优美的文笔，更瑰奇的想象，而不是像之前的史传文学，尽量强调所述人事皆有来历，文笔也多简练质实。在此意义上，唯其"不真"才标识出其审美活动的性质。可也就是这样一个"常识"，在遇到强大的求真写实的史传文学传统和现代复杂的社会环境，却成了一个问题。这是历史和沈从文开的一个荒诞的玩笑。

即使到了20世纪80年代，沈从文还在与凌宇的对话中，对苏雪林批评他反映苗族生活的作品缺少真实依据不满，理由就是，"她从不想到《三国演义》和《西游记》的真实性，却要求我的作品'真实'"①。对苏雪林批评的反驳，一方面再次证实沈从文对"真实"的看法；另一方面，他反驳时的论据也耐人寻味。《三国演义》作为历史传奇的典范，就常在处理题材时虚构想象，求得最佳的叙事效果，我们所熟悉的"赤壁之战"，就从陈寿《三国志》不超三千字的篇幅虚构敷演到《三国演义》的八回篇幅，这其中显然会有许多想象、虚构甚至是附会的内容。而《西游记》作为神魔传奇，持久吸引我们的应该是那些精彩的、层出不穷的降魔游戏和引人遐思的奇妙想象。因此西天取经的宗教故事，其作用更像是一个容纳这些想象的框架或者说是合理借口。在这两部名著中，历史的本事只是引子，起到了抛砖引玉的作用，倘若仅仅只是追问事情真与不真，才真是本末倒置。另外，这话语中应该还暗含着沈从文对自己创作的、连他自己都

---

① 沈从文：《答凌宇问》，《沈从文选集》第5卷，四川人民出版社1983年版，第279页。

没有明确意识到的估定，他写的就是"故事"，就是传奇。因为若取衡量传奇的批评要件（譬如人们对《三国演义》《西游记》的审美标准），沈从文的小说就更可以完全摆脱真与不真这样不应成为疑问的疑问。这也是他恼火于用现实主义或是批判现实主义的批评标准肢解自己小说的原因。

在这一点上，沈从文和汪曾祺的命运又极为相似，都意识到批评者使用的批评方法并不适用于自己的作品，即，批评者采用的批评方法的使用范围，要远远小于作家所提供的文学世界的范围。只不过沈从文遇到的是如何界定小说，且是渗入了传奇因素的小说；汪曾祺的问题是，怎么才是"情节"？不淡化的情节又是何种样态？在此意义上，沈从文和汪曾祺都冲决了狭隘甚至是僵化的文学批评标准。也正是凭借并不真的传奇，甚至还可能是并不真的苗族风俗习惯，沈从文表达了他对生命和人性本质的理解，而在沈从文文学世界中的湘西，更应该是一个象征，一种信仰，一部传奇。

第四节　生命意识与民族想象

"文学的结构模式和叙述模式可以告诉我们的不仅仅是文学自身的东西，而且是心灵的本质与文化的普遍特点。"① 沈从文对传奇的创造性转化，给我们提供了解读沈从文小说世界的钥匙。这首先是，就思想价值层面而言，传奇故事背后体现出作家对于生命和人性的深刻理解，支撑其文学世界的是明显的现代意识——"传奇之奇"教会人们以宽容的心态看待人性本来的复杂性和幽秘面；"传奇不奇"是从生命生存不可避免的偶然性和荒谬性中发掘努力活下去的生命意志，这一切都最终旨归于作家"民族精神重建"的严肃主题。

其次，沈从文湘西小说的许多原型，都来自于当地的传说和民间故事，而构成故事起承转合的许多关节点，也来自于湘西的风俗习惯，沈从文以传奇写湘西，显示出民俗文化在沈从文湘西小说中的重

---

① 韩毓海：《锁链上的花环》，时代文艺出版社1993年版，第144页。

要地位。甚至可以说，民俗文化及其背后的精神实质，是沈从文传奇之底蕴的重要构成。民俗文化的作用不止于此，它还是使沈从文的生命传奇充满民族性的重要原因。因为民俗"蕴藏着丰富复杂的民族意识"，"隐藏着本民族人民才能理解的思想意识以及本民族人民才有的情绪体验"，"因此，文学作品如能恰当地表现民俗事象，显化其中的民族意识。就能使文学的民族性特点鲜明突出"。① 如果说这种"民族性"更多指向着湘西的"地方性"并更多体现着湘西苗族勇猛强悍的民族特性，那么沈从文用"传奇"化写楚地民俗风情，则又使这种"地方性"带上了"中国性"，二者彼此交融又能相映成趣，就这一点而言，沈从文使"传奇"的"民族性"在更多层面上得到张扬，也让他的湘西既洋溢着古典情调，又具民间的浪漫气息。

最后，传奇在最本质上表现出人类试图超越现实的理想主义色彩，传达的是人们对于梦想的浪漫寄托。而理想主义总是摆脱不了抒情。这也是沈从文的湘西小说抒情意味浓厚，具有明显诗化气质的重要原因。同时，传奇写作所要求的飞腾着的文学想象和内蕴着的理想主义，又与沈从文坚守文学的纯正趣味，注重文学技巧，以小说代经典等文学观念是相通的。并且，沈从文的湘西客体，本身就是一个充满传奇色彩的化外之地，用"传奇"表现它，更能把握湘西的本质，也更能表达他对个人理念中的湘西的浪漫主义想象，这使二者的相遇，也具有某种历史必然性。

就文学发展的角度看，文学形式的演化，"与其说是某些元素消失，某些元素继起的问题，倒不如说是不同元素在某一系统中相互关系的改变；换句话说，是主导力量互有消长的问题"②。中国文学发展到 20 世纪 30 年代，出于"启蒙"和"救亡"的需要，文学中常见的是理性精神关注下的社会历史内容，现实主义创作方法占据主导地位，浪漫和诗意渐次退守边缘。此时，"传奇"同样被背负着太多的"拯救"梦想的现代作家所忽略甚至不屑。但沈从文身上固有的

---

① 赵学勇：《沈从文与民俗文化》，《文化与人的同构》，兰州大学出版社 2001 年版，第 118 页。

② 王德威：《想象中国的方法》，三联书店 1998 年版，第 95 页。

楚地民俗文化因子和他对读者"看故事"的欣赏习惯的洞察，让他敏感地意识到"传奇传统"在当时再生和激活的可能，并从现实的需要出发，在传统的血脉中取得滋养，借由"传奇"挖掘人的生命意志，彰显关于"生命"和"神性"的深层内涵，同时也提供了解决中国问题的另一种思路。而传奇也在沈从文手下焕发出现代的光彩。因此，尽管"主潮文学执着于现实和较少心灵余裕，使得借神话原型和民间原型的狂幻，去探索深层的人性、人格和种族精魂，成了一个未了的话题"①，但这一话题在沈从文笔下却蔚为大观并成为难了的话题。传奇和湘西的结晶是湘西小说，那是一部关于生命的动人传奇。

---

① 杨义：《中国新文学图志·序》，人民出版社1998年版，第8页。

第四章　汪曾祺：笔记的人生

比之凌叔华、废名和沈从文，汪曾祺是"晚生代"。他早熟却晚成，直至 20 世纪 80 年代，才以接近古代笔记小说形制的短篇小说大放异彩，像其他京派作家一样，将自己所承受的文学传统经由自身的转化和重构，带入依然是现代性质的当代中国文学。20 世纪 80 年代前期，他明确倡导文学创作要《回到现实主义，回到民族传统》，20 世纪 80 年代后期又对评论界给予他的笔记小说作家的定位相当自得："听人说，中国现在写笔记小说的，一个是孙犁，一个是我。对这样的桂冠我不准备拒绝，真是可以这样说，而且影响了一些人。"[1] 他 20 世纪 90 年代最后的创作，也还依然是"当代野人系列"。从汪曾祺的读书趣味和文化积累看[2]，对他影响最早，也最持久的就是古代笔记传统，他也正是倚借深得"笔记"神韵的短篇小说重温旧梦、

---

① 汪曾祺、施叔青：《作为抒情诗的散文化小说》，《汪曾祺全集》第 8 卷，北京师范大学出版社 1998 年版，第 82 页。

② 以《汪曾祺全集》为参照，在既论学又析己的《谈读杂书》、《捡石子儿（代序）》、《蒲桥集·自序》、《晚饭花集·自序》和一些散文中，可找出汪曾祺常看并对其产生明显影响的笔记，除《史记》、《水经注》和《世说新语》等基本的知识储备外，大致归类如下：

（1）地理游记方志类：《一岁货声》、《岭表录异》和《岭外代答》；

（2）都市生活、地方风情：《东京梦华录》、《都城纪胜》、《西湖老人繁胜录》、《梦粱录》、《武林旧事》和《陶庵梦忆》；

（3）农业植物类：《植物名实图考》、《齐民要术》和《农术》；

（4）考证、学术类：《梦溪笔谈》、《容斋随笔》、《升庵诗话》、《癸巳类稿》、《艺舟双楫》和《十驾斋养新录》，甚至还有关涉法医学的《宋提刑洗冤录》。

此外，归有光的散文在其创作谈中被反复作为例证使用。而在有关沈从文研究的《沈从文的寂寞》（《读书》，1984 年第 8 期）、《沈从文和他的〈边城〉》（《芙蓉》，1981 年第 2 期）中，较早地意识到《水经注》对沈从文语言的影响。

审视人生。而"笔记"又以它自身把握世界的独特方式；兼及"散文"与"小说"的著述形式所带来的开放、自由的创作空间；独特的笔墨趣味等成就着汪曾祺，也显示着它在中国文学史上的特殊功用以及它与中国小说发展的深长渊源。

第一节　边缘叙事

一般而言，"笔记"是指随意笔录、不经意为文的记叙文字。在其诞生之初，它就是"小"说。这不仅是指其形制短小，是中国古典小说的最初形式，严格意义上的"小说"就是由笔记文发展而来，而且还指它们相近或相同的文化品位和文学内容。就像班固《汉书·艺文志》"小说家者流，盖出于稗官，街谈巷语，道听途说者之所造也"，桓谭《新论》"小说家合丛残小语，近取譬论，以作短书，治身理家，有可观之词"① 所言——与"原道"、"宗经"和"征圣"等正统诗文不同，"笔记"极少涉及"宏大叙事"，家国历史在这里变成了掌故轶闻、稗官野史和故事传说，而绝不是"名山事业"的日常生活、博物技艺、金石考据、民情风俗等则构成其主要内容。但这些不成系统、零碎琐屑的小事小理却也能隐含学理、表现性情。刘知几称其"言皆琐碎，事必蓑残，固难以接光尘于《五传》，并辉烈于三史。古人以比玉屑满箧，良有旨哉！然则刍荛之言，明王必择；

———————

① "小说"始见于《庄子·外物》。20 世纪 30 年代，胡怀琛认为"小"就是不重要的意思，"凡是一切不重要、不庄重、供人娱乐、给人消遣的话称为小说"（《中国文学八论·中国小说概论》，中国书店 1985 年版，第 3 页）；鲁迅《中国小说史略》认为"小说"是"琐屑之言，非道术所在"；今人杨义认为"小"有双重意义：一种属于文化品位，它所蕴含的是"小道"；一种属于文体形式，它的表现形式是"丛残小语"（《中国古典小说的本体论和文体发生发展论》，《社会科学战线》1995 年第 4 期）。高斯在《重刊〈笔记小说大观〉序》中指出笔记内容涉及"诸子百家、文学艺术、历史地理、天文历算、博物技艺、医药卫生、典章制度、金石考据、社会风尚、人物传记以及宫廷琐记、神话传说等等方面"，并认为"种种历史条件决定了那时候的'小说'，篇幅以短为长，言简意明，记事录言，很难和发议论、判是非的笔记文字完全区别开来"（见《笔记小说大观》第一辑，江苏广陵古籍刻印社 1983 年版）。本章对笔记和小说关系的说明及"小"的内涵的界定，即综合上述三家。

荟菲之体，诗人不弃"①，正是指出其边缘的叙事立场与虽非经非史，但又亦经亦史的"正史之外"叙述历史的文学形态。

叙事立场和文学形态反映出作家对世界独特的艺术把握方式。"边缘"的叙事立场中，大有深意。这其实折射出中国作家的言说方式和言说内容与中国历史之间不无荒诞的特殊关系：正是笔记"小道"、"不入流"的自我定位，才让文人摆脱其时其世的政治、思想、道德包括文艺政策的束缚，在具有"经国大业"、"不朽盛事"写作预设的系统著述之外，信笔直书、自由撰写。而其观照世界的角度与作品反映出的精神风貌，也带有个人性的、娱乐的特点。笔记因之保留了文学创作应有的活泼生机，读者则可从这些人间的奇闻轶事、生活的细故广博中得到知识、愉情悦性。

更重要的是，较之正史，笔记的包罗万象、无所不涉更易于让后人了解历史的真实面貌和社会的动迁沿革。对于这一点，鲁迅有精到的论述，"历史上都写着中国的灵魂，指示着将来的命运，只因为涂饰太厚，废话太多，所以很不容易察出底细来。正如通过密叶投射在莓苔上面的月光，只看见点点的碎影。但如看野史和杂记，可更容易了然了，因为他们究竟不必太摆史官的架子。"②鲁迅对野史、笔记里的史料价值的独特认识，显然是他重视非正统的边缘文化的文化观、历史观的反映，而这也就道出较之其他文体，"笔记"观照世界时所独具的非正统、非官方且"瞒"和"骗"的成分也更少一些的特点。可以说，"笔记"庞杂的内容和写作时的自由，得以使其以一种包罗万象性和边缘性，深且广地反映出"正统"文学和官样文章所无法提供的，世界和历史的某些非常重要的侧面和真相。

汪曾祺选择"笔记"反映人生，也是刻意为之。这种文学和文化上的取舍，是历史意识和个人经验双重积淀的结果，又折射着促成作家审美选择的诸多因素，比如，作家身内身外的文学的、历史的具体处境，生活阅历，文学文化传统，个体哲学等等。

---

① 刘知几：《史通·杂述第三十四》，辽宁教育出版社1997年版，第83页。

② 鲁迅：《忽然想到·四》，《鲁迅全集》第3卷，人民文学出版社1998年版，第17页。

　　汪曾祺多次声明过自己的无意为文和随遇而安："三十多年来，我和文学保持一个若即若离的关系，有时甚至完全隔绝，这也有好处。我可以比较贴近地观察生活，又从一个较远的距离外思索生活"①，这是将自己的写作定位在了"边缘"叙述的立场上。更明确的自我指认是"写不出大作品，写不出有分量、有气魄、雄辩、华丽的论文……我永远只是一个小品作家。我写的一切，都是小品"②，"我的作品不是，也不可能成为主流"③。这里固然有对自己性格与气质的清醒估量，更重要的却是，他以性格和气质为托词，将自己的创作"排除"在"这三十多年来的文学"即主流文学之外，定位在不可能成为主流、大作品的小品上，彻底疏离了主流意识形态，也使自己"名正言顺"地摆脱或者说是超越了，作为时代总体的叙述方式的、中国当代文学语境中习见的、甚至被规定得都快要法典化了的审美趋向和僵硬了的话语习惯。同时，这还意味着一种以退为进的宣告，"我"本在主流之外，也就不必以主流意识形态及其话语，对"我"做规定和修改——这就在看似无意间，有意地沟通了笔记边缘性、个人性和世俗性的基本精神。这样，汪曾祺就在 20 世纪 80 年代，其内在质地主要还是思想启蒙叙事（"伤痕文学"、"反思文学"）以及革命现实主义叙事（"改革文学"）的文坛主流叙事之外，为自己我行我素地"写我所熟悉的平平常常的人和事……用平平常常的思想感情去了解他们，用平平常常的方法表现他们"④ 的写作方式和文学视野，成功、策略地赢得了地位。

　　作家选择某种文体作为自己文本的形式构成，能从根本上反映作家认识世界、传达世界的思维方式以及在此过程中的情感状态。这是因为，文体和形式中隐含的东西往往更深刻，它有可能是一些作家自己也没有明确意识到的观念；而小说形式最终暴露的东西也是更彻底的："作家的文体正如画家的色调一样，是看法问题，而不单纯是技

---

① 汪曾祺：《晚翠文谈·自序》，《晚翠文谈新编》，三联书店 2002 年版，第 336 页。
② 同上书，第 335 页。
③ 汪曾祺：《关于〈受戒〉》，《晚翠文谈新编》，三联书店 2002 年版，第 352 页。
④ 汪曾祺：《七十书怀》，《榆树村杂记》，中国华侨出版社 1993 年版，第 4 页。

巧的问题"①。而这"看法",包含了两层意思,看世界的结果和看世界的方式。同样,早在20世纪40年代,汪曾祺就认为,"一个短篇小说是一种思索方式,一种情感形态,是人类智慧的一种模样"②。到80、90年代,他依然认同小说都是"形象化了的哲学"③的说法。因此,汪曾祺看似"小品"的笔记小说形态,同样出于严肃的立意,包含着他看待世事并不"小"而是十分深沉、独特的哲学。

这首先是对自己存在方式(这包括人和文两个方面)的明确定位。汪曾祺选择自由边缘的笔记,在创作时,显然有利于保持其应有的独立思考能力和新鲜艺术感受。并且,这种选择既是"文"的问题,又是"人"的问题——每个人都有自己大体一致的文体和语言,这是语言问题,但更应该是人对于自己如何"文学地生存"的选择问题:出于文体的规定性,选择了怎样的文体,基本上也就决定了写作思路和文章风格,汪曾祺就选择了生活在"笔记"的文体和语言中,而不是其他。在此意义上,文体本身成为了作家的存在方式。

另外,对艺术把握方式的选择中,总是凝结着作家对历史与现实(不管是文学的还是社会的)的认识。汪曾祺的认识是:"和传统文化脱节,我以为是开国以后,五十年代文学的一个缺陷。"④——即使是汪曾祺所处的20世纪80年代前期的文学创作,无论是"伤痕文学"、"反思文学"还是"改革文学",在其运思方式(批判的)和情感色调(沉重、激昂的)上,都和十七年文学极为相似,在此意义上,前者甚至可视为后者的放大和延伸,区别主要在于所承载的意识形态信息的不同。但其无视"传统文化"中的另外一些重要内容、远离"传统文化"平和宁静的气质,这种"缺陷"却是一贯而下的。在这种文学语境中,汪曾祺的出现,是赓续了半个世纪前,京派将重铸民族品德的文学理想涵化在对传统中国(或曰乡村中国)民俗乡

---

① 徐岱:《小说叙事学》,中国社会科学出版社1992年版,第96页。

② 汪曾祺:《短篇小说的本质》,天津《益世报》1947年5月31日,《文学周刊》第43期。

③ 汪曾祺:《小说的思想和语言》,《晚翠文谈新编》,三联书店2002年版,第42页。

④ 汪曾祺:《自报家门》,《晚翠文谈新编》,三联书店2002年版,第270、264页。

风、人生百态（传统文化）的蕴藉描写中的写作路数。只不过，汪曾祺是以"笔记"出之。

为什么选中的恰恰就是"笔记"？除了文化积淀、文学语境还因为，这种艺术模式最大程度地吻合了汪曾祺对艺术与生活的关系的认识："不以情节胜，比较简短，文字淡雅而有意境的"小说文体的获得，是因为"生活的样子，就是作品的样子。一种生活，只能有一种写法"，而"只有那么一小块生活，适合或只够写成笔记体小说"。①

这样富于个性的赓续，又回应着历史要求：大体看，一代有一代之文学，不同的叙事形式要与不同的现实相适应，但在每一代文学内部，叙事形式与时代的对应关系又应该是多对一的关系。汪曾祺的笔记小说及其边缘化的叙事立场，表面观之是与时代的脱离或者是超越，其实反倒说明与时代的紧密关系，用他的话说，是"受了百花齐放的气候的感召"，"不用说是十年浩劫，就是'十七年'，我会写出这样一篇东西么？"它既是作家对十七年文学及样板戏把"美感作用和教育作用截然分开甚至对立起来"，"把教育作用看得太狭窄"导致的"题材的单调"的文艺现状的反思和重构，又是对"这两年重提美育"②的时代要求的敏感回应。而从个人经历看，"搞了十年样板戏，痛苦不堪，四人帮一倒，我决定再也不受别人的支使写作，我愿意写什么就写什么，想怎么写就怎么写"③。这历史回应和个人意愿之间，还不乏汪曾祺对当时文学格局中，"战斗性的，描写具有丰富人性的现代英雄的，深刻而尖锐地揭示社会的病痛并引起疗救的注意的悲壮、宏伟的作品"④仍占主流地位的清醒认识。这样看来，选择笔记，就成为某种必然。

在许多时候，历史的必然要求和实现这个要求所要具备的历史条件之间又是错位或滞后的。不管是社会演进还是文学发展，都存在这

---

① 汪曾祺：《捡石子儿（代序）》，《晚翠文谈新编》，三联书店2002年版，第286页。

② 汪曾祺：《关于〈受戒〉》，《晚翠文谈新编》，三联书店2002年版，第350页。

③ 汪曾祺：《美国家书·十一》，《汪曾祺全集》第8卷，北京师范大学出版社1998年版，第123页。

④ 汪曾祺：《关于〈受戒〉》，《晚翠文谈新编》，三联书店2002年版，第351页。

种不同步性。汪曾祺以"笔记"形制的小说创作回应时代和现实，也揭橥出他对读者期待视野和当时批评界的期待视野既前卫但又很谨慎甚至略嫌保守的认识：他试图在远离现实的明哲保身和切近时代的心灵渴望；体现生存本真的作家良心和"我知道有那么一些人，对于真实是痛恨的"① 的现实处境以及既要有独特的创作个性，又要能使其小说风格为读者欣赏和接受等等，这些在 20 世纪的文学语境中一直未能解决好的矛盾、紧张的关系之间，找到切入的合适距离和角度。当然，这其中还有对"小说"本身在面对现实时，到底能起多大社会作用和它在当时实际所处的承载意识形态的"工具"地位的困惑。这时，他的文学选择是退而求其次：以能"有益于世道人心"② 为上，但也以"没有地方发表，写出来自己玩"③ 为退路。这诸多的矛盾、困惑和小心翼翼，在最深层上，反映出的还是到底应该如何认识文学和社会的关系的老问题。汪曾祺的选择，于是就有了特定时代作家心灵史的意义。而汪曾祺所言，"解放以后，我自己认为，我是一个比较荒诞的作家"④，其中未必没有对自己的写作策略——借"笔记"反映生活和历史真实——的无可奈何与倍感辛酸。这一切心灵的战争和迂回曲折的文学选择，折射的又是时代的错位和悲喜剧。

综上所述，汪曾祺"笔记"人生的审美选择，表现着个体哲学和社会历史剪不断理还乱的复杂关系。其中包含着的不仅是作家的智慧和勇气，更有其文学史的意义——从文学的维度看，依托"笔记"，汪曾祺不仅获得了更为真切地洞察社会与历史的个人视角，而且还衔接起中国古代、现代文学的诸多传统，又以极具个性的方式汇入到当

---

① 汪曾祺：《阿成小说集〈年关六赋〉序》，《汪曾祺文集》文论卷，江苏文艺出版社 1994 年版，第 143 页。

② 汪曾祺：《要有益于世道人心》，《汪曾祺全集》第 3 卷，北京师范大学出版社 1998 年版，第 222 页。

③ 汪曾祺：《美学感情的需要和社会效果》，《汪曾祺全集》第 3 卷，北京师范大学出版社 1998 年版，第 285 页。

④ 杨鼎川：《关于汪曾祺 40 年代创作的对话——汪曾祺访谈录》，《中国现代文学研究丛刊》，2003 年第 2 期。

代中国小说的革命当中。这一切，都是汪曾祺及其把握世界的艺术方式的意义之所在。

第二节　博物风貌

一　世间百态

汪曾祺小说中最醒目的风景，也最先让读者认定他小说的笔记特色的，应该是他娓娓道来的五行八作、能工巧匠。《异秉》写张汉"走过许多地方，见多识广，什么都知道，是个百事通……三教九流，医卜星相，他全知道"，正可概括汪曾祺本人的生活阅历和题材特色。这里有市井奇人王二（《异秉》），八千岁（《八千岁》），陈小手、陈四、陈泥鳅（《故里三陈》），戴车匠（《戴车匠》），胡老二（《如意楼和得意楼》），詹大胖子（《詹大胖子》），连老板（《茶干》），吕虎臣（《礼俗大全》），傅玉涛（《子孙万代》）；亦有雅士高北溟（《徙》），卖果子的雅人叶三（《鉴赏家》），雅聚的岁寒三友（《岁寒三友》）；也有美好却不幸的女子巧云（《大淖记事》），谢淑媛（《小孃孃》），辜家女儿（《辜家豆腐店的女儿》），裴云锦（《忧郁症》）；还有行伍之人鲍团长（《鲍团长》）；同样是大学生，有偷鸡的金昌焕（《鸡毛》），自律的蔡德惠（《日规》）；新社会的劳动者小吕（《看水》），王全（《王全》）；以及梨园行里形形色色的人和事（《迟开的玫瑰或胡闹》、《吃饭》、《可有可无的人》、《唐门三杰》）……就其职业看，则有卖熏烧的、开药店的、教书的、开炮仗店的、开米店的、画画的、养鸡的、吹喇叭剃头的、唱戏的打鼓的，和尚、锡匠、挑夫、医生、皮匠、学生、地保、屠夫、饲养员……更令人叫绝的，是汪曾祺对这些手工技艺的制作、营业过程以及平凡人家日常生活目不暇接、有声有色却绝不卖弄的描写。譬如最典型的《异秉》，写到熏烧怎么卖，旱烟怎么刨成丝，药店的等级制度、角色分配；此外，锡匠的手艺家什（《大淖记事》），米的分类（《八千岁》），赛城隍的程序（《陈四》），车床的原理（《戴车匠》），蒸包子的步骤

(《如意楼和得意楼》)，酱园的摆设（《茶干》)，"老虎灶"的构造
(《辜家豆腐店的女儿》)，挖蚯蚓的门道（《卖蚯蚓的人》）……日常
生活中的柴米油盐、布帛麦菽皆是文章，故事大都简单，生活却很
新鲜。

　　现在，许多研究者都以《东京梦华录》、《梦粱录》、《武林旧
事》、《都城纪胜》等笔记作为资料和史料，复原南宋都城临安的日
常生活和地方风情①，同样，汪曾祺笔下人和事的广博丰富，也是对
不同时期的历史和社会状貌的再现。当然，汪曾祺对工艺掌故、民情
民风的理解和把握，又远在这些笔记和方志之上——正像《受戒》试
图让读者领略到"旧社会也不是没有的欢乐"②，汪曾祺津津乐道于
世间百态，不仅只为营造小说氛围、塑造人物形象，也是要"再认识
认识""今天的生活所过来的那个旧的生活"③——生活当中有文化，
这种描摹的哲学，其目的是建构，准确地说，应该是聚合和复原，一
段历史的另外一些个侧面；完形对于某段生活多层次、多向度的全面
理解。

　　除却还原历史真实的写作预设，也可以改变读者思考问题的方
式，拓展其思维层面：在小英子、老朱、戴车匠、连老板、宋侉子这
些旧社会各阶层的民众身上，未必就没有欢乐、自足和仗义善良；从
绵延的文化之维和传承着的民族精神角度看，而不仅局限于政治角
度，旧社会未必一定对应了负面的价值，其中也不是没有可为今天
"生活"着的人们应该认可和吸取的价值。而《受戒》和《异秉》最
初刊登时的颇费周折与人们发出的"小说也可以这样写？"的疑问，
指涉的不仅是汪曾祺小说在形式层面的创新，更有对其"思想内
容"、道德取向的敏感，而这种疑问本身，已经说明，汪曾祺的写作

---

　　① ［法］谢和耐《蒙元入侵前夜的中国日常生活》，刘东译，江苏人民出版社1995年
版。这也显示出笔记重要的历史作用和文化性质，譬如法国学者谢和耐（Jacques Cernet）
的著作《蒙元入侵前夜的中国日常生活》，就主要是以《梦粱录》、《武林旧事》和《都城
纪胜》为基本材料，构建南宋都城临安的日常生活。

　　② 汪曾祺：《关于〈受戒〉》，《晚翠文谈新编》，三联书店2002年版，第352页。

　　③ 同上书，第350页。

对读者发生了影响。

另外，汪曾祺很下功夫、用心颇深地描写鸟兽草木之名，书画医道之论，苦咸酸辛之味，也是有意识地续接了中国文化中深厚的"博物"传统：暂不说笔记，向前追溯，《论语·阳货》篇就告诫文人，"多识于鸟兽草木之名"，不但与读诗有关，可为赏识艺文之助，而且也可养成对于自然的爱好，于生活也有益。后来的笔记文中，这些因素往往成为名士文人借之表现性情和雅趣的重要手段。《陶庵梦忆》、《西湖老人繁胜录》和《荆楚岁时记》，这些汪曾祺手头常翻的笔记，就流露出对于日常生活细腻的审美情趣，承载着"博物"传统。

时至现代，近人周作人也很强调"博物"。他以社会人类学、民俗学和文化学的眼光写故乡的野菜、讲苦茶，介绍法布尔的《昆虫记》、怀特的《塞耳彭自然史》，有深切的学理贯注其中。这是因为周作人认为，"知道动植物生活的概要，对于了解人生有些问题比较容易"，而且"生活现象与人类原是根本一致，要考虑人生的事情便须得于此着手"；对岁时土俗的兴趣，也是出于"人民的历史本来是日用人事的连续"的考虑。[1] 除了因其与人生、生存联系紧密，《我的杂学》进一步认定，"世间尊重八股是正经文章"，自己所读笔记类杂书"其实在我看来原都是很重要极严肃的东西"，"大底于文字之外看重所表现的气象与性情"。[2]

周作人对"博物"的理解和阐释，在汪曾祺这里亦有会心，二者都从人本的、科学的态度出发强调要重视"草木鱼虫"："古人说诗的作用，可以观，可以群，可以怨，还可以多识于草木鸟兽之名。这最后一点似乎和前面几点不能相提并论，其实这是很重要的。草木虫

---

[1]　周作人：《十堂笔谈之六·博物》，《立春以前》，止庵校订，河北教育出版社2002年版，第137页；《清嘉录》，《知堂书话》上卷，钟叔河编，海南出版社1997年版，第134页。同样的观点还可见于他1930年所作《草木鱼虫·小引》："他们也是生物，与我们很有关系。"周作人还写了大量推介笔记的文字，如《江洲笔谈》《一岁货声之余》等；散文创作更是这一传统的发扬。

[2]　周作人：《我的杂学》，《苦口甘口》，止庵校订，河北教育出版社2002年版，第62页。

鱼，多是与人的生活密切相关。对于草木鱼虫有兴趣，说明对人也有广泛的兴趣。"① ——从钟情草木鱼虫到对人的"兴趣"，其中无疑包含了想从前者得到教益的科学致用态度。这也正是汪曾祺描写风物土产、花草鱼虫的重要原因：它们就是人生和生存实实在在、不能忽视也不该遗忘的组成部分，从对前述日常生活细节的反复审视中，他也试图去探寻人的基本生存方式这样更深邃、更广阔的意义。

而且，对这些世间百态一往情深的言说，其实就是言说汪曾祺自己体验和认可的历史——"小说应该就是跟一个可以谈得来的朋友很亲切地谈一点你所知道的生活"②，在汪曾祺的小说中的生活，又是由个体存在的丰富性、差异性和特殊性所构成的世间百态式的日常场景：当作家对故乡高邮、战时昆明、北京城根和困难时期塞外的万类霜天随物赋形时，也就成就出"博物"式的小说面貌。

当然，虽则文学传达的是作家个人"所知道的生活"，但读者面对的文本，就不仅是"生活世界"的简单还原，它们更是带有作家个性特征的世界。在汪曾祺对民间日常生活的或熟稔或欣赏中，我们总能感知他的精神素质和情感寄托，这就是周作人所谓"气象"和"性情"——在浓洌的生活气息后面，是汪曾祺写作的一贯心态和他对待生活的基本态度：对于生活的挚爱、热诚和温情，对"活着"感到愉悦和满足。

而从文学史的角度观之，汪曾祺的日常生活叙事，不仅丰富了当代小说的题材内容，它亦可看作是对十七年文学宏大叙事的一个反拨，或者说，是昭示出当代中国文学发展的内在需求。——文学对于世界的言说，本来就该是多种多样的，小说不可能，也绝不应该是某一种思想观念和文学风格的说明书，除了承载历史的理性逻辑，还更有其文化的、美学的功能。而"一体化"的文学叙述框架，在某种程度上，是对纷繁复杂的历史文化的裁剪和理想化的"提纯"，无论

---

① 汪曾祺：《葵·薤》，《汪曾祺全集》第 3 卷，北京师范大学出版社 1998 年版，第 389 页。

② 汪曾祺、施叔青：《作为抒情诗的散文化小说》，《汪曾祺全集》第 8 卷，北京师范大学出版社 1998 年版，第 77 页。

出于何种目的，这种化约都可能以损耗、遮蔽历史的多样性和丰富性为代价。这意味着，相对于历史的整体和全部，它所提供的对于中国现当代历史、社会、文化的观照角度和精神内核，是单一和单薄的。虽然汪曾祺的日常生活叙事，在文学视野上未必阔大，但其可贵处是文学观念不狭隘，在还原某些曾被遮蔽的历史侧面的同时，提供了对于生活和文化更多向的思考，更多味的咀嚼。

我们还能注意到，在 20 世纪 50 至 70 年代的中国文学中，世俗人生、家长里短被忽略而外，还常被作家进行低俗化处理。即使是在较多写到日常生活、对现实认识也较为清醒的赵树理那里（比如1958 年的《锻炼锻炼》），也是如此。作家们似乎真的忘记了，起而革命或奔向社会主义的"金光大道"，其最初的动因，是基本温饱和日常起居的无法保障。并且此时，主观和客观，理想和现实，包括革命的手段和内容，这些本应分属不同逻辑层面和历史时段的元素被简单地混为一谈。不食人间烟火者是英雄，"小腿疼"、"吃不饱"们因为"落后"被批判，而她们的腿疼、不饱及其原因是没有人去关注和深究的。文学当中更多张扬的是精神的高尚和精神力量的绝对作用。即使将当时的历史条件考虑进去，在一定程度上，这种审美观也违背了物质基础决定上层建筑的唯物史观，最起码，它也有空中楼阁的嫌疑。因为"艺术作品并不是创造于精神世界的稀薄空气中，艺术联系着整个生活，艺术活动扎根于实践之中"①。这样，文学当中对这种建立在否定世俗人生基础上的精神力量的想象，实际就是很可怀疑甚至是空洞盲目的。只热衷于高尚理想对世俗生活不屑一顾，鄙弃基本的物质需求，以苦为乐，换言之，疏离日常生活，以抽象概念构筑或取代日常生活，几乎是这一时期文学很明显的特点。1954 年，胡风就意识到，当时是"把毛主席在积极意义上号召作家到工农群众中去到火热的斗争中去的口号，从消极的意义上解释成鄙视以至拒绝日常生活和日常斗争"②，而且由于日常生活与"社会主要矛盾"之

---

① ［美］阿诺德·豪塞尔：《艺术史的哲学》，陈超南、刘天华译，中国社会科学出版社 1992 年版，第 274 页。

② 胡风：《关于解放以来文艺实践情况的报告》，《新文学史料》，1988 年第 4 期。

间形成的等级关系和价值高下之分，"只有工农兵底生活才算生活，日常生活不是生活"①。胡风的论断有绝对之处，却也直陈某些弊端：文艺创作中此类题材的匮乏，文学批评中对《我们夫妇之间》的批判、认定茹志鹃创作的某些"不足"②，包括将题材和作品价值混同起来，都是其表现。直到 1979 年，刘心武在给丁玲的信中还坦言，当时的创作情形是"人们太习惯于惊心动魄、形露于外的写法了，太习惯于激情的呐喊、意外的情节、叱咤风云的形象"③。

在此背景下，汪曾祺 20 世纪 80 年代初对日常生活的回归，就显示出其意义之所在。这首先反映出的是对生活不再简单化的理解。汪曾祺没有窄化和抽象化生活，他的小说在启悟读者，生活和世界的组成部分还有那么多，而不是仅限于阶级斗争，用他的话说，是"政治不能涵盖人生的全部内容"④。由之自然而来的是对文学天地的界定更为宽泛。因此汪曾祺笔下的历史，就不是"一套用文字写成的"的观念性的历史，而是"在他们生活、爱憎、得失里，也依然摊派了哭，笑，吃，喝"⑤ 的实在可感的个体生存的历史。事实上，作家向读者呈现某种生活形态了，那么包含在这生活形态中的意义（文学的、文化的）和观念（道德的、政治的）也就可能一同展露出来，二者是具有深层意识上的一致性的。也因此，汪曾祺对日常生活、民俗风情的书写，记下的不只是日常生活，还有附丽其上的盎然的生命

---

①　胡风：《关于解放以来文艺实践情况的报告》，《新文学史料》，1988 年第 4 期。

②　比如欧阳文彬《试论茹志鹃的艺术风格》（《上海文学》，1959 年）认为茹志鹃应当努力创造"具有共产主义品质的英雄形象"，使作品中出现更多"复杂的矛盾冲突"，细言《有关茹志鹃作品的几个问题》（《文艺报》，1961 年 7 月）倡导"我们不能把英雄人物和普通人物放在对立的地位"，侯金镜《创作个性和艺术特色》（《文艺报》，1961 年 7 月）认为茹作是"时代激流中的一朵浪花"是"补充"。参见《文学风雨四十年——中国当代文学作品争鸣述评》，於可训、吴济时、陈美兰主编，武汉大学出版社 1989 年版；《当代文学关键词》，洪子诚、孟繁华主编，广西师范大学出版社 2002 年版。

③　王中忱：《作家生活史与文学史的交集——从几封作家书简谈起》，《中国现代文学研究丛刊》2004 年第 4 期。

④　汪曾祺：《文集自序》，《晚翠文谈新编》，三联书店 2002 年版，第 294 页。

⑤　沈从文：《一九三四年一月十八》，《沈从文选集》第 1 卷，四川人民出版社 1983 年版，第 162 页。

情趣、文化意蕴以及民族传统。

　　一定程度上，生存方式决定了人们的精神状态。怎么生活，又包含了人们在这种生存方式下对于生命本来的理解。因为有了更为真实的生活和生存环境的描写，汪曾祺实际上就为自己小说中美好人性的存在提供了足够的证据，"人"也就是在一定条件下（基本的日常生活中）具体存在着的、现实的人。对于这一点，汪曾祺的表述是，"写风俗是为了写人"、"只有在这样的环境中，才有可能出现这样的人和事"，① 因而他凸显日常生活意义，最终目的也还在于关注活动在这特定的历史和生活中的人。虽然汪曾祺曾援引海明威的话，认为典型论是说谎，但他所谓典型论，实际上指的是"解释得不准确的典型论"及其影响下出现的"有些作家造出了一批鲜明、突出，然而虚假的人物形象"② 的文学现象。他倒是比同时代的作家更平实地切近"典型环境中的典型人物"的真义，尽管这种观念更可能受到沈从文"现代作家必须懂得这种人事在一定背景中发生"③ 的启发。汪曾祺是尊重他笔下的人物的，他的小说里，人没有在抽象的概念下，被随意定性或是过度诠释。

　　另外，"文革"十年的狂热、激进和空前破坏，确实嘲弄甚至撕裂了一些本该为人们所共同遵循的道德底线和价值底线。但也因此而使日常生活、价值底线的意义重新得以凸显："在每一个'价值失落'因而急需'价值重建'的年代，人们总是先回到最简朴最老实的价值基线上。"④ 对于刚从"文革"中挣扎出来的人们，汪曾祺对于久违了的日常劳作、实在生活沉着不迫的书写，和他对一些人生基本价值的肯定甚至是乐在其中，是能填补一代人的价值空白并满足他们的心灵需求的。何况，任何更高层次的价值追求，都是在基本价值

---

　　① 汪曾祺：《〈大淖记事〉是怎样写出来的》，《晚翠文谈新编》，三联书店2002年版，第345页。

　　② 汪曾祺：《小说的散文化》，《晚翠文谈新编》，三联书店2002年版，第34页。

　　③ 沈从文、凌宇：《答凌宇问》，《中国现代文学研究丛刊》1980年第4期。另：在《自报家门》、《我的创作生涯》中，汪曾祺也谈及西南联大时期沈从文对这一点的强调。

　　④ 黄子平：《汪曾祺的意义》，《"灰阑"中的叙述》，上海文艺出版社2001年版，第246页。

的基础上构筑起来的，这是不言自明的道理。当然，作为一种思想资源，汪曾祺对基本价值的确认在特定历史时期有其价值，但不宜估计过高：若仅从这一层面认识生命和人性，难免会只见树木不见森林。

古代的笔记作者举隅世间百态常是为了表露自身的文学和文化素质。汪曾祺日常审美的叙事风度也是他文化修养的外化：他对平凡生活和人的心灵生活的广泛理解和深刻洞察，基于其内心世界的广阔度和包容度。但与古代笔记作者的区别之处在于，汪曾祺有更深刻的文学和文化追求，他是要通过日常生活构筑历史，是要提示某些被忽略和遮蔽的生活形态及其美感，既不是逞才也非为猎奇或助谈资。因而，他对世间万物的描写中有情怀，却无稗习。在此意义上，汪曾祺是真正走进了生活，但也超越了生活，既对万事万物作有情观看，又将一生的文化和经验化为谈天说地的平静描述，并在其间游刃有余、怡然自得："作者写生活，放开去时，一泻千里……而一笔收来，则枝枝蔓蔓，又尽在握中……发表这篇小说，对于扩展我们的视野，开拓我们的思路，了解文学的传统，都是有意义的"① ——这很为汪曾祺引为知音之见的"编者按"，恰如其分地概括出汪曾祺的日常生活叙事的特征和文学史的意义。

二　人文情怀

汪曾祺认为自己是中国式的、抒情的人道主义者，他还用"人道其里，抒情其华"② 总结其创作。从文本实际看，他也是以人道主义的情怀注视现实，用人道主义的尺度衡量世界。——他的人道主义"很朴素"，就是"对人的关心，对人的尊重和欣赏"③，从"'人'的角度对他们的生活观察、思考、表现"④。如果说，汪曾祺对世间

① 《编者附言》，《雨花》1981 年第 1 期。
② 汪曾祺：《我为什么写作》，《汪曾祺全集》第 8 卷，北京师范大学出版社 1998 年版，第 55 页。
③ 汪曾祺：《我是一个中国人》，《晚翠文谈新编》，三联书店 2002 年版，第 254 页。
④ 汪曾祺：《市井小说选·序》，《晚翠文谈新编》，三联书店 2002 年版，第 318 页。另，汪曾祺在《寻根》、《我的创作生涯》中指出，小学时对其影响极大的国文老师选择文章有一个贯穿性的思想：人道主义。

百态的诗性书写更多表现出的是人道主义的博爱方面，那么当他以人文情怀思索生命的存在时，他所强调的就是人性自由向上、舒展温馨的美好。

人道主义或曰人本主义的基本含义，就是以人的存在作为根本前提，把人自身作为衡量万物的尺度处理人与世界、人与人的关系。它张扬的是人为自己而活的理想。作为哲学思潮，它曾是反抗封建专制最重要的思想武器，而作为普遍的道德准则和生活理想，它又会始终伴随人类的存在，促使其不断脱离兽性，向更高阶段的、更完善的人性进步。这意味着，对于主要以关怀人、表现人、思索人和感染人为目的的文学而言，即使从科学的角度看，人道主义只是一种相对的真理，对于文学书写而言，它也具有绝对的客观性或者说，永恒性。正像孙犁所说，"凡是伟大的作家，都是伟大的人道主义者。毫无例外的。他们是富于人性的，富于理想的。他们的作品，反映了他们对于现实生活的这种态度，把人道主义从文学中拉出去，那文学就没有什么东西了。"① 人道主义在五四进入中国是"整体文化变革中最深刻、最富有光彩的篇章"，且汪曾祺的老师沈从文的创作思路和文化指向，就是"对'五四'时期掀起的中国现代人文主义思潮的延续和深化"②。因此，汪曾祺宣称，"我写的是美，是健康的人性。美，人性，是任何时候都需要的"③，自有他足够的理由。再加之，汪曾祺人本主义的文学精神，还恰恰与1980年前后人道主义思潮复兴这样大的社会——文化思潮发生共振，像他感慨的："我赶上了好时候。"④ 这一切都是助力，促使汪曾祺放开手脚，在日光之下本无新事的世俗人间，发掘人性和生活的美好与欢愉。

这里还需明确的是，既然人本主义是文学艺术不可或缺的内容和依据，那么在某种程度上也就意味着，艺术生产在多大程度上表现了

① 孙犁：《文学和生活的路》，《孙犁文集》第4卷（文艺理论卷），百花文艺出版社1982年版，第394页。

② 赵学勇：《沈从文与东西方文化》，兰州大学出版社1990年版，第38、35页。

③ 汪曾祺：《关于〈受戒〉》，《晚翠文谈新编》，三联书店2002年版，第351页。

④ 汪曾祺：《晚翠文谈·自序》，《晚翠文谈新编》，三联书店2002年版，第336页。

人文主义思想，它就具有多少感染读者的"指数"和保持永恒生命力的可能性。因此，在判断艺术作品的雅与俗时，人道主义精神的多寡很可能就是标准，而非题材本身。艺术创造是否对生存的本质有深刻的洞见、对人类怀有诚挚的热爱，即作品中是否蕴藏着"真"与"善"这样人性的品格，以及是否具有独特优美的艺术创造，才是"雅"文学的本质。

上述判断可以帮助我们廓清一些问题，比如，许多研究者都试图阐明一个问题，汪曾祺作品中由世俗题材醇化出的诗意和高雅从何而来。但他们各自采取的立场却都有片面之嫌，即，或从"士大夫文化"入手，或镜鉴民间理论①。其实问题的关键在于，士大夫文化和民间文化在汪曾祺身上并不泾渭分明，二者的界限已被淡化和超越而呈水乳交融的状态。从个人经历看，汪曾祺生于诗书之家，雅好书画，但他同时又最熟悉底层人民："我小时候的环境，就是生活在这些人当中，铺子里的店员、匠人、做小买卖的这些人。"② "这些店铺、这些手艺人使我深受感动，使我闻嗅到一种辛劳、笃实、轻甜、微苦的生活气息。"③ 就中国文化实际而言，长期的农业社会形态，并没有造就完全独立的、严格意义上的知识分子和士阶层。朱自清在

---

① "士大夫文化"的切入角度，主要是 1988 年 9 月《北京文学》承办的"汪曾祺作品研讨会"上，一些年轻学者认为汪是士大夫文化熏陶出来的最后一位作家，之后的许多评论多由此入手。比如胡河清《汪曾祺论》（《当代作家评论》1993 年第 1 期）认为汪的一些文章"正是反映了中国士大夫文化的一种特殊心理逻辑"；周荷初《张岱与汪曾祺文学创作的文化意识和艺术比较》（《求索》2001 年第 4 期）视野更为开阔深邃，但其基本思路仍由此而来。与之相对，罗强烈《汪曾祺的民间意义》（《当代作家评论》1993 年第 1 期），认为汪小说"还有一个与此（指士大夫文化）相当或更重要的层面"，即"独特的民间性""独特的民间精神"；此后这一角度用力最勤的是刘明《民间：汪曾祺的文化方位》（《山东社会科学》2000 年第 5 期）、《民间的自觉：汪曾祺的文化意识及其小说创作》（《华侨大学学报》2000 年第 4 期）认为"正是其文化意识与审美取向的民间性决定了其小说创作的精神内核及艺术品格"。赵顺宏、翟业军《流动的风景：汪曾祺小说的一种读法》（《安徽师范大学学报》2003 年第 5 期）认为汪"小说创作的凝结点在于那种现代社会中正逐渐消失的传统职业之上"。

② 汪曾祺、施叔青：《作为抒情诗的散文化小说》，《汪曾祺全集》第 8 卷，北京师范大学出版社 1998 年版，第 71 页。

③ 同上。

《论雅俗共赏》中就认为，唐以后"士"和"民"两个等级的分界就不像先前的严格和清楚了，彼此的分子在流通着，即便是"上来的士人"也多少保留着民间的生活方式和生活态度，汪曾祺认为，这是"非常精辟的，唯物主义的分析"①。因此，最有说服力的解释应该是，汪曾祺最终是凭借其人文情怀，在民间和世俗发现了人性的尊严和价值，即便是俗事俗人，只要其中闪耀着人性的健康和美好，也并不失其高雅。

在"人文主义"的准绳下，"世俗"和"民间"其实倒成了衬托生命内在诗意最好不过的背景。因此，《鉴赏家》中从事贩果子营生的叶三，才是真正意义上士为知己、轻财重义的雅人；《受戒》里，"当和尚"只是可以吃饭谋生的职业，不代表戒律更无关信仰，在香烟缭绕的寺庙的映衬下，和世俗红尘中一样的饮食起居、七情六欲反显出生命的自然坦荡，而明子受了戒还答应娶小英子作"老婆"，越发使其爱情流溢着生命的欢乐和活力；巧云和十一子（《大淖记事》）曲折动人的爱情虽不符合一般意义上的道德观，但其不屈不挠追求爱情的韧性，使其看似低贱的爱情，自有深沉内在、撼人心旌的道德力量和人性光辉。

汪曾祺绝不只是个怀旧的作家，在他笔下并不缺乏新时代的人和事。而且因为有人文情怀的贯注，即使是20世纪60年代的创作如《羊舍一夕》、《看水》和《王全》，其中对于生活和自然万物的热爱流连之情，也与20世纪40年代的《鸡鸭名家》、《戴车匠》和《老鲁》有一脉相承处。也正是缘于此，这三篇小说显示出和20世纪60年代创作主潮迥异的气质。与当时小说中常见的略嫌直露的说教不同，汪曾祺是以"人性"和"人情"的眼光发现、丈量笔下人物的"英雄事迹"和优良品质的，而非先验式的阶级分析和政治定性。十

---

① 汪曾祺：《精辟的常谈》，《汪曾祺全集》第6卷，北京师范大学出版社1998年版，第372页；朱自清原文为，"唐安史之乱以后，'士'和'民'这两个等级的分界不像先前的严格和清楚了，彼此的分子在流动着，上下着。……老百姓加入士流的却渐渐多起来。……多少保留着民间的生活方式和生活态度。"（见朱自清《论雅俗共赏》，三联书店1999年版，第1页。）

四岁的小吕（《看水》）答应独自去看水，是因为"若是遇到紧张关头，自己总是逍遥自在，在一边做个没事人，心里也觉说不过去。"更重要的，"无论如何，小吕也是个男子汉，——你总不能叫两个女工黑夜里在野地看水！""男子汉"，这是自然而又令人信服的理由，读了让人为这个小小的男子汉自豪。描写"从小当长工"的王全，作者也未像同期的其他创作，刻意拔高，而是写了王全诸多令人捧腹的"缺心眼"的事情。但正是这些"没头没脑"的平凡小事，写活了王全的憨厚质朴，也很真实地表现出王全对党和国家真诚的热爱和依赖。《羊舍一夕》更是"用'人情'的眼光发现四个农场少年内在的优良品性……全篇摒弃了说教，洋溢着生活情趣……是劳动者人性的自然流露"①。应该指出的是，在 1963 年，这三篇小说结集为《羊舍的夜晚》出版时，反倒没有 1958 年以后"写中心"、表现"尖端题材"的文艺政策，以及 1962 年党的八届十中全会发出的"千万不要忘记阶级斗争"、强调要狠抓意识形态领域的阶级斗争所导致的，那各时期的创作普遍具有的思想上的局限和行文时的僵硬，譬如人物性格先验的规定性，过于鲜明的倾向性以及片面追求故事完整生动等等，给当时的文学天空增添了些许柔和的亮色。这是值得文学史给予足够的注意和重视的。可以说，正是对于人性的基本价值和基本内容的省察和坚持，汪曾祺没有落入模式化、概念化的窠臼。而就他创作的整体看，这三篇小说也具有承上启下的地位：20 世纪 80 年代初《受戒》中的人道主义精神与时代思潮发生共鸣，绝非偶然。它是汪曾祺坚持以人文情怀看待生活和创作的必然结果。

　　同样也就可以理解，为何《黄油烙饼》、《七里茶坊》和《荷兰奶牛肉》是通过"吃"这样基本的生存内容和基本的生理需求，反映 1960 年饥荒中普通民众的生活和情绪。这出于汪曾祺对"吃"的特殊体认："文学作品描写吃的很少。大概古今中外的作家都有点清高，认为吃是很俗的事。其实吃是人生第一需要"。他赞赏《棋王》，

---

① 雷达：《论汪曾祺的小说》，《钟山》1983 年第 4 期。

"正面写吃，我以为是阿城对生活的极其现实的态度"①，也就等于夫子自道——作为人生第一的、基本的需要，观照和关怀人，也就必然会想到或写到"吃"这样平实却能真切地折射人历史真相的内容。在此意义上，"吃"就不是一个小角度、小题材和小事情。因此，汪曾祺由吃晚茶时从"两个草炉烧饼"换成"一碗三鲜面"，点明八千岁生活态度的改变；也由熟藕（《熟藕》）见证人与人之间朴素真挚的关爱。通过蔡德惠和高崇礼食谱的对比（《日规》）和金昌焕的偷鸡（《鸡毛》），读者又能感受到战时昆明严苛的生活条件和这种环境下人性、人心的变异。《唐门三杰》更是通过一个极微小的"吃"的细节："酱肘子只他一个人吃，孩子们，干瞧着"，写出"党员"唐杰秀的毫无人性。这里我们发现，在汪曾祺的小说中，"吃"实际上就成为"人之所以为人"最简朴、最老实但也是最神圣的价值基线或者说是价值本身。并且在对"吃"的系列描写中，汪曾祺较为明晰地勾勒出旧社会—抗战—新中国成立后—60 年代这样不同历史时期的社会现实和这样历史条件下人的生存状况，这其中，寄寓着汪曾祺对世道与人心变迁的深沉思索。

　　正是有了这种实实在在面对人生的态度和对人生基本价值的清醒认识，汪曾祺才在任何逆境中，都能热爱生活，发现其中蕴含着的情趣，也还能于日常的劳作、普通的职业中，欣赏单调劳动行为之上的美感价值和人生境界。即，在表现人物"怎样活着"时，亦从哲学层面考量他们"为什么活着"的人生价值；不仅关注"人"日常生活的外在形态，更去开掘日用人事内在的神韵和诗意。而汪曾祺的小说的深刻意义也就在于，他能由表及里、丝丝入扣地从日常生计的器物层面升华生存的精神境界：《鸡鸭名家》写炕鸡放鸭"以神遇而不以目视"的妙计中具有的高度自由和灵性；收字纸的老白（《收字纸的老人》）"粗茶淡饭，怡然自得。化纸之后，关门独坐。门外长流水，日长如小年"。收纸焚烧的简单工作中亦有庄重和神圣。《戴车

---

① 汪曾祺：《人之所以为人——读〈棋王〉笔记》，《晚翠文谈新编》，三联书店 2002年版，第 246、247 页。

匠》写车匠如何把活计转化成艺术，"戴车匠踩动踏板，执刀就料，旋刀轻轻吟叫着，吐出细细的木花。木花如书带草，如韭菜叶，如蕃瓜瓤，有白的、浅黄的、粉红的、淡紫的，落在地面上，落在戴车匠脚上，很好看。住在这条街上的孩子多爱上戴车匠家看戴车匠做活，一个一个，小傻子似的，聚精会神，一看看半天"。可以说，劳动和技能在汪曾祺笔下，更是创造和艺术。他甚至怀着和那些看戴车匠干活的"小傻子"们一样的心情，以发自内心的钦佩和赞叹，用心深挚地表达其中庖丁解牛般"进乎技矣"的高深道行和几乎出神入化的艺术之美。

这里，劳动者在常年熟能生巧的劳作中达到了与劳动对象或是劳动工具高度的默契与和谐。又由这和谐，产生出几近神性的自由和美感。汪曾祺关注的显然不是人与工具对象（大而化之是人与外部世界）的矛盾与冲突。他表现的人与世界的关系，不是由征服与被征服产生的紧张对峙或是高度物化，而是深刻的一体性，这种一体性还不只是"天人合一"，甚至上升为，工具对象也有了情感，可以对人的劳动投桃报李。

最重要的是，在汪曾祺描写五行八作时，既有对劳动者在劳作中产生的、自我实现后自然生发的满足的心态和情绪的发现，又有对这种自由质朴的生命本意的理解，还有对其看似低微的营生中包蕴着的人生价值的看重，以及对他们卑微职业尊严的维护和肯定。正是基于这种充满人文精神的、发自内心的平等、看重和肯定，读者才随着他重新感受到世界万物之美，而这些文字本身，也成为生活的抒情诗。汪曾祺也由此重新照亮了那古老又全新的，曾被遮蔽和忽略，但无疑又潜伏在人心底的精神境界和精神向度。这才是其小说感人的深层原因。因此即便只是日常生活，凭着发现美的眼睛和丰盈的人文情怀，汪曾祺也做到了，"日光之下无新事，就看你如何以故为新，如何看，如何捞网捕捉，如何留住过眼烟云，如何有心中的佛，花上的天堂"[1]，并由之重新唤起朴素的美好。

---

① 汪曾祺：《短篇小说的本质》，天津《益世报》1947 年 5 月 31 日。

汪曾祺还常在小说中指出，世事变化很快，这些民间技艺和劳作场景正在逐渐消亡。戴车匠是"最后一个车匠了"；而老白"近几年他收的一些字纸，却一个字都不认得"；连万顺制作工艺复杂的茶干也没有了，因为"这得下十几种药料，现在，谁做这个！"侯银匠"丁丁笃笃"敲出的银首饰都过了时；高北溟的孤洁也在现实中屡屡受挫……在整个中国社会现代转型的历史背景下，这些旧日的生活方式以及由之体现出的自由从容、自足自尊的生命美感，人与自然的彼此投契之情等等这些代表着传统中国人的生活态度、精神品格、人生操守甚至道德原则的内容，都在渐行渐远，几成绝唱。汪曾祺对这些民间往事极具个人化的生动再现和诗性回眸，因而有了文化史上的《广陵散》之意义。这就切近了笔记小说运思创作的精义——其中丰富深刻的人文精神和"遥思往事，忆即书之"①的写作方式，是文学传统赠予他的厚礼。

虽则特定的生活方式或风物土产"没有了，也就没有了"（《茶干》），但物质形态的消失并不一定意味着精神品格亦即行而不远，就像善良的王老即使死了（《熟藕》），"但是煮熟藕的香味是永远的"。在顺其自然的达观中，汪曾祺的小说同样包含着这种内在的肯定和希望，希望其间有益的价值仍于人心有益。——这又是汪曾祺对文学传统的竭诚回报：笔记文中朴素的民本思想、泥沙俱下的世俗情怀和道德意向，在这里升华为人道主义精神和"一定要把这样一些具有特殊风貌的劳动者写出来，把他们的情绪、情操、生活态度写出来，写得更美，更富于诗意"②，使之"有益于世道人心"的社会责任感。而这种社会责任感，又回应着20世纪中国文学重铸民族灵魂的总主题。"小说"、"小道"，终于"不小"。汪曾祺的笔记小说也因之没有流于对传统的无奈挽歌和文人把玩娱乐的游戏。

在1989年发表的《认识到的和没有认识的自己》中，汪曾祺认

---

① 张岱：《陶庵梦忆·自序》，《陶庵梦忆·西湖梦寻》，作家出版社1995年版，第20页。

② 汪曾祺：《美学感情的需要和社会效果》，《汪曾祺全集》第3卷，北京师范大学出版社1998年版，第285页。

为自己"应该还能搞出一点新东西"。这前后,他开始突破自己:追忆旧事的题材之外,当下的现实生活更多进入其视野,由《聊斋志异》改编而成的《聊斋新义》也开始陆续发表。这一时期的作品文字更加平实,取材趋向芜杂,投射的情感更为多样,总体看,是诗意的光辉趋减,理性的色彩日浓。

汪曾祺的变化还是与他想要反映的生活,如"文革"中的荒诞(《唐门三杰》、《三列马》、《大尾巴猫》、《去年属马》和《可有可无的人》)和生活中全无诗意甚至是龌龊的一面(《小芳》、《迟开的玫瑰或胡闹》、《黄开榜的一家》、《辜家豆腐店的女儿》、《名士和狐仙》和《关老爷》)相一致。正如他所说,"作品的空灵、平实,是现实主义,还是非现实主义,决定于作品所表现的生活。"就是变化,也是因为"一种生活,用一种方法写,这样,一个作家的作品才能多样化"①。

并且,取材的扩大和风格的微调之外,"笔记"趣味和人文情怀仍是主旋律。——他所择取的,也还是生活当中令人"惊奇"的事件,只不过,比之《大淖记事》,引发的情感不是让人"向往和惊奇"②。用人道主义的眼光看去,却是五味杂陈:或令人叹息(《小芳》、《辜家豆腐店的女儿》和《黄开榜的一家》);或令人鄙夷(《关老爷》、《唐门三杰》和《可有可无的人》);或令人惆怅(《名士和狐仙》、《鲍团长》和《侯银匠》)。在较多谈到的小说语言、文体和结构中,汪曾祺是主张文无定法、不受束缚的,其小说内容和风格亦未尝不是如此:百无禁忌,感物吟志。而这种写法,又正是笔记的作风。而他强调的"作家就是生产感情的,就是用感情去影响别人的"③——这感情,主要是人文的感情,像一根红线,一直都在汪曾祺的创作中清晰可见,使汪曾祺拢万物于笔端,沉静从容。

---

① 汪曾祺:《捡石子儿(代序)》,《晚翠文谈新编》,三联书店 2002 年版,第 290 页。

② 汪曾祺:《〈大淖记事〉是怎样写出来的》,《晚翠文谈新编》,三联书店 2002 年版,第 343 页。

③ 汪曾祺、林斤澜、崔道怡:《社会性·小说技巧》,《汪曾祺全集》第 8 卷,北京师范大学 1998 年版,第 59、60 页。

《聊斋新义》写作持续的时间长，汪曾祺自己也很重视，是其后期创作的重要事件。他曾从宏观的角度指出，"改写《聊斋》是一件很有意义的工作，这给中国当代创作开辟了一个天地"①，这也还未脱"故事新编"的传统写作思路。值得推敲的倒是，他认为"《聊斋》中的'名篇'（如《小翠》、《婴宁》、《娇娜》和《青凤》）是无法改写的，即放不进我的思想。我想从一些不为人注意的篇章改写"②，"我改编聊斋，是试验性的。……有我的看法"③。进行了怎样的改写，注入的思想是什么，这是分析《新义》的关键。首先可以发现的是，在他认为"传奇、笔记兼而有之"④的《聊斋》中，汪曾祺择取的 12 篇"本事"本身就清淡自然，具"笔记"风。这种选择本身就很说明问题。显然，这些"本事"的思想内容和艺术手法，与汪曾祺一向的艺术观念有相近之处。

将《聊斋志异》与《聊斋新义》的情节内容相对照，改编增删处如下表所示：

篇目	《聊斋志异》	《聊斋新义》
《画壁》	主人公原"客都中"	改为途经沙漠的过客，商队一员（增）
《黄英》	卖菊、置产、弟死、与马子才结为夫妇、马子才"东食西宿"的迂阔心理	只保留卖菊、弟死两事（删）
《陆判》	换朱尔旦心、换朱妻头、朱死后复归、照料指点妻儿子孙生活	只留换朱尔旦心、换朱妻头（删）加朱妻换头后的不便和困惑（增）

---

①　汪曾祺：《美国家书·五》，《汪曾祺全集》第 8 卷，北京师范大学出版社 1998 年版，第 108 页。

②　汪曾祺：《美国家书·十五》，《汪曾祺全集》第 8 卷，北京师范大学出版社 1998 年版，第 141 页。

③　汪曾祺：《美国家书·十》，《汪曾祺全集》第 8 卷，北京师范大学出版社 1998 年版，第 121 页。

④　汪曾祺：《捡石子儿（代序）》，《晚翠文谈新编》，三联书店 2002 年版，第 289 页。这里应强调的是，林庚《中国文学简史》认为《聊斋志异》是"唐传奇浪漫主义精神的复活"；鲁迅《中国小说的历史变迁》、《中国小说史略》认为《聊》"描写委曲""用传奇法"，汪对其中的"笔记"成分特别指出，也揭示出其阅读兴趣和关注焦点。

续表

篇目	《聊斋志异》	《聊斋新义》
《蛐蛐》	对成名乍喜乍悲的心理变化有曲尽其妙的充分描写、最后的生活"裘马过世家焉"、批评官吏政道	淡化成名心理变化（删）；突出黑子死去，以遗言形式叙述黑子对生存的感悟（增、改）
《双灯》	"女"走的原因是唯心的"姻缘自有定数，何待言也"	详写二小的恬淡生活内容，突出其书生气（增）；"女郎"走的原因是觉得她"就要不那么喜欢"二小了（改）
《石清虚》	"势豪"抢石又"坠诸河"使邢复得石事；"小偷窃石"、数年被卖、经官质验复得；因石为尚书所害人狱、尚书死复得石、死后墓虽被盗终得石等	开头详写邢爱石的情状（增）；将"势豪"、"小偷"两事合为一事（并）；余事均删；保留"士为知己者死"的主题
《牛飞》	原为"不疑梦"、"不拾遗"的道德训诫	以甲（经验主义）、乙（现实主义）、丙（虚无主义）"三老"解梦告知事件的结果和意义（增、改）
《瑞云》		在原作结束处开始，加写贺生面对瑞云时反而"若有所思"细节，使全文意义发生了变更（增、改）

另外，《老虎吃错人》（改编自《赵城虎》）、《人变老虎》（改编自《向杲》）、《明白官》（改编自《郭安》）、《同梦》（改编自《凤阳士人》）、《捕快张三》除文言和白话的差异外，大致保留了原作的情节和主题意蕴

总体看，原作意外迭出的离奇情节和曲尽其妙的心理描写多被淡化，力求直书其事、突出主题，行文也更简洁省净，且将"异史氏曰"式的讽喻寄寓在叙事中。这种改编，其实还是要远离传奇的华丽夸张，靠近笔记的清简风格。

《新义》的主题意蕴则可归纳为：（1）爱情和道德的关系：《双灯》中"女郎"的情爱理念是"我喜欢你，我来了。我开始觉得我就要不那么喜欢你了，我就得走。……和你们人不一样，不能凑合"。捕快张三冲破了一般的道德观，豁达地面对妻子的红杏出墙，反换来一辈子的夫妻恩爱。瑞云恢复了昔日的容颜，"超出世俗媸妍"的贺生倒无所适从。（2）人的主观能动作用对客观事物的巨大影响，这种影响可使人——物结成"知音"：《黄英》里的菊花精反复强调"花随人意。人之意即花之意"；邢云飞爱石头使石自择主人。（3）对生存的哲学追问：《蛐蛐》里，黑子受现实教育总结出斗争的生存哲学"我一定要打赢。打赢了，爹就可以不当里正，不挨板

子"。"蛐蛐也怕蛐蛐拼命"。但"我赢了"，却以取消生命为代价。《陆判》传达的是自我的失落导致的自我身份的确认问题。《画壁》、《同梦》和《牛飞》不仅有人生如过客的意味，更发出生存亦真亦幻的疑问。

通观作家"放进"的新义或保留的"思想"，涉及的也还是"人"生存的各个层面：欲望层面，道德层面，审美层面以及"这人活一辈子，是为了什么呢？"（《捕快张三》）的哲学层面。而对人该如何存在的追问，是统摄各个层面的精神内核。《双灯》里"女郎"所言"不喜欢了"，就"不能凑合"、"和你们人不一样"，最为直白地暴露出汪曾祺对现实中人的生存状态的思考以及借《聊斋》指涉现实的写作目的。因此，比起之前汪曾祺擅长的日常生活叙事形态的小说，《聊斋新义》实际是以更夸张的方式，将生存中的美好和困惑暴露出来。就像蒲松龄谈狐说鬼的叙事表层直指着世道人心，汪曾祺亦袭同法：《老虎吃错人》《人变老虎》以一种浪漫主义的奇幻反衬出人在现实生活中的无力；《明白官》更是糊涂得比人见着鬼还离奇，让我们不由想到他在《随遇而安》（1991）中"为政临民者，可不慎乎"[1] 的慨叹。《石清虚》《黄英》的思想在《鉴赏家》中早已流露过；而《双灯》中"凑合"的人，几乎就是《徙》中始终未能高飞，在婚姻中"并不快乐"，并因此得"忧郁症"弃世的女学生高雪；伴着珠子灯守寡十年，终于默默死去的大家闺秀孙小姐（《珠子灯》）以及《吃饭》里"守了一辈子活寡"但"也一直没有离婚"的泼妇申元镇媳妇。她们的生命轨迹合乎知恩图报的儒家义气、从一而终的封建礼教和嫁鸡随鸡的世俗标准，只是不合乎人道。

汪曾祺笔记式的小说形态决定了，仅在单篇小说里搜寻其微言大义是困难的，因为文体自身的局限就对"大义"构成了制约。只有从整体和大处着眼考察这些笔记小说共同贯穿的人生立场，才能把握住问题的关键。通过上述分析不难看出，保持和展示对万事万物的"惊奇和向往"，并始终以人文情怀看待生活和人，是贯穿汪曾祺创

---

① 汪曾祺：《随遇而安》，《榆树村杂记》，中国华侨出版社 1993 年版，第 17 页。

作始终的基本动力也是基本内容。而其贴近生活、内容丰富和气韵生动处，切近的无疑还是笔记小说的精义。他的小说，是以笔记展示的人生和人间。

第三节　随事曲折

台湾学者吴礼权曾以五千字为标准，区分笔记和非笔记小说①。这种划分虽然有其过于绝对且失于宽泛之处，却也说明了笔记小说"丛残小语"、篇幅短小的特征。汪曾祺的小说同样具备这一特色——他一生都在写短篇小说，即使是较长的《受戒》《大淖记事》，也不过万字左右，而较短的《聊斋新义·牛飞》《虐猫》等，未逾千字。当然，许多京派作家都是专治短篇的，如林徽因、凌叔华等。汪曾祺在结构、修辞上异于他人，且更近于"笔记"的，除了"短"，还有"散"和"淡"。

"我不善于讲故事。我也不喜欢太像小说的小说，即故事性很强的小说。故事性太强了，我就觉得不大真实。"② ——汪曾祺刻意追求的"不太像小说"、故事性不那么强的小说形态，也还是自废名、沈从文以来就一直试图对现有小说观念进行"冲决"的延续，即沈从文之"糅游记散文和小说故事而为一"③；废名之"实是用写绝句的方法"④ 写小说；用他自己的话，是"希望短篇小说能够吸取诗、戏剧、散文的一切长处"来改变"此世纪中的诗，戏，甚至散文，都已显然与前一世纪异趣，而我们的小说仍是十八世纪的方法"⑤ 的

---

① 参见吴礼权《中国笔记小说史》，台湾商务印书馆 1993 年版。

② 汪曾祺：《汪曾祺短篇小说选自序》，《晚翠文谈新编》，三联书店 2002 年版，第305 页。

③ 沈从文：《新废邮存底·二十三》，《沈从文文集》第 12 卷，香港三联书店 1984 年版，第 67 页。

④ 废名：《废名小说选·序》，《废名散文选集》，冯健男主编，百花文艺出版社 1990 年版，第 144 页。

⑤ 汪曾祺：《短篇小说的本质》，天津《益世报》1947 年 5 月 31 日，《文学周刊》第43 期。

局面。对于汪曾祺，这种小说观念最早的渊源乃至依据，应该是归有光"结构'随事曲折'，若无结构"①的笔记。——笔记兼有散文与小说的特殊体制所带来的创作上的开放空间，显示着打破以往小说定势，进行文学类型杂交的可能。此后随着阅读范围的扩大，他又不断在废名、沈从文以及域外的屠格涅夫、阿索林的小说中找到佐证。他以"散文化小说"命名之，还勾勒出其大致面貌："最明显的外部特征是结构松散"，而"情节，那没有什么"，且"不过分地刻画人物"，"语言雅致、准确、平易"②。这其实也是汪曾祺小说的主要特征。

小说世界的建立，更多要依据生活和生活中的普遍规律。"结构松散"的小说形态，就更适应了汪曾祺所要表现的生活内容，与他一直坚持的，小说是真诚的谈生活而非编故事的小说观念一致。汪曾祺所反映的世间百态和日常生活，本来就应该是点点滴滴、散乱无序的，即，现实世界就是一个结构松散的世界，不可能出现"故事性很强的小说"这样的镜像对称。生活的样态决定了小说的面貌，汪曾祺在20世纪40年代就认定的，"'事'的本身在短篇小说中的地位行将越来越不重要"③的说法，在其小说创作中得到了相当明显的贯彻和落实：读者很难在他的小说中看到封闭孤立的戏剧事件和集中紧凑的情节内容，而更多是并无多少戏剧性，也不集中的生活小事或是生活的角落、片断和细节。

这倒有些像废名的小说，令读者很难明确概括小说讲述的主要故事，在某种程度上，这类小说"散"到了不可归纳甚至难以言传。比如，就决不能说，《受戒》仅仅写了一个小和尚和一个农家姑娘的初恋，荸荠庵里只要过年就不吃斋的老和尚，善于做生意的仁山，有

---

① 汪曾祺：《谈风格》，《晚翠文谈新编》，三联书店2002年版，第66页。另，汪曾祺在《传统文学对中国当代文学创作的影响》《回到现实主义，回到民族传统》《谈风格》《说散文》《自报家门》《两栖杂述》《蒲桥集自序》《晚饭花集自序》《寻根》等许多重要的文论中，都谈及归有光文章对自己的早期启蒙和后来绵长的影响，并论述其结构、语言上的精妙之处，可见归对汪影响之大。

② 汪曾祺：《小说的散文化》，《晚翠文谈新编》，三联书店2002年版，第34—36页。

③ 汪曾祺：《短篇小说的本质》，天津《益世报》1947年5月31日。

老婆的仁海，唱酸曲的仁渡，他们的行状，对《受戒》的意义传达不可或缺。同样，《大淖记事》所记也不只是十一子和巧云的爱情故事，大淖怎么个"风气不好"，锡匠如何"很讲义气"，都是构成这篇小说必然且当然的成分。因为连万顺的茶干（《茶干》）不只代表了一种土产，它还包含着连老板颇具古风的人生哲学和正正派派的生意经，汪曾祺也就仔仔细细描述连老板怎么恪守信用、与人为善、亲力亲为，认认真真交代酱园的布局，工艺复杂的茶干的每一道制作工序……这样铺写下来，小说结构就理应是行于所当行，止于不可不止的。

当然，行文布局的"散"，并不意味着整体安排上的了无头绪。小说的情节和细节还是讲究与主题、思想的呼应的。这些作为小说"情节"的生活片断就像砌在池中的水，虽可漫溢四处，但池已成就其方圆，倘若没有了作为主题的池子的收拢约束，水也就丧失了美感，池和水构成共生关系。因而，对于生活几乎面面俱到的实在描述，也只是手段，而这手段还不是最终目的而多是铺垫，就像许多笔记文都有所寄托，重要的是纪实当中的历史文化观照和抒情氛围营造。如何勾勒"池沿"，串联和点化整篇小说，使其意义收拢、意境凸显？汪曾祺常用的，是逸出于实录的"点染"。比如，或是幽默细节（如《异秉》中陈相公和陶先生的同上茅房；《八千岁》中八千岁晚茶的变化），或是三言两语（《职业》里卖椒盐饼子西洋糕的孩子突然喊出的"捏着鼻子吹洋号"；《珠子灯》中孙小姐死后还依然剥落的珠子；《熟藕》先写了整整一街店铺的货色，然后才绕到正题"但是她最爱吃的是熟藕"等）。这正像作者所说，"有埋伏，有呼应，这样才能使各段之间互相沟通，成为一体……譬如一湾流水，曲折流去，不断向前，又时时回顾，才能生动多姿"①。因此，随便是苦心经营的随便，"散"也代表了布局谋篇的又一种境界："虽由人力，却似天成"②。

————————

① 汪曾祺：《小说技巧常谈》，《钟山》1983 年第 4 期。
② 同上。

　　汪曾祺小说的主题，也是"散"的。我们可从以下两个方面究其原因。

　　从创作主体看，如何表达自己对世界的理解，是每个作家必将遭逢的问题。历代的小说家已经找到一些行之有效的方法，比如"卒章显其志"式的道出，典型的莫过于"异史氏曰"。"五四"时期的小说家摸索出了在人物的行为态度中凸显现代生活中复杂的价值观念、道德情感，把观念和见解放在故事里表达的"分析地表述事物和理解事物的方式"①。问题是，在表述事物、理解生活的诸多方式中，除了"议论"、"分析"之外，也还应该有其他方式，比如启发读者去领悟。这在魏晋时代就已开启，《世说新语》简约玄澹、真致不穷，以引人深思启人心智胜，已经暗含对读者心智的尊重。而汪曾祺"散"到有人认为是"无主题"的小说，也是为了"不要把主题讲得太死、太实、太窄，"而想让读者"琢磨琢磨作者想说的究竟是什么"，通过思索体会小说"正当如此"的乐趣。②

　　从创作客体看，生活本身不可能什么都一清二楚，可以条分缕析、说明论证。面对纷繁的客观世界和丰富的主观感知，习见的线性叙事的情节模式，就可能会是狭隘和无力的。另外，相信规律的唯一性，还很可能无法解释生活中客观存在的那部分不合规律的现象和内容。这都支持了多义型小说的出现。京派作家中，自凌叔华开始就已经通过文本表达生活世界的复杂性；废名更极端，他的小说几成断片，且常在行文中随意插入联想和想象的内容，以此表达主观感知的千变万化。至汪曾祺，历史让他再一次面对固化了的情节模式和审美趣味，辩解自己"无主题"的小说结构，反复申明"我的小说是有主题的。我可以用散文式的语言来说明我的主题"；强调"应该允许主题的相对不确定性和相对的未完成性"③——能够表达和涵容生活中不确定性、未完成性内容，并不断引发读者思考和感悟的文学形

---

　　① 孟悦：《视角问题与'五四'小说的现代化》，《文学评论》1985 年第 5 期。

　　② 汪曾祺：《我是一个中国人》，《晚翠文谈新编》，三联书店 2002 年版，第 254 页。

　　③ 汪曾祺、林斤澜、崔道怡：《社会性·小说技巧》，《汪曾祺全集》第 8 卷，北京师范大学 1998 年版，第 63 页。

态，就该是发散型叙事的散文化小说。

这样，在汪曾祺这里，小说结构的"散"呈现出的就不仅是合乎真实性的一面，也还有其合于目的性，即作者所要传达的，对于现实和理想的人生形式的思考的一面。而这种对于生活和生存意义的哲学思索，又会是小说的深层结构和内在线索，制约和统摄着表层结构的偶然性和发散性。高晓声欣赏汪曾祺写生活，能"放开去时，一泻千里，似无边无岸，不知其究竟，而一笔收来，则枝枝蔓蔓，又尽在握中。"确实是知音之见。

这里还应讨论的是，到底该如何看待汪曾祺小说中少有戏剧性情节的情况？当时有些评论称之为"情节淡化"。这种评论至今仍存。我们必须追问，基于什么样的观点或标准，谓之"淡化"？因为汪曾祺明确反对用"淡化"概括其小说："我的作品确实是比较淡的，但它本来就是那样，并没有一个'化'的过程。"① 其间的错位该怎么看？又折射出什么？

"淡化"的评价和汪曾祺的起而反驳，其实倒都说明了汪曾祺小说简淡的特点。实际上，二者的主要分歧并不在于对其风格的说明上，而是，应该如何界定"情节"。

在 20 世纪 80 年代的文学语境中，"情节淡化"首先是指，汪曾祺的创作缺乏当时小说中常见的政治性主题，戏剧性的情节冲突结构和较为明晰的因果和价值判断；其次，持论者就是以上述各点作为文学批评的要件和尺度，衡量汪曾祺的小说的。在这种情节观下，"情节"的概念实际已修改和限定为丝丝入扣的因果演进和持续向前的事件发展。但这些因素在汪曾祺看来却是"太像小说"，不能留给人思索之余地者。事实上，作为小说的叙述性结构，情节应是小说向读者敞开时，供人们审视世界的某种特殊的角度、方式和立足点。正像韦勒克、沃伦很早就指出的："戏剧、故事和小说的叙述性结构传统上称为'情节'，也许，这个术语应加以保留。但是，它的含义必须扩大到既能包括哈代、柯林斯和爱伦·坡的作品，也能包括契诃夫、福

---

① 汪曾祺：《七十书怀》，《榆树村杂记》，中国华侨出版社 1993 年版，第 4 页。

楼拜和亨利·詹姆斯的作品，也就是说，这一术语必须不局限于指象戈德温的《考尔伯·威廉斯》里的那种紧密奇幻的叙述结构形式。"[1]显然，传统情节模式不是情节唯一正确的模式。因此，"情节淡化"的结论本身，不仅窄化了"情节"的内涵和外延，还显示出一种文学批评上的排他性和专制眼光。更何况，在鲁迅的《故乡》、废名的《桥》和沈从文的《长河》等小说中，已经有并不"紧密奇幻的叙述结构形式"作为一种情节范型存在。

我们亦可从另一个角度分析这个问题。"情节淡化"论者所依据的情节，只是作家在一种感受和认识方式（比如世界和事件可用因果关系概括的哲学认知）下建立的一种把握世界的方式和角度。因此，也正是由其生成的逻辑起点，能让我们推断出，同一时代或不同时代的不同作家，用不同的感受与认识方式，建立不同的把握世界的角度和方式，也是有可能的。最典型的例证，西方的意识流小说，就是建立在威廉·詹姆斯[2]对意识的重新认识以及人类对自身不断深入地研究和发现的科学基础之上的、以心理和意识的逻辑认识自身和世界的艺术模式。在此模式下，可以说主要是意识的流动，构成小说的"情节"。不同的哲学认识可能会导致在诗学上出现不同"面貌"的情节，在此意义上，很难断定，某种情节就具有通约性。因此，仅仅将诸多情节模式中的一种，作为唯一的标准去衡量此外的其他诸多模式，这在逻辑上是不能成立的。很可能是不科学的"跨元批评"或"异元批评"。汪曾祺显然洞察到其明显的逻辑悖论。

同样的道理，在汪曾祺这里，他对生活底蕴的理解是，"人的一生是散漫的，不很连贯，充满偶然，千头万绪，兔起鹘落"，未必能以严谨的因果逻辑出之，而需要用"散文的广度"[3] 涵盖。这样，其

---

① ［美］韦勒克、沃伦：《文学理论》，三联书店 1984 年版，第 242 页。

② ［美］威廉·詹姆斯（1842—1910）在 1890 年出版的《心理学原理》中认为，意识是流动的，用"河"或"流"这样的比喻才能最自然地把它描述出来，称其为思想流、意识流或主观生活之流较为恰当。这种认知对文学界的启发和影响极大，并大约在 20 世纪 20 年代被引入文学评论。

③ 汪曾祺：《短篇小说的本质》，天津《益世报》1947 年 5 月 31 日。

"叙事性结构"就不一定是故事，也可能是在散文中，尤其是笔记文中更容易找到的"气氛"①、"情致"和"意向"② 等，成为小说的内在秩序和外在框架。明显地，这种被称为"情节淡化"的小说情节，具有开放性和不确定性的特点。因为并不刻意酝酿因果关系，促成场景、事件的不断转换，汪曾祺的小说较少紧张内聚，却多宽缓舒展，整体呈现出氤氲散淡、自然随意的态势。

比如，《幽冥钟》完全没有故事，但那"柔和的、悠远的"并不断扩散的钟声及附会其上的传说传达出的悲悯和苦难，却能撞击所有人的心灵。当然，在更多时候，气氛、情致又主要由各种各样"不很连贯"的生活片断、风土人情，即前述"世间百态"构成。这时汪曾祺多以闲来无事却又详细认真的叙述方式，极为随意和朴素地交代其过程和组成，譬如，"且说保全堂"（《异秉》）；"且说高跷"（《陈四》）；"过了一个湖。……到了一个河边"（《受戒》）；"连老大做生意，无非那么几条：第一，……；第二，……；第三，……。……要说他的特别处，也有。有两点。一是……；二是……"（《茶干》），几乎提到什么便谈什么，不事剪裁无所不谈。这在运思方式上很像废名那些在行文时随处流连的小说，只是汪曾祺的小说更加平实和朴拙，更有生活气息且在叙事风度上也更接近于古代笔记作者，平和轻松、收放自如，不似废名的瘦硬曲折。

但是，汪曾祺宽缓散淡的叙事风度，同样出于刻意。不急着讲人物故事，而是宕开笔触，信马由缰地"闲"言他者，最终还是为了引起所引之辞。这也就是为何汪曾祺将小说中的散文成分定义为"不是直接写人物的部分"，说他写人物"有时只是一点气氛"，却又强调"但气氛即人物"③ 的原因。譬如《鉴赏家》，开笔以占全篇一半的三千字写叶三的生意经，为季陶民评价叶三是"真懂"的知音打

① 汪曾祺：《汪曾祺短篇小说选自序》，《晚翠文谈新编》，三联书店 2002 年版，第305 页。

② 汪曾祺：《两栖杂述》，《晚翠文谈新编》，三联书店 2002 年版，第 275 页。

③ 汪曾祺：《汪曾祺短篇小说选自序》，《晚翠文谈新编》，三联书店 2002 年版，第305 页。

下伏笔；而《职业》详写文林街一年四季的叫卖吆喝声，加上卖椒盐饼子西洋糕的孩子寂寞喊出的"捏着鼻子吹洋号"，看似漫无目的地铺陈众声喧哗，却将"人世多苦辛"的忧伤和孩子小小年纪就承受的生活艰难内在、深刻地传达出来。这很容易让我们想到，沈从文的《边城》和《柏子》，也曾看似无关地描摹酉水两岸风光与水手如何整理绳索，两者其实出自同一种信念，即，"气氛"和"风俗"早已与笔下人物的生活、性格、行为等生命内容融为一体。

　　上述是"不直接写人物"的创作情形，在直接切入人物性格的小说中，汪曾祺则多逸笔草草地勾勒、罗列人物的作为，神情和结构也极散淡：詹大胖子的不好不坏；陈泥鳅的"也好义，也好利"；八千岁既让人可怜又令人可叹的自律甚严；谢淑媛在欲望和道德间的挣扎，都只是点到为止，妄加评说的时候极少，是有意"只罗列一些事物的表象，单摆浮搁，稍加组织，不置可否，由读者自己去完成画面，注入情感"①。——表象罗列、单摆浮搁在其形制上，一定是松散的；而不置可否、点到为止，就是倾向性和褒贬臧否不会特别明白地说出。但"散"也还是内敛后的发散；"淡"是在面对无法言说的人事时，保持沉默。也因其"散"和"淡"，汪曾祺的小说常常具有某种形而上的意味。

　　"笔记"因形式活泼、不拘一格，在语辞特征上，是"口语色彩要强"；还由于涉及的范围和生活面广，"因而词汇的容量相应较大"②。这也是促成汪曾祺小说"散"和"淡"的原因：容量大，意味着信息量也就大；口语色彩强，常带来质朴、本色的小说语言。

　　大容量、口语色彩强最明显的表现是，我们常能在汪曾祺的小说中找到他对地方土产、方言称呼和特定地区、行业、时期的某些特殊称谓要言不烦的考证、训诂和说明。比如"生财"、"大肥"、"后柜"、"刀上"、"相公"（《异秉》）；"飞铙"、"花焰口"、"挂褡"（《受戒》）；"淖"、"窝积"、"鸭撇子"（《大淖记事》）；书法上的

① 汪曾祺：《关于小说语言（札记）》，《汪曾祺全集》第4卷，北京师范大学出版社1998年版，第14页。

② 王瑛：《唐宋笔记语辞汇释》，中华书局1990年版，第5页。

"方笔"和"圆笔"（《徙》）；"二马裾"、"油儿"、"侉子"（《八千岁》）；"折皱"（《陈泥鳅》）；"螺狮弓"（《戴车匠》）；"采子粥"（《黄开榜的一家》）；"烟篷"（《露水》）；"刷刮"（《兽医》）；"大八"、"小牙"（《熟藕》）；"走水"（《侯银匠》）；"点主"（《礼俗大全》）；"贷金"（《日规》）；称牲口是"人家孩子"（《王全》）；"茶坊"（《七里茶坊》）；"伏地圣人"（《八月骄阳》）……汪曾祺认为，"语言就是内容"，"语言本身是一个文化现象，任何语言的后面都有深浅不同的文化的积淀"①。的确，作为"点"，这些词汇不仅有表意的基本功能，还因其深长的社会历史内容，又作为一套价值系统和意义系统存在。因此就其横向看，这些语词反映着一个民族的思维习惯和一个时代的语言风貌；而从纵向考究词义的消失和变迁，揭示出的又是生活方式和生产方式的盛衰变迁。这样，汪曾祺在小说中以解析的形式大量使用这些词汇，不仅造成"回溯"、"追忆"的小说氛围，可借其将读者带入逝去的年代；而且也相当自然和真实地再现出特定时代、地区的社会风貌和风俗民情，有文化考古之色彩，文本亦因之具有文化品格和历史价值。另外，这些词汇从五行八作中来，对于熟悉它们的人而言是平淡的，但对于普通读者来说又是陌生甚至是奇崛的，阐释这些"关键词"，贴近了人物，又接近了读者，还将奇崛和平淡结合起来。

　　当这些词汇嵌入小说中组成"线"和"面"，"语言的暗示性、流动性"②，又在整体上构成小说的演述方式和叙事语调。叙述者的语气，往往能够揭示出作家的心理个性和情绪性质。这正是汪曾祺所言，小说"都只是可以连在一处的道白而已"，"所有的话全是为了说的人自己而说的"③。汪曾祺对特定称谓、民俗风情的解释、说明，其演述方式是简洁、直白和明快的；而从情绪性质说，我们所感到的是皮里阳秋的冷静：在说明"管事"、"刀上"、"同事"和"相公"

---

① 汪曾祺：《小说的思想和语言》，《晚翠文谈新编》，三联书店 2002 年版，第 44 页。

② 同上书，第 45 页。

③ 汪曾祺：《短篇小说的本质》，天津《益世报》1947 年 5 月 31 日，《文学周刊》第 43 期。

的含义时，读者感受到的是药店里森严的等级制度和层层的压迫；而在王全称牲口为"人家孩子"，"七里茶坊一定萦系过很多人的感情"中，我们又能扪摸到作者愉快又温暖的感情。

语词"点"、"线"和"面"的综合作用使汪曾祺的作品成为苦心经营的漫谈。他有意促成说些掌故、谈点生活给你听的有对象的叙述语调，这与笔记的话语方式，保持着基本的一致。而且，缺乏强烈冲突的"事"也使"叙述"本身成为中心：外在的视点和简约的笔墨造成了文本的深沉含蓄，由此构成一种扩散型、开放性的语境。加之作家刻意保持与所叙之事的距离，较少明显外露的感情投照，这样不大注入感情的白描使汪曾祺的小说冲淡平和。因此，汪曾祺小说的"淡"，确实不是"化"来的，它是汪曾祺在题材择取、布局谋篇和语言运用等诸多方面用力推动的一个必然结果。

第四节　性情之作

作为有趣有益的闲情偶寄之作，笔记很重要的一个功能还在于，它们往往是展示文人的修养和性情，以及他们对待生活、历史甚至学术态度的重要窗口。因此，笔记的气象和风格与作家投射于其中的或浓或淡的情感有着直接的联系。这倒很接近布封的"风格即人"。像《浮生六记》的深情深意，《陶庵梦忆》的奇情靡丽，都既是文本的风格也是作家的性情。对于这种人、文一致性，汪曾祺也有同样的认识，"作者对所写人物的感情、态度，决定一篇小说的调子，也就是风格"①。因此我们试图由"人道其里、抒情其华"入手，通过把捉作家投射到作品中的感情，描述汪曾祺小说的总体风格。

1991 年，汪曾祺总结自己的创作，"重读一些我的作品，发现：我是很悲哀的。我觉得，悲哀是美的。当然，在我的作品里可以发现对生活的欣喜。弘一法师临终的偈语：'悲欣交集'，我觉得，我对

---

① 汪曾祺：《"揉面"》，《晚翠文谈新编》，三联书店 2002 年版，第 115 页。

这样的心境，是可以领悟的。"① 将其与 20 世纪 40 年代所言对比："一个小说家才真是个谪仙人，他一念红尘，堕落人间，他不断体验由泥淖至清云之间的挣扎，深知人在凡庸，卑微，罪恶之中不死去者，端因还承认有个天上，相信有许多更好的东西不是一句谎话，人所要的，是诗。"② 我们可以发现某种一贯性：无论是"泥淖至清云"的比喻还是"悲欣交集"的心境，诉说了小说的两种基本的情感动力：悲悯和欣悦。经由诗学的转换，落实到具体文本，它们又主要表现为两种风格基调：寂寞和温暖。它们挈领着汪曾祺对过去和现在的沉思，也寄托了他对未来的期望。

一　寂寞

汪曾祺对普通人生苦难的深沉悲悯与写作时冷静细致的流程描述，还有不作评价的中立态度，织构出"寂寞"的小说基调。明显具备这种风格的有《榆树》、《打鱼的》和《珠子灯》等。《榆树》写一个老奶奶寂寞的生存，她的全部生命构成是纳鞋底、看牛、无声地逝去。守寡的孙小姐（《珠子灯》）"躺着，听着天上的风筝响，斑鸠在远远的树上叫着双声……听着麻雀在檐前打闹，听着一个大蜻蜓振动着透明的翅膀，听着老鼠咬啮着木器，还有时听到一串滴滴答答的声音，那是珠子灯的某一处流苏散了线，珠子落在了地上"，这几近凝滞的寂寥是她的生活内容，也是她的生命形态。《打鱼的》全篇都弥漫着凄楚寂寞的空气：这里的人物没有姓名也绝少语言，母女两代在"女人很少打鱼"的故乡打鱼，已经可见生活的艰辛和命运轮回的无情，而小说最后，作者描述顶替死去母亲位置的小姑娘的感受，"她一定觉得：这身湿了水的牛皮罩衣很重，秋天的水已经很凉，父亲的话越来越少了"，更是将几代人一直承受、实已无法忍受的生命的艰辛以及由这艰辛所带来的孤苦寂寞写得力透纸背。《职业》里

---

① 汪曾祺：《〈汪曾祺自选集〉重印后记》，《汪曾祺全集》第 5 卷，北京师范大学出版社 1998 年版，第 163 页。

② 汪曾祺：《短篇小说的本质》，天津《益世报》1947 年 5 月 31 日，《文学周刊》第 43 期。

卖椒盐饼子西洋糕的孩子也是寂寞的，他在四顾无人后大声喊出的，"捏着鼻子吹洋号"，不仅有对自由的渴望，也还有对结伴玩耍的权利的渴望。高先生、高雪（《徙》），仁慧（《仁慧》），鲍团长（《鲍团长》），裴云锦（《忧郁症》），杨渔隐、小莲子（《名士和狐仙》），蔡德惠（《日规》），老舍（《八月骄阳》）等等，他们始终都是寂寞的，这寂寞既因他们的情感、追求、人格等不为凡庸的人世所理解，也没人能真正理解、体会他们而来；又因这无可解脱的寂寞导致他们不幸的人生和命运。书写生的寂寞，这在汪曾祺的小说中并不占少数，而在这寂寞的生命表象下，又有多少难以忍受的生存的挣扎和生命的艰辛，作者按下不表，可正是这克制含蓄，将生命无尽的悲哀渲染成看似若有若无，实则无边无际的寂寞感受。

二　温暖

就像汪曾祺刻意也是诗意地让沈沅（《寂寞与温暖》）在被打成右派的困厄中体会到人心和人情的温暖，他还书写了大量充满温暖气息的作品。在这一点上，相当明显地表现出他与沈从文的差异：他们都直探到生命荒谬悲哀的一面，在此基础上，沈从文对生命的卑微处境进行了几乎回环往复的书写，他的小说中，爱与死为邻，美与悲同行，并且二者绝望地纠缠在一起，使其小说几乎都是悲剧。这是因为他想让人们直面生命中的所有荒谬性和不确定性，从而"通过生命的'不确定性'挖掘出人性中更普遍、更闪光的美———一种带有永恒价值的并永远具有'确定性'的人生内容———人性美"①。其"生命"哲学、作品人格塑捏，也与此息息相关。汪曾祺则不同，整体看，相对于沈从文的曲折幽深，汪曾祺更愿意将生命的"不确定性"和"确定性"分开书写、各表一枝。前者指征着"寂寞"，后者大致对应着"温暖"。

对于"温暖"直接地，甚至略带示范性的书写，首先与汪曾祺"想把生活中真实的东西、美好的东西，人的美、人的诗意告诉人们，

---

① 赵学勇：《沈从文与东西方文化》，兰州大学出版社 1990 年版，第 36、56 页。

使人们的心灵得到滋润，增强对生活的信心、信念"① 有关，也与 20
世纪 40 年代认定的，"相信有许多更好的东西不是一句谎话，人所要
的，是诗"的文学理想保持着延续性。还与 20 世纪 80 年代的时代情
绪和期待视野达成了"共谋"：对于温暖人情的渴望，也是在看倦了
激情与夸张的高调、卑鄙与欺骗的现实后，依然坚持"我不相信梦是
假的"（北岛：《回答》）的理想主义时，时代心理的必然需求。这
时，只有"温暖"才能有效地抚慰伤痕、滋润人心。"温暖"的内
质，与刚烈的、毫不妥协的《一代人》《回答》在精神取向上是一致
的：增强民族信心。

其次，"温暖"情感的得来，还与汪曾祺"笔记"式的、回忆式
的文学视角有关。在主要以归有光、张岱和沈复为代表的抒情类的笔
记文中，我们能找到一个共同的文学角度：遥思往事。或者说，在普
泛的诗学层面，可将其概括为"回忆的诗学"，即"小说是叙事者
'我'的回忆的产物，叙事者是通过回忆来结构整部小说的，回忆因
此成为小说主导的叙事方式"②。这种文学角度或者诗学机制恰好与
汪曾祺的小说观契合："我以为小说是回忆"，"我很同意一位法国心
理学家的话：所谓想象，其实不过是记忆的重现和复合。……我有些
作品在记忆里存放了三四十年"。③ 二者合力构成其小说中常见的、
追忆往事的文学构架。而回忆和积淀对于"生产感情"的作家而言，
最明显的影响莫过于，由于时空距离所带来的美感，会使其创作在不
知不觉中带上温情和怅惘。加之上述"有益于世道人心"的写作观
念，他的许多回忆性的小说就洋溢着温暖与美好。追思往事的叙事模
式，是京派重要的小说手法，但它在汪曾祺这里得到了最充分的体
现：数量极多且构成主要的文学创作机制。京派小说家中与汪曾祺相
似的是芦焚，但同是回溯性叙事格局，芦焚营造的感情氛围却多是凄

---

① 汪曾祺：《美学感情的需要和社会效果》，《汪曾祺全集》第 3 卷，北京师范大学出
版社 1998 年版，第 285 页。
② 吴晓东、倪文尖、罗岗：《现代小说研究中的诗学视域》，《中国现代文学研究丛
刊》1999 年第 1 期。
③ 汪曾祺：《认识到的和没有认识的自己》，《北京文学》1989 年第 1 期。

侧和荒寂。

温暖的情感给汪曾祺的小说带来了诗意的光辉。就整体看，其代表当是《受戒》和《大淖记事》。尽管汪曾祺自己说《受戒》传导的感情是欢乐的，实际未必如此。林斤澜说"欢乐对你的作品来说太强烈和外露了"，"生命或是生活的愉悦是〈受戒〉的'核'"①，才切中肯綮。这首先是因为，汪曾祺对于笔下人物明亮而温暖的爱，对他们朴素而健康的道德观念的肯定，常通过并不强烈的氛围的形态出现，由之刻画人物、也让我们心生感动。而且，即使寺庙里和尚过着的"无所谓清规"的热闹生活，小英子在田埂上留下的"把小和尚的心搞乱了"的美丽脚印，明海的爱情誓言，都确实传达出生命的欢乐，但在表达时，诗化的节制和含蓄还是弱化了欢乐的强度。《大淖记事》里巧云的坚强柔韧和她对十一子伤病会好的乐观估计，也因为有了之前的种种险恶，夹杂上了带血的愤怒和忧伤，最后只能让人心生温暖和敬意。同样的道理，沈沅（《寂寞和温暖》）得到的王栓、"早稻田"、赵所长的安慰与帮助，若在平时该是欢乐的，然而她被打成右派的种种屈辱、难堪，也必然使这欢乐的强度打了折扣。

温暖之情还常常从小说的细节中透射出来。戴车匠做活时，街上的许多孩子都来看，"一个一个，小傻子似的，聚精会神，一看看半天"；收字纸的老白孤身一人，但"端午节，有人家送他几个粽子；八月节，几个月饼；年下，给他二升米，一方咸肉"；詹大胖子小毛小病那么多，然而他在大事大节上却维护着无知被骗的王文蕙；连老板帮人看鸡，"还撒了一把酒糟喂喂"，被捆着的鸡"卧在地上高高兴兴地啄食，一直吃到有点醉醺醺的，就闭起眼睛来睡觉"，他还在过年时备一套锣鼓家伙，"供本街的孩子来敲打"；坝上人在1960年的风雪夜送牛，为的是"快过年了。过年，怎么也得叫坝下人吃上一口肉"……这些生活细节看似琐屑平常，却似可折射七彩阳光的水滴，能将人与人之间最质朴的情感，比如彼此的包容、帮衬、关照、

---

① 汪曾祺、林斤澜、崔道怡：《社会性·小说技巧》，《汪曾祺全集》8 卷，北京师范大学出版社 1998 年版，第 66 页。

信赖和分享（物质的食品，精神的喜悦）等传达出来。并且这种情感维系，因为还没有达到为彼此牺牲或奉献的更高精神层面，并不具备崇高或悲壮的情感特征，也没有震撼人心的美学效果，然而它们就正是人之所以为人的一些最基本的情感样态，比如感同身受、相濡以沫，是最能使人心生暖意的。然而也正是在这种情感维系中，包蕴着人生的基本意义，反映出一种朴素却又可靠的人道原则和单纯却令人信服的道德立场。惟其如此，世界除了"凡庸、卑微、罪恶"之外，才可能有温暖和诗意，而在"泥淖中"挣扎的人们，也会因为这个底线的存在而相信，还有"许多更好的东西"。

　　必须指出的一点是，回首往事的文学模式很容易带来太多的温情，使作家倾向于掩盖或无视甚至是美化事件或世界本来带有的缺陷或丑恶。"换句话说，所有的'追思往事'，都会有意无意地把'散文'当'诗'来写。眼前的世界越是狭小，这种美化往事的倾向便越明显。"①《大淖记事》对巧云所受的蹂躏一带而过；《受戒》带些"热闹"地描绘和尚们的世俗生活，也冲淡了当和尚的苦难根源；老白（《收字纸的老人》）、王老（《熟藕》）的孤苦无依，也因作者对其生活的诗意描写而并不显得无法接受。再加上作者波澜不惊、点到为止的笔墨趣味，都容易让读者产生错觉，只沉湎于由苦难升华出的诗意，却将苦难本身和造成这苦难的社会历史原因忽略不计。这里，我们不是强调苦难哲学和斗争哲学，也不是强求文学一定要有悲剧意识，而是说，无视或者哪怕是掩盖历史生活中残酷和苦难的部分，同样不是面对历史时应有的态度。

　　事实上，在《受戒》和《大淖记事》之后创作的许多小说中，这种接近唯美的倾向就开始趋于减弱。20世纪90年代的梨园题材小说和"当代野人系列"，其感情基调是沉静而又冷峻的。当然，后期多样新变的文学风格，也还是万变不离其宗——笔记本来就以题材和风格的兼容并包为基本特征。

---

　　① 陈平原：《从文人之文到学者之文——明清散文研究》，三联书店2004年版，第101页。

第五节　人道主义与笔记边界

在现代，随着新文化运动反对文言、提倡白话的深入开展和1920年教育部颁令国民学校低年级国文课教育统一运用语体文（即白话），文言文逐步退出历史舞台，笔记小说的创作也随之走向尽头①。可是很显然，它的价值和精神并未消亡。汪曾祺在60年后对它的选择，就并不偶然，而是基于某种深刻的，文学的、历史的内在联系。这种重构一方面再一次证明了文学传统在中国作家主体性形成和文化人格建构方面所起的潜在的甚至是深入骨髓的影响；另一方面，这也是"笔记"传统被汪曾祺重新发现和照亮的过程，也再一次证明文学创作与前进着的社会历史之间非线性的复杂关系。

在一定程度上，传统本身的复杂性和动态性，在这重构过程中被再一次揭示出来。这表现在：首先，传统是稳定和持久的。它以自身消长起伏的漫长周期，反证了这种稳定性和连续性。其次，笔记在20世纪的继起和微调，又说明传统是动态的，它也在不断生成的历史过程中，生成的过程又交织着美学的、历史的和社会的多重因素，并主要体现为承载这诸多因素的不同时代作家对传统的创造性转化。比如，笔记的视角和体裁决定了它少有体大思深之作。汪曾祺意识到了这一点，他因势利导，调动和尊重读者的阅读热情，着意使用空白，也追求主题完成时的不确定性和未完成性，使之具有更多引发读者思考的"生长点"，达到以尺幅现千里的艺术效果。其次，笔记博采广记的另一面往往是搜奇猎异。而古代笔记文中语涉无聊、言及隐私、篇什猥亵的也本不鲜见。但在汪曾祺这里，因为有悲悯深沉的人文情怀和积极健康的写作态度，笔记这一常为人鄙薄的致命缺陷得到了最大程度的克服，而笔记所要求的，对百汇万物的神往之情却被保留下来。"向往"和"惊奇"人性当中温暖和明亮的部分，使汪曾祺挖掘出普通生活中令人叹服的真、使人感动的善和让人欣悦的美。

---

① 参见苗壮《笔记小说史》，浙江古籍出版社1998年版。

　　当然，在后来者创造性地转化传统的时候，无疑也被传统所影响和制约着。因为显然，传统当中的任何一种文体，都不只是作为表达方式而存在着，正像汪曾祺所言，文体本身还更是"一种思索方式"、"一种情感形态"。这意味着，它不仅能够体现作者的精神状态，也能够影响接受者（这包括读者或继起的作者）的精神状态。而且，这种文体背后的写作惯例、接受期待还往往会作为一种先在的框架甚至是范式，制约着创作者主体能动性的发挥。在此意义上，汪曾祺认为自己写不出大作品，倒并不是谦虚，而是一种理性的自觉：它是汪曾祺对自己的性情气质和笔记的功能性质审慎思考后的结果。而笔记对汪曾祺的制约，尤为明显地表现在他试图注入现代意识的《聊斋新义》的创作中。《聊斋新义》虽然也有用心的漂亮文字，却未能达到预期的效应。而且现代意识和古老文体的结合，远不及他此前的创作来得自然。尤其是其中的《双灯》、《蛐蛐》和《画壁》等，为了迁就原有的笔记体制，都是以"卒章显其志"的形式，靠理性分析表明其现代意识的，具有强烈的教化色彩。要改造《聊斋》，却反被其控制，犯了本不该犯的错误：汪曾祺强调，"文学作品主要是写生活。只能由生活到哲学，不能由哲学到生活"①，这部分创作却舍弃了自己所擅长的东西，有生活描写不足的毛病。究其原因，主要是为了迁就笔记的体制而放弃了自己生活描写的长处。这一方面提醒我们，转化、"故事新编"并不如我们想象中那么容易，另一方面也再一次说明，把握文学传统的精神实质而不仅仅是外在形式，才是最重要的。

　　但是，问题可能又不是这么简单，还有一个潜在的问题是，必须考虑到，笔记之所以是笔记，必然具备一些无法更改或转化的规定性的文体内容和基本的审美共识，否则很难传承，这不仅是笔记有这个问题，其他文学传统亦如是。而对汪曾祺来说，这种规定性又因为《聊斋志异》这一先在的文本而更极端地显出其对后来者的制约。因此在一定意义上，《新义》的写作暴露出"创造性转化"这种思维本

---

① 汪曾祺：《小说陈言》，《晚翠文谈新编》，三联书店 2002 年版，第 62 页。

身（不管是创作意义上的还是批评意义上的）的边界和悖论，它的
有限性和颠覆性——尤其是，指望现代性的观念附着在完全陈旧的形
式上，不仅其成功的可能性极小，甚至还会因为面目腐朽，以至"新
编"还不如"故事"，转化到最后是传统也不存，现代性也不附。这
不只是汪曾祺个人遭遇到的问题，其意义也不仅在诗学的操作层面，
而是关涉着更深层次的，如何处理现代和传统的关系的问题：怎么将
作为客体的传统和作家主体的优势和长处结合起来，使两者相得益
彰，在真正意义上丰富文学传统，这是我们面对传统文学时最为关键
也是必须直面的问题。

第五章　萧乾、芦焚：协奏与变奏

　　除凌叔华、废名、沈从文和汪曾祺，较为重要的京派小说家还有萧乾和芦焚。

　　虽然萧乾和芦焚都明确否认自己是京派作家，比如，芦焚认为，"'京派'、'海派'的含义欠明确"，而"京海之争""一开始就和政治联系起来了"，也"不敢恭维"王任叔谓其"背后伸出一只沈从文的手"的评论①；萧乾则"对'京派'一说，我向来有所保留"，并且认为将京派作家"作为一个流派来研究不够科学"，因为"这些作家的文学见解和创作特点并不很一致"，"至于我的创作状况，同习惯上所说的'京派'作家又有很大的不同"②。可细细分析，他们质疑的，实际是研究京派时采用的概括的、归纳的方法是否恰当，是为了避免在莫名其妙的情况下给自己戴上含义空洞的帽子。因此，在展现作家个体创作的整体面貌和演变轨迹研究方法的烛照下，结合其受到京派前辈作家提携指点；他们追求个人风格，不结派的主张；注意文学技巧也关注现实斗争、民族命运方向，但又对政治取远离态度的人生姿态和文学理念，以及与古代文学较为明显的联系等文学事实，将其作为京派的后起作家进行论述应是恰切的。

　　萧乾和芦焚的小说显示出的某些特点、困境，映现着他们面对传统和现实的态度，而其由于题材领域的拓展所带来的叙事的调整和创作风格的明显转向，标志着京派的变奏。无论是曾经共同唱响的协奏曲还是后来的变奏，最终都来自于传统文学的深刻影响。

---

　　①　师陀：《两次去北平（续篇）》，《新文学史料》1988 年第 3 期。

　　②　萧乾：《"京派"与我》，《风雨平生——萧乾口述自传》，傅光明采访整理，北京大学出版社 1999 年版，第 97、100 页。

第一节　多而杂的文学影响

萧乾和芦焚身上的传统烙印与他们写作的发展历程，呈现出的是京派文学世界与传统文学（文化）历史联系的再一种独特形态。

凌叔华、废名和汪曾祺，或者由于长于诗书之家，或者由于经过学校（学院）正规训练，均曾受到过较为系统的典籍教育。在萧乾和芦焚这里，传统文学（文化）对他们的影响是全方位的。萧乾最早是从他善良的、能整本整本地讲《济公传》、《小五义》和《东周列国志》，会唱动人的儿歌和民间曲调，能背完全的《名贤集》的大堂姐那里了解传统文化的，大堂姐灌输给他的"路遥知马力"、"贫居闹市无人问"，也是他最早接受的人生哲学①。芦焚在上小学时，对听评话产生了浓厚的兴趣，两年中听过《水浒》、《封神榜》和《七侠五义》等评话，他认为，"我接触文学作品是从听评话开始的"，他形容那段"每天下午放了学，总爱到城隍庙去听说书"的经历是"废寝忘食"②。这种接受传统文学信息的形式决定了，传统文学是以一种未必系统的、"多而杂"的样态影响到作家的。

不难发现，这两个"乡下人"从生活和阅读中承受传统文学熏陶的文化人格建构过程，和角色认知同样是"乡下人"的沈从文，极为相似。在一定意义上，这也就必将影响到这些作家以文学的、审美的形式反映出这种影响的叙事方式。而传统影响的"多而杂"，虽会让研究者较难把捉到某种构成主导形态的传统因子和脉络，但接近半数的作家具有这种相似性，在京派作家当中也就具有了某种值得分析的典型性。

并且，不应该被忽视的是，较之其他京派作家，萧乾和芦焚，都

---

① 萧乾：《一本褪色的相册》，《萧乾选集》第 3 卷，四川人民出版社 1984 年版，第 316、317 页。

② 师陀：《师陀谈自己的生平与创作——致刘增杰信摘抄》，《师陀研究资料》，刘增杰编，北京出版社 1984 年版，第 199 页。

有过接触进步组织（人士）和进步运动的人生经历①。提示这些情况是因为，作家的经历就像不曾发芽的种子，在时机成熟时，往往会生根成长，决定其审美选择和创作走向。萧乾和芦焚与传统文学结成的独特联系中，同样有这段人生经历的影响。这决定了，他们的文学视野会更广阔，在面对现实的需要时，可能会更加注重文学的社会功用和直接的效果。

此外，对于传统文学具有的影响自身创作的强大力量，芦焚和萧乾也都有明确的认知。比如，萧乾就认为，"传统"的一切，"它在我的血液里，在我的天性之中"②，他的话指出了影响的深度，但到底是怎样的传统，影响的路径和方向，说得却很模糊。而"生活与创作都学到了一点古典主义的控制"③的芦焚认为自己的"创作风格先是受外国与鲁迅的影响，三十年代后期以后受唐宋传奇、正史和文集中传记、笔记小说影响"，影响所及"包括散文与短篇小说、中篇小说"④。与萧乾相似，他提供的，实际也是一个相当宽泛的、包含了甚至所有重要的传统文学形态的影响谱系。这种模糊宽泛，倒并非作家有意含糊其辞，而是说明，传统文学在他们身上是综合发生作用的。当然，在其他几位京派作家那里，情形也应如此，但与萧乾和芦焚的情形相比较，他们还是有较为清晰的，相对其他传统因素来说，构成了主导性方面的阅读趣味和审美倾向的。

而就传统文学支配萧乾和芦焚创作的实际效果看，实事求是地说，似乎无法像分析京派其他四位作家的小说叙事方式一样，在其文本与实际承受的传统文学之间，找出某种明晰的叙事内容或叙事结构上的对应，这种情形，是作家自己也意识到的，像芦焚就承认，曾经

---

①　影响萧乾的是共产党员杨刚，而芦焚也在"九一八"后参加"反帝大同盟"。参见萧乾《杨刚与包贵思》，《新文学史料》1982 年第 2 期；《芦焚短篇小说选集》，江西人民出版社 1983 年版，序言；《谈〈马兰〉写成经过》，《百花洲》1982 年第 3 期。

②　萧乾：《龙须与蓝图——为现代中国辩护》，《新文学史料》1992 年第 1 期。

③　卞之琳：《果园城·序》，罗岗编，珠海出版社 1997 年版，第 2 页。

④　师陀：《师陀谈他的生平和作品》，《新文学史料》1990 年第 1 期；《师陀谈自己的生平与创作——致刘增杰信摘抄》，《师陀研究资料》，刘增杰编，北京出版社 1984 年版，第 198 页。

听过的评话，看过的本纪、传记、行状、传奇等等，"这一切又是如何影响我的中长篇小说和话剧剧本的？我说不来，全说不来"①。

无疑，从上述接受传统文学（文化）信息的形式、作家认知以及创作的实际情况看，这种历史联系形态，即，文本表现出如芦焚所述之"古典主义的控制"，作家自己也能确认受到影响，但却无法离析出具体的影响路径和结果的情况，也应是在具体的叙事表现上，京派作家与传统文学之间具有之多种形态的历史联系中的一种。作为一种客观实在的"变奏"，在论述京派作家与传统文学的关系、及这种内在关联反应在其文学叙事的具体方面时，无视这种"多而杂"的、整体性的联系形态的存在，不仅无视文本实际和历史实际，也无法科学、全面地展示京派作家在叙事方面与传统文学（文化）或是文学（文化）传统非常多样的历史联系。

第二节　乡土中国的文学样式

同其他京派作家的创作类似，萧乾和芦焚小说创作未曾转向之前，其文学叙事理路受传统文学诗学原则、文学精神、题材主题的影响还是相当明显的。这种深在的关联具体表现为承续温柔敦厚的传统诗教，书写乡土中国的题材，塑造老中国儿女的人物形象等多个方面，并最终成就乡土中国的文学样式。

一　承续传统诗教

传统文学的诗学原则构成庞杂，但毫无疑问，基于中和节制观念而具体化为温柔敦厚原则的传统诗教都是其重要构成，对中国文学抒情和叙事方式的影响也非常深远。芦焚和萧乾的文学叙事里都呈现出温柔敦厚诗教的明显影响，他们在叙事中表现出极强地驾驭汉语言文字的能力，并自觉调度文字，运用富有深意的小说意象，营造柔和含蓄的诗境。

---

① 　师陀：《写作历程》，《上海三札》，宁夏人民出版社1984年版，第180页。

　　譬如，芦焚《落日光》写曾经流浪异地，"吃闲饭的""他"在"一转眼，一场梦，什么全过去了"的二十多年后回到故乡，于小山岗上怀念昔日的爱情：

　　"他望着四周：那里青姐儿爬山失落了鞋，他几乎笑破肚子；那块石，哪，他们曾在上面休息；还有那坳里，哪，他们曾发见一棵野百合；那山脚边，他们跑马冲伤了山虬的眼梢，那边的小路上山虬嘲笑过他们。可是现在什么都没有，只是荒凉凉的冈丘和展开在脚下的田野，偶尔有一只小鸟啾的一声飞过头顶。"

　　这里，句子短俏而非冗长，且善于白描画面，画面又构成情境，再通过情境的对比表达伤逝的凄凉情怀，的确可以说，"诗意是他的第一个特征"①。这里重要的还有，二十年后回到故乡，似水流年的无奈、物是人非的惨淡和乡关何处的迷惘并没有以凄厉直接的方式直接表达，而是以小山岗上的"他"回忆眼光下不断变化的画面一一问出，于是不难发现，《诗经·蒹葭》中的移步换景、虚实相生之艺术手法在小说中变成了山上、山石、山脚的视线转换，青姐出现在"那块石"、"那坳里"、"那山脚边"等的每一处，如同伊人出现在水中央、水中坻、水中沚等的每一处；然而无论是青姐还是伊人，时间的流逝只是证明其不可也无法达至，如此，芦焚笔下，这不可追的感情与不可回的岁月，就沉郁深重，然而所有的表达又适度中和，像是周作人属于美文范畴的那部分散文的特点，其冲淡不是淡而无味，而是在冲淡、甚至看来"什么都没有"的文字里，唤起读者不尽的感怀。因此这里芦焚在叙事时所营构出的柔和凄凉不是无力，而是追求一种绵长深厚之力，是由温和宛曲达至敦厚深沉。

　　富于诗意还表现在小说中大量出现如诗似画的描写。芦焚刻意在小说中呈现画面。《一片土》中的"他""有一颗精致的心，善于幻想。他看见大漠上的夕阳驼影，也听见山林里翠鸟的歌唱，还有蝼蚁们的战尘同鼓角。"这里无论是大漠上的夕阳驼影还是山林里歌唱的翠鸟，都以富于色彩的画面传达诗情，二维的文字存在方式现在由于

---

　　① 刘西渭：《读〈里门拾记〉》，《文学杂志》1937 年 6 月第 1 卷第 2 期。

动态画面的营构而变成三维的、能够激发读者想象的诗意空间。并且
《一片土》中的"他"也像极鲁迅《过客》中的过客，但不同的是
《一片土》中，"他"所到之处，都由作者芦焚用语言铺就出画面，
行至水处，是"浅渚，芦苇，水面雾着轻霭，一江载满着霞彩正浩荡
东去"；深入大野，则"苍空下是天籁。大草原上烟袋一路放送出寂
寞的青烟"，而所有画面又都是"他"的意绪的具体承载者，浩荡东
去的大江象征着的是他渴望远方的豪情，大野之景表现的又是他一己
一往无前的孤独。并且这种画面的表达方式又不如文字般一望而知、
清澈见底，带来了更多回味的空间和可能。同样是对"到哪里去"
的哲学追问的思索，在表达上，鲁迅的《过客》则更多以对话的方
式，芦焚这里是画面的不断生出与不断生发，诗意的氛围和寂寞孤冷
的情感也因之充盈在小说中，令小说气韵生动。

　　类似的例子在芦焚的小说叙事中绝非个案。《落日光》开篇写
"晚鸦冶游了一天，悄悄飞过天空，一只两只归林来了；那歇脚枝头
排着翅的懒倦景况，使人联想到是在打寂寞的呵欠。"同样，此处呈
现出的倦鸟归林的画面正是悄无声息的回来的"他"的写照，懒倦
寂寞的不仅是晚鸦，更是小说主人公，情景交融的特点在小说中得到
了充分的表达，并且同时，倦鸟归林也是中国古典诗人反复出现的诗
歌主题和乐意去点染的画面，这是陶渊明在《归园田居》中写过的
"羁鸟恋旧林，池鱼思故渊"；白居易在《别杨颖士、卢克柔、殷尧
藩》中绘过的"倦鸟暮归林，浮云晴归山"。重要的是，这种母题般
的"倦鸟归林"的诗画传统在表达现代人寂寞倦怠的思想时，仍然
以其精准恰当证明着自身的有效性。

　　此外，田园牧歌般的静谧画面也常出现在芦焚的小说中。《谷》
里写"小河春，夏，秋三季缓缓流着泉水，石丸游鱼历历可见。林子
里彻宵鸣着不知名的鸟，在柔软的夜色里，像宁帖而甜蜜的催眠歌"，
小说起始温和的田园氛围与洪匡成家庭最初的和睦美好共振，并且它
与后来革命者被围捕屠戮的故事形成鲜明的对比，而这景色描写中依
稀能够看到柳宗元《小石潭记》的隐约投影。《诗经·七月》中的
"七月流火"意象及其对农业生活的描绘在《秋原》的开头就得到续

接，芦焚写"七月尾时光，天气青苍高朗，点缀几朵白云"，然而这就在这"战争从正月间过去了，人民也刚有功夫抽一口气"的温静悄寂乡间，小说主体叙述的却是一个外来的无辜者被打死，这是现代"人的发现"观念下，对田园的复杂性的省思与对田园牧歌的现代消解。

同样，《宝库》里写，穿军服的汉子杜振标离开家乡多年后"经过遥远的跋涉"回到故里，"当他出门时还是年壮的，现在已经是须发苍苍的老人"，小说的构思立意及此处的描写立刻让读者想到中国诗歌当中，由《诗经》中的《采薇》《东山》而来，经由汉乐府民歌中的《十五从军征》而强化之对于战争幸存者从战争的死境中逃离出来的苍凉心境的书写传统。同时芦焚这里又将这种特殊的体验扩展至人生的一般体验，这又回应了对此传统更为普遍持久的表达，并具体化为"少小离家老大回"的叙事模式，就像贺知章《回乡偶书》中之，"少小离家老大回，乡音未改鬓毛衰"；亦如杜甫《北征》中之"经年至茅屋，妻子衣百结"。具体看，到了芦焚这里，杜振标在外作战八年，回到故乡，房屋都没有了，田地没有了，破败的生活让妻子对待他异常冷淡，为了活着去财主家帮工还被人嘲笑和毒打，最终还是离开他一直都想要回去的故乡。而无论是回来还是离开，其中重要的原因是他难以忘记故乡曾有的"麦香，树林，阳光，斑鸠的叫声"，杜振标怀着热情想象中的故乡印象与他回乡后遭逢的黯淡现实因为"麦香，树林，阳光，斑鸠的叫声"这一富于诗意的画面呈现在对比上更其强烈了，杜振标离开的原因也由这活色生香的画面得到了解释。

并且这里需要强调的是，《诗经》中要求抒情克制的诗学原则，同样在芦焚的《宝库》、《里门拾记》以及《果园城记》等代表作中得到遵循。

如前分析，《宝库》所写为从战争中幸存的杜振标怀着无限的热情回乡却遭遇凄凉的故事，这个故事本身完全可以在叙事时将其处理成情节大起大落、感情极冷极热的文本，但芦焚这里，一切写来都是安静克制的，面对乡亲们热闹的啰唆，杜振邦只是笑了笑，面对老婆的嫌弃、杜二爷的侮辱也都忍了下来，直到看到杜二爷的儿子欺辱自己的孩子，愤怒才爆发为两个耳光，而小说情节的最高潮、情绪的最强烈部分也不过是杜二爷的一顿毒打，但这毒打所用的篇幅极少，位置则在小说的末尾，没有呼号和义愤之情的抒发，也没有对杜振标的内心世界的大幅描写，只是将毒打的种种场面客观叙述出来，引发读者更强烈的情感反应的是在小说的最后，杜振标的妻子照例再去找他，他已经离开故乡。小说就此戛然而止，却也留下了让人回味的足够空间，比战争和死亡还要令人寒心的世道和人性的冷漠残酷因为这种节制反而更加令人触目惊心。

这又有些像沈从文的《菜园》和《新与旧》，其中表达对革命者被屠戮的惨伤时也是克制的，尤其是写到《菜园》中失去儿子的母亲难以接受玉树临风的儿子和儿媳死亡的事实，在儿子儿媳死后又一年，办完了儿子儿媳所有的身后事，才用一根丝带自尽。只用一句话叙述完母亲的后来自尽的选择，小说就看似清淡地画上了一个句号。其实《菜园》的结尾也令人有意外之感，并且这种意外本可以用撕心裂肺的方式呈现，但其平淡的处理方式却让母爱重创而至于难以复原的亲情之殇更其深重。因而意外也就成了意料之中。可以说，《菜园》结尾的平淡同《宝库》结尾的平淡，有异曲同工之妙。

这种抒情的节制在最极端的故事情节和情境中的表现往往是，作家在处理死亡事件时都不动声色。《过岭记》《过客》《秋原》《落日光》等皆是如此，《过岭记》里山神庙旁被太阳晒成黑色的血，也只是店家一脸泰然地说的"前儿毁了一个人"；《过客》里上元节才发现的河里的尸首，其实是年前就被冻死在干涸的河里的，被村里人一窝蜂地号呼而去观赏后，也很快就又被人淡忘；《秋原》就是荒原，患过风症的外乡汉子因为随意的一句话，无辜被村里的地主两兄弟在坟园中吊打，直至打死，围观的人们也就"哄散了去"。《落日光》同样是一个少小离家老大回的叙事模式，离家的二少爷下过南洋、去过印度、做过酒肉和尚，但始终不能忘却故乡，回到故园后，反被势利的侄儿怀疑归来是为抢夺遗产而驱逐，终于在大雨天跌落在斜谷的乱石间死去。

　　由上述文本的情节处理、作家情感立场的呈现方式可以见出，在芦焚这里，小说中所有死亡事件的发生都看似偶然，描写死亡事件的发生原因时也轻描淡写，但头脑和生活都一片空白的愚昧民众的麻木残忍，往往是悲剧发生的原因，在这荒漠抑或荒原式的世间，命如草芥的悲剧必然发生，这正是作家的认知。出于相似的国民劣根性省察，倘是鲁迅，处理如此题材时是毫不留情地讽刺的，比如他写祥林嫂的悲剧，说鲁镇上没有听到她故事的老女人们，特意寻来，要听祥林嫂这一段悲惨的故事，无论是"特意"还是后来写老女人们的"满足"，叙述者的鄙夷之情、批判之意还是流露出来。但芦焚这里是节制适度的白描，悲叹与隐藏极深的批判就在这有意的克制与和缓的叙述中释放出来，又因为叙述和文字所述之情感抒发与观念立场表达的不露痕迹，其中的无奈才更加深重。另外这些小说的结尾就由死亡这个结果本身构成，是点到为止，但更意味着，在死亡面前，一切言说都是无力的，并且这种点到为止和无力之力恰恰构成一种无言之美，无言是为了引发和启发读者更为深广的同情和思量。而这种无言之美也正如钱起的"曲终人不见，江上数峰青"，是以最简单的结尾拓展更为深长的进一步思考的空间，这实际上也回应了传统诗教讲究含蓄不尽、敦厚深幽的艺术追求。

　　可以说，在写讽刺小说《结婚》之前的芦焚，刻意在小说叙事时以各种诗学手段追求诗意，其小说也可谓20世纪30年代的中国作家对温柔敦厚诗教的续接。与之类似，萧乾未曾转向前的小说叙事也有营造诗境的明显趋向。

　　《蚕》里，"我"的恋人梅想让蚕在他俩"背着娘在西禅寺照的像"上织一幅丝像，于是，"一条蚕在我嘴角的痣上织来织去，总也不走。最后是把一根丝拉到同一位置的梅的痣上去。我俩相顾都笑了，笑这淘气的蚕"，"我"因之猜度蚕，写的却是对恋人的感受：

　　"他们或者会把梅的星眸当成池塘，把睫毛当成芦苇，把眉当成青嶂，把新剪的头发当成旷古的森林。发间插的那朵玉兰也许成了深林里的古井或是皎洁的一饼圆月。……我俩挨得那么紧，简直把蚕全忙在一堆了。"

　　这里大量出现在文本中的"池塘""芦苇""青嶂""古井""圆月"等都是在古典诗文中常用的意象，而这些意象的使用本身，也就说明作家萧乾从未中断过自身和传统文学的关联。作家进而再用这些意象说明女子的眉眼，同样是一种委婉细腻、曲径通幽的表达方式，由此读者自然被带到纯洁美好的人生境界。同时，这里写蚕也正是写人，可谓物我同一、连类而及，如同《离骚》中的香草美人、《庄子》中的河伯海神，在在寄托的是作者的个人意绪。另外，深微美好的爱情体验本来抽象无形、难于表达，借助于蚕的忙碌表达得具体可感而又诗意盎然。

　　《梦之谷》写小说主人公多年后故地重游，回想起往昔和恋人的点点滴滴，同芦焚的《落日光》一样是"伤逝"的主题，这一主题并非是新文学的首创，而中国古代诗文的传统主题。在表现手法上，萧乾与芦焚同样沿袭了伤逝主题表现时常见的今昔对比手法，以抒发物是人非、生命流逝的无奈："迎头，拦住我去路的，正是那棵硕大的苦奈树，在'情窦'上，它对我不啻亚当的'智慧树'。在它凉沁的遮荫下，我学会了怎样幸福，如今，正像悟了禅的释迦，我明白原来它同时也教给了我怎样苦恼。"紧接其后出现的"没有了屋顶的残墙"、不变的玉塘以及女子师范后院的芭蕉等等物象，都引带出"我"对"我们"往昔的回忆，小说的主体部分也正由此构成。上述移步换景的笔法和虚实相生的情境，不难让人想起芦焚的《落日光》，而其相似的表现手法和伤逝的主题，流露出浓重的感伤，这种感伤本身的最初源头，同样可以上溯至《诗经》的传统。

　　有时小说主题的表达也通过具有象征含义的小说意象实现，比如萧乾的《栗子》，栗子既象征忽冷忽热的炎凉世态，又在小说开篇、情节进展的中间包括小说的结尾出现，构成小说叙事的一个核心或是扣子，以被捏碎的栗子象征当时的执政府对学生游行运动的无情镇压。即便是在处理最可能充满激昂凌厉之气的革命（社会运动）题材，作家都有意通过意象使用让小说更有余味，而非直接鼓动呼号。《参商》写的是不信基督教、充满反抗精神的骆萍与笃信宗教性格柔弱的娴贞彼此相爱，却因为宗教信仰的原因被迫远离，如同此出彼没，隔绝不能相见的参星和商星，对于在中国文化系统中的读者来说，使用由意象构成的题目本身即在说明小说主题，小说的情调氛围也由此定下基调。

芦焚同样乐意于使用自然物象作为小说核心意象。例如其《头》和《谷》，前者写曾和善消瘦的孙三引来土匪恶霸，府第骡马被劫，后被杀之后头颅被割下示众，引发围观的普通民众精神恐怖；而真正作恶多端者庞局长的头却毫发无损。一颗头所记述的其实是处于社会最高阶层的统治者与处于社会底层的无产者的不同命运。被示众的头作为核心意象还构成了小说重要的叙事线索，将小说的四个部分有机地缝合起来，呈现着村坊上人们精神的全部空白。获得1937年《大公报》文艺奖金的《谷》，其题目既是在写矿谷，更是写出了被屠戮的革命者洪匡成的革命运动在阴冷的社会中所遭遇的低谷，还写出了多余人般但对社会正义和教育有着抱负的黄国俊人生的低谷。而由"谷"再向外看呢？那个与理想相差了不知几千万里，像个骗人的慈幼院的学校以及流氓般的白贯三，不断反抗不断被镇压的"煤黑子"以及好多连尸首都不见的正直老师，所有这些又在整体上拼接出了一个处在革命低潮和发展低谷的中国的"谷"。"谷"作为核心意象有无尽的意味。

就小说的体式结构创造而言，将古代散文中的"记体"散文传统应用到现代小说的写作中，实现了文体的杂糅，并令小说呈现出诗化小说的整体面貌，显示出芦焚小说与传统文学的再一重关联。代表芦焚艺术成就的两部小说集，都取名为"记"，一者为《里门拾记》、另一者为《果园城记》恐怕并不偶然。

在唐宋散文那里，以"记"为题的散文就大量存在，《始得西山宴游记》、《石渠记》（柳宗元），《石钟山记》（苏轼），《藏书室记》（苏辙），《醉翁亭记》、《伐竹记》（欧阳修）等都是名篇。清人孙梅曾在《四六丛话》中对"记"的文体特征进行描绘，"记之为体，似赋而不侈，如论而不断，拟序则不事揄扬，比碑则初无诵美"①，可

---

① 孙梅：《四六丛话》，人民文学出版社2010年版，第418页。

以看出，"记"不恢宏、不做论、不激昂，不颂扬，它是随意的，也是因这种随意而产生变化，这种文体特征在上述芦焚的小说集中表现得非常鲜明，激愤之语隐伏、笔致从容疏朗、所叙之事信手拈来看去随意，"是从家门前捡来的鸡零狗碎，编缀起来的货色"①，比如，《果园城记》中《果园城》一章，写这个小城里的女人们不顾孩子一遍又一遍地喊饿而闲谈，"一个夏天又一个夏天，一年接着一年，永没有谈完过，她们因此不得不从下午谈到黄昏"，写琐屑的乡土情景，摄取的是农妇的颠顶，但也只是直笔记来，不指责、不批判，用"一个夏天又一个夏天"的表述则将画面延长至远景和未来，有种遥远之感；叙述语气的缓慢节奏带来淡然从容，但情景与语言的交融却带来深切的忧郁和悲凉的诗意氛围。

同样需要强调，"记"虽不激昂、不颂扬，但它依然还是蕴蓄着力量。《城主》写魁爷朱魁武的一生，他是"一个在暗中统治果园城的巨绅"，但写他一生的行迹时，居然是通过描写魁爷府上门洞庭院的变迁，呈现他的得势与败落，而其"封建主子式的日子"和他的有势力，则是通过他出门的场面写出来，"在魁爷经过的路上，几乎所有的人都恭敬地站开，并且向他鞠躬。"没有过多情感和立场的说明，但也不是非常典型的场面精细描写的现实主义笔法，是漫画般的白描几笔，就抓住了本质内容。最后写他如何处理第四个姨太太的背叛之事时则说，"他把他变节的太太接回家，给他一条麻绳，然后，他在房门上下了锁"。此后芦焚写到一条生命逝去的影响："果园城恢复了它的平静，猪照样安闲的横过街道，狗照样在街岸上晒暖，妇女们照样在门口闲谈…"，如同欧阳修所言，"山水之乐，得之心而寓之酒也。"芦焚这里，写猪的安闲、狗依然晒暖写出的是人命的卑贱，卑贱到由人处置而不激起任何一点波澜，作家的悲慨，寄寓在魁爷处理四姨太太的简单和果园城的平静中。

可以说，两位作家的笔致含蓄、简洁而又新鲜动人，表现出相当出色的艺术感受力和表现力，而其感受力和表现力又主要表现为通过

---

① 芦焚：《拾记里门的前后》，《大公报·文艺》1936 年 12 月 21 日第 270 期。

极具传统色彩的小说意象的选择和小说意境的营造等叙事手段达成，这里明显可以看出，传统诗教温柔敦厚的艺术原则和风格趋向在他们的小说中表现得依然十分强劲。

二　择取乡土中国题材

除却非常具体的文字驱遣与意象使用等小说结构方式所显现出的与传统诗学原则的精神血缘关系，由此为基础和材质，萧乾和芦焚各自的小说世界，面向并表现着乡土中国，而这也正是京派题材处理的主要指向。

萧乾的小说世界主要由皇城根下的贫民世界构成。虽然萧乾写的是20世纪30年代的北京城，但比起当时已经是世界金融中心的上海，北平不像都市，这种不像都市一方面是因为，在20世纪初就开始的现代化进程中，有着悠久历史但也可能是传统重负北平的变化是缓慢而又艰难的，萧乾当年实际生活、也是文本中所写的北平更多迟缓肃穆的生活节奏，与之形成对照，建立在经济金融繁荣基础之上的上海则有着高速甚至动荡的生活节拍；另一方面则是，在文化上上海更为开放多元，而在20世纪20年代，文化中心南移上海后，北平的都市市民文化"一直并且仍然呈现着传统农业文化的最一般特征"①。因此，哪怕萧乾在小说中也写了传洋教的洋人们富裕的生活，写了电车、洋车、书局等可能表征都市的小说意象，但读者看到的也依然是一个由乡土中国文化本质构成内里的底层城市世界。

对这样一个富于乡土意味的北京城根贫民世界包括自己失怙生活的书写，大多不离"贫居闹市无人问，富在深山有远亲"的叙事模式，这种叙事模式中是含有价值观的，萧乾也正是满怀忧郁地反思着上述生存哲学。《篱下》《矮檐》的题目本身就来自于"寄人篱下"和"既在矮檐下，怎敢不低头"等典故或是熟语，《篱下》叙述的也正是与母亲暂住在姨妈家的环哥顽皮倔强，惹了乱子被姨父温和驱赶别处的悲凉故事，而这个故事中还包含着环哥父亲抛妇弃子、环哥母

---

① 　吴小美等：《中国现代作家与东西方文化》，兰州大学出版社1990年版，第79页。

亲和姨母虽为姐妹但亲情淡漠的故事。《矮檐》写的同样是有着寡母、性格开朗的乐子，却在生活里处处碰壁、无人相助，和母亲百般委屈也应付不了由势力的妯娌和塾师的欺辱、不断的典当所构成的严酷的生活。《落日》更将上述现实推至极致，或者说，以落日这个传统文学中的常见悲凉意象，将十二岁的乐子在洋人的工厂里努力做工也没能让母亲吃上一口苹果的惨淡命运象征出来。书写不识愁滋味的少年与命运薄凉含辛茹苦的母亲在人世间的生之艰难，契合的又是"贫在闹市无人问"的叙事模式，并且需要强调的是，这些故事往往并不追求时代感和现实性，即便剥离其故事发生的时代背景，类似的故事也是黯淡的传统中国社会中常见的社会现实，并且描写如此社会现实的终极目的也不在于社会批评或揭露，而是指向提倡"仁"、"善"和"爱"等属于道德范畴的内容。

芦焚转向之前的大部分小说，其故事或场景都是村镇，这些村镇少明丽多黯淡，像极鲁迅及乡土小说家笔下破败的中国乡村。就像芦焚写《果园城》，果园城在作家的预设中就是一切"中国小城"的代表。《倦谈集》中，哪怕"说是街，却不仅仅是街，天晴，垃圾尽量堆上去；天雨，倒是极佳的排水沟，水泛滥起来像一条小河"，就在这样一条街上，每天早晨例行的一件事就是枪决两至五个犯人示众，"老儿"则是忠实而日日得到满足的鉴赏者，哪怕被处决者是相识之人，也不妨碍其兴致，人性的麻木无聊在这样生活单调的生存环境和无聊乏味的文化环境中暴露得异常明显，这一集的《夕阳无限好》一章写了被枪毙的犯人尸身被狗啃，而两个处理完杂事出来散步的学徒"大的学徒看的入迷，师弟却忍不住发出噗哧的一声笑"。同样写的是人由于习见死亡而变得淡漠残忍的意识状况，而他们自身对这种精神上的病苦毫不自知，"天上几缕霞，林间一抹烟，无人管的湖荡上，碧荷沉睡着，昏鸦在城头飞，城楼沉睡着"——周遭的自然环境和社会环境也都不会因为每天被处死的两个人而有根本性的变化。

同样，《毒咒》开篇由晚霞、颓垣、泥屋构成的乡村寂寞图景也很快就被女人"这块地上有毒"的尖叫打破，而且"女人的尖叫沿着大路送到旷野上去"，一个懦弱的男人四爷为传宗接代纳妾，搅动了原配四奶醋坛子，结局便是四爷的小妾连同腹中之子蹊跷而死，这样的故事在《红楼梦》中出现过，带着浓重的宗法文化的投影，也表现着由这文化所扭曲的恶毒人心。

不难发现，芦焚和废名、沈从文的诗学选择是相同的，乡土中国故事构成其叙事的边界和范围。不同的是其文化选择和主题开掘方向：当沈从文在20世纪30年代重新发现乡村和乡土的意义，并用其中雄强有力、纯净无邪的部分疗治都市的种种都市病时，芦焚明显不同，同样在小说中呈现乡土中国，他看到的是乡村所承载和表达的文化中愚昧落后一面，如果说沈从文的湘西小说具有某种省思都市文化对人异化的现代性，那么芦焚这些小说续接的则是以鲁迅为代表的五四作家表现为传统文化批判和国民性批判的现代性。

又与鲁迅那一代五四作家不同，芦焚笔下虽然写了一个破败闭塞的故乡，但离开故乡的游子却时时回望，他小说中的人物也与故乡之间有一条永远割不断的线，作家由之回溯，发现中原村镇的沉闷、荒寂和残酷，并且已经无法安顿自己笔下主人公寻求家园的灵魂，落笔之处凄凉得甚至有些凄厉。"乡关何处"？传统中国文人问了千年的问题，在芦焚的小说中依然回响。

《落日光》里，二少爷"他"曾因"深埋心中的一场悲剧的恋爱所留下的痛苦"而离开故乡，数十年后，又因在商帮颠沛流离的生活中和万里平沙的异乡总是"觉得神魂迷了路的样子"、自己"离自己远远的"而回到故乡，感到像"刚逃出樊笼"，这不禁让人想到陶渊明《归田园居》所表达的"误落尘网中，一去三十年"和"久在樊笼里，复返得自然"之生命体验。确实也是，文本中的"他"回到故园，"半生在江湖上东西漂流"的凄苦寂寞的脸现出了宁静的笑容。但很快小说也写到在获得短暂的安宁生活后，复又被唯利是图、以为他归乡是为争夺遗产的侄儿而驱赶，他在极度的愤怒和风雨中不知要到何处去，终因在山上追赶年轻时爱恋过的青姐儿的幻影而掉在山谷死亡，在"他"生命的最后，虽在故乡的土地上，看到的却是回到故乡前，他在商帮时所处的万里平沙和伴他的骆驼。因此回到故乡的"他"最终还是一个漂泊者，并用由曾经漂泊生涯所构成的往昔生活幻境追问"乡关何处"？

此外，芦焚小说中的《一片土》《宝库》《无言者》《果园城》等，都流露出类似的"乡关何处"的意绪。《一片土》中的他，寻找的就是"一只心灵的暖床，一片空中弥漫着蜜味的安宁土"，他在江上、草原经过，也在菜园落脚，但这些都没能找到那片安宁土，在小说的最后，又一次上路寻找；如前所述《宝库》中的杜振标也是如此，八年在外当兵，终于幸存回到日思夜想的故乡，但等待他的却是亲人冷漠、失地受辱，于是又怀揣着自己的秘密而离开。《无言者》写的是和中国大多数在前线冲锋陷阵的士兵一样有着农民出身的魏连德在阵亡前的幻想，临终前，他在想象中回到故乡，回到故乡，他看到的却是士兵前线卖命，后方的妻儿还要为他上前线出钱的丑恶现实。《果园城》的开头，"我"本来是要乘着火车直达西安，却在一个老人"你到哪里去"的追问中被唤起了童年的记忆，于是改变路线而拜访果园城。到了果园城，"我"也明确知道自己只是从这里经过，此后，孟林太太、葛天民、刘爷等人的故事才徐徐展开。

由上不难看出，芦焚的很多小说都是"归乡"故事，但被想要回乡者预设成灵魂家园、安宁之土的故乡却也始终是一个悬浮式的所在，其中充满着与现代意识相悖的麻木、昏聩与闭塞静止，而这些特点，也正是乡土中国的某些具有质的规定性的特点。也正由于此，对于在外漂泊的人而言，在见识过了更大的世界，甚至已经经历了生死后，他们又有足够由阅历、经验、不同价值系统生成的理性发现故乡的鄙陋乃至面目狰狞。故乡由此而永远无法真正抵达，哪怕它在情感上对游子来说有着致命的吸引力。"乡关何处"在芦焚这里已不仅仅是乡愁的情感抒发，更表达着经由现代意识观照而来的凝重思考。

因此不妨可以说，芦焚笔下悬浮的故乡和萧乾小说中"贫居"的北京城，又可谓当时中国的缩影，就像芦焚写果园城，是"有意把这小城写成中国一切小城的代表，它在我心目中有生命，有性格，有思想，有见解，有情感，有寿命，像一个活的人。我从它的寿命中截取我顶熟悉的一段：从清末到民国 25 年，凡我能了解的合乎它的材料，我全放进去"①；而萧乾的小说，也是京派小说常见的，包含着贫富对比、城乡对峙的结构的延展。他们在小说中最终思考和试图面对的，也是中国的问题和困境，正像芦焚《谷》里的黄国俊，目睹从事革命的老同学罹难，寻求正义却让更多的无辜者送命，"正义"是他想要追寻的，然而又始终不得，"往哪里去，矿谷？"问的不仅仅是矿谷，更是矿谷隐喻着的国家。而20世纪30年代的时代之问恰恰是中国将向何处去。贫富和城乡，这回应的还是20世纪30年代的中国问题——因此，不管芦焚和萧乾写的是萧条凄凉的故乡人事还是自幼失怙的辛酸记忆，社会、民族在器物层面和精神层面的颓败与进取，还是他们思考最终的落脚点。

对中国问题的文学思索和文学想象，在京派作家这里，一直都是一个从未被忽略的，或者说是内在的精神核体。就像本文的前几章中已经详细论证过的，凌叔华对五四神话另一面的剥露；废名的《桥》和莫须有先生系列小说对中国历史、社会、文化的抽象玄思和说理议论；以及沈从文对都市生命形态急迫得甚至有些刻薄的讽刺和着力将"湘西"构建成生命信仰；还有汪曾祺苦心经营笔记体小说，最终还是为"有益于世道人心"，这都显示出京派作家作为一个整体，对民族命运走向的焦虑、设计和想象。这切合的，或者说承传的，无疑是中国文学传统之中相当重要的文学精神：感时忧国精神。正是受到感时忧国精神的支配，京派作家的创作反映出老大中国艰难转型时期具体的、独特的中国问题和中国经验。

三　塑造老中国人物形象

在芦焚和萧乾转向之前的小说中，读者也能并不费力地发现在其他京派作家笔下已经出现过的老中国人物形象。

譬如《果园城记·桃红》中的素姑，无聊、孤寂，毫无理由地招呼为家中担水近二十年的老王，可这奇怪又细微的无意义举动，也仅仅只是她自己察觉了它的突兀，老王"自然没有留意素姑的心情，说

---

① 师陀：《果园城记》，上海出版公司1946年版，第5页。

着时早已过去了，庭院里接着又恢复了原有的平静，远远的有一只母鸡叫着，在老槐树上，一只喜鹊拍击着树枝"。接下来是对素姑心理和动作的描写："'早就卸光了'。素姑在心里想，她的头又低下去了。她用一种深绿色的丝线在鞋面上绣一枝竹叶"——这"又低下去了"的头和刺绣的动作，总令人想到凌叔华的《绣枕》里，将全部幸福寄托在绣枕上，也将全部苦楚凝结为"摇了摇头"的动作的大小姐；还使读者想起汪曾祺的《珠子灯》中，听着风筝响、远处的斑鸠叫声度日的孙小姐。这些京派作家不约而同地关注着"这一个""中国的在空闺里憔悴了的少女"的梦想与悲愁，所有难于言表的苦衷和在孤寂被动的长长岁月中慢慢枯萎凋零的生命。

《葛天民》里，生活的凝固和古老令"我们若看不见出生和死亡，我们会相信，十年，二十年，以至五十年，它似乎永远停留在一点上没有变动"，这又与沈从文笔下湘西那千百年来不曾更改的"应付生存的方法与排泄感情的娱乐"，保持着惊人的一致。他们都揭示出多年来，在古老中国毫无变更地迟缓运行着的，几乎都"不用思索"的、古朴却也是刻板的生活规则，以及这一规则之下愚钝凝固的生命轮回和生存循环。

迟缓滞重之外，也还有生命活力得不到正常发泄的庸碌躁动。

看看芦焚笔下扰扰攘攘、无事生非的人们，"总有一种脾气，遇见什么变故，就先把自己弄昏"（《里门拾记·过客》）。他们因此上演了多少可笑却又可悲的活剧！不约而同地，我们会想到废名笔下偷油的四火们，他们同样对鸡飞狗跳的鄙陋生活习以为常，深以为然。但透过这骚乱的民间生活场景，读者也看到由这生活所暴露出来的，所有荒唐与盲目的生命现实。而对这可以代表了中国大多数人的生命现实的洞察，使芦焚和废名在其所共有的戏谐嘲讽中，潜流着深切的悲哀和怜悯。

此外，芦焚和汪曾祺都写到了长久以来为人忽略的生命组成部分——"吃"，并由此观察和考量特定历史条件、生活空间下的人心人性。只是比之汪曾祺的节制素描，芦焚写得热闹且犀利：

"筵宴是整整继续了三日，百顺街也就共餐大嚼三日，远路的姨母也都受了邀请。吃法也的确令人吃惊，屠户将毛都赶不及刮净的猪送到厨房，而厨子也只有功夫请它们去锅里洗一个澡。但一拿到桌上，便什么都不见了，单留着空空的碗盏。为着那些惊人的肠胃，厨子整整三夜不曾合眼，竟把蛋壳同蹄甲都混进了菜汤。客人《水浒传》式的吃着，喝着，刚抹过嘴巴，又是吃着，喝着。生来就为着大嚼的一副肠胃，任怎样也填不满。"

类似的刻画在文本中随处可见，这看来有些魔幻现实主义味道的描写，展开的却是中国乡镇生活真切的现实。透过这吃相，百顺街人们把"吃"作为"生来"唯一要义的现象也就逼真再现出来，这种再现本身写出了当地人们精神上荒漠般的空白。读者面对这由饕餮之相和空白之质构成的生活形态时是会感到无力改变的压抑的。这使小说回荡着某种类似《死水》式的，由于克制压抑而愈显凄厉的悲音，读者甚至会陷入作者诅咒与绝望交织着，却又极力控制着的情感之中，所以朱光潜就说读芦焚的作品，"我们时时觉得在沉闷的气压中，有窒息之苦"①。恰是这沉闷气压和窒息之苦，引领读者深刻体会到百顺街居民生存愚蠢、盲目和动物性的一面，也发现改变其生存状况的无望。

除此而外，在意识结构、精神气质的层面，芦焚和萧乾创作转向之前的代表作中，其小说人物是在世事变迁之外的，时代催生和塑造的人物形象——比如鲁迅笔下如吕纬甫般的现代知识分子或是如茅盾笔下如吴荪甫般的实业家，在其文本中很少见，他们的小说人物或者是思乡的游子，或者是传统忠义思想的坚守者，看来似乎还生活在前现代时期，其实不妨也可以说，芦焚和萧乾小说中的主人公，也恰恰让读者看到了时代复杂多元的一面，同样是 20 世纪 30 年代的中国大地，即便是现代化的进程如战车般长驱直入，进入现代化进程的区域也有早有晚，更何况，在极难改变和改造的人的精神和灵魂的领域，传统意识的影响依然深厚是可能的，加之传统意识的构成本身也是丰富的，影响的结果也就多样：在造就人愚昧的一面时，也可能生成其

---

① 孟实：《〈谷〉和〈落日光〉》，《文学杂志》1937 年第 1 卷第 4 期。

自守执着的另一面。

游子是芦焚小说中常见的主人公形象。《无言者》写的是前线作战死亡之前的魏连德的梦，他的魂魄回到后方的故乡，而在故乡，看到他的妻女被保长掠夺抢劫。因而这个战争中客死他乡的无言者永无归处。《落日光》中出走三十年的二少爷也是如此，他怀着满腔喜悦从沙漠回到故乡，身在故乡却发现故乡的一切已经坍塌，包括亲情，从山上跌落死亡的最后，看到的却是曾走过的沙漠。《果园城》里除了写果园城的种种人事外，不可忽略离开果园城七年又回来的"我"，文中"小作勾留"一语揭示的也正是"我"还会离开这个岑寂的小城。《宝库》也是如此，杜振标回来又出走，是因为他在故乡失地、受辱，再也无法实现下决心回乡时想"用自己的手弄弄泥土"的愿望。可以说，离开故乡后经历的生死与战争未曾改变其对田园和故乡的向往，但回来后，故乡也面目全非，他们因此而成为永远的游子。

义仆形象在传统文学中很常见，芦焚小说《人下人》和《落日光》中就有这两类典型的形象，叉头在主人家当了一辈子奴才，像小说所写，"他年老，咳嗽，又忠实。"主人搬到城里住后，整个庄园都交到叉头身上，忠心耿耿地料理一切事情，即便是他最后觉得自己没用离开庄园前，也花一夜的功夫走到城里，向主人将全部的杂事都交代清楚。《落日光》中的山虬也是如此，他是田长上有历史的长工，哪怕是田庄废园里时常闹鬼，也还是守着已经到城里去的主人遗弃的田庄，离开田庄三十多年的主人的儿子回来也诚心对待，甚至因此遭到掌掴。这类形象的特点是举目无亲，地位虽低却有忠义之士的风度，因为这些忠义之仆的存在，小说中的鸡鸣狗盗之事和亲情淡漠现象才得到凸显，他们在义和利之间对于义的坚持既是古老道德系统肯定的，但同时也是任何时代的社会都需要的。

同样，萧乾也曾写过守着自己的责任和命运的老人，比如《印子车的命运》中的秃刘，相信用自己的力量能挣饭吃，他不在乎高低贵贱，也不需要别人的怜悯，发自内心地认为："拉着人跑又低贱到哪儿去！什么'牛马'，都是你们耍笔杆的吃饱了没得干，瞎编的。我要不把我自己当牛马，谁敢叫我作牛马?"——对这价值观念的自信和行为方式的坚持使别人称他为"牛脖子"，他也因为这"牛脖子"，而在现实中遭到挫败与打击。秃刘的不曾想到让别人怜悯，极易让人想起沅水上那众多流散四方、生死由天，在"耍笔杆"、读"子曰"者看来，只能以与妓女相好这样扭曲的形式安置自己正常的情爱欲求的水手柏子们。柏子虽未若秃刘，能明确意识到"我要不把自己当牛马，谁敢叫我作牛马"，但却也是从来不认为自己的情爱方式和生存方式是扭曲的、低贱的，他们看似"形式"粗野简陋的爱，却也是最豁达、真诚和自然的爱。在这一点上，即坚持自己的行为方式、价值系统而并不在乎别人怎么看上，二者有明显的相通处，这相通处显示出一种可贵的生命的自足性，虽然这自足的实质和来源并不相同：前者更多些理智，后者更多些混沌。

另外，秃刘对自己观念、行为的坚守，还让我们联想到沈从文笔下的湘西老兵会明，他们有着同样有力的、支撑其执拗的天真。而其人格理想、价值观念的不被承认和理解，以及在现实中屡屡碰壁的历史命运，也是极相似的。只不过，秃刘更多抗争精神，而会明们却只是坚守；秃刘活在现实之中，会明们身在此间心却在过去的光荣年代。在会明身上，沈从文追问历史和人的关系；萧乾描写秃刘，最终暴露的是黑暗社会对下层小人物的残酷无情和生存竞争的可怕。李健吾曾指出，"萧乾先生站在弱者群里，这群弱者同样有权利和强者一同生存"①，这评价同样适合沈从文。——两位作家对笔下人物深厚的崇敬与同情，是一致的。

还有，萧乾和沈从文都写过老兵。他们笔下的老兵，均在高大的躯干下藏着一颗善良柔软的心。萧乾的邓山东（《邓山东》）和会明都曾有过荣光的历史，也均因当年的败仗而沦为下层。就像不打仗时，在日光之下忙忙碌碌养鸡的会明，也不乏温柔一样，邓山东如今虽成了做小买卖的底层人物，依然对幼小者充满了怜爱之情，在学生被打板子时能挺身而出，颇重义气地代人受过，即使是这"硬中软"

---

① 刘西渭：《篱下集》，《咀华集》，人民文学出版社 2001 年版，第 57 页。

的心肠，也并不损其传统英雄人物式的勇武气概。而老黄（《花子与老黄》），就忠心为主、质朴憨直这一点看，却也与《灯》中的老兵有几分相似。并且作者写作时流露出的朴素的人道主义气息，也是一致的。

此外，萧乾自赏的《篱下》和《矮檐》，都是通过儿童视角观察成人世界的悲欢离合和世态炎凉，这种视角的采用又让人想到凌叔华。可以说，他们儿童视角的小说，均是写给成人看的。幼时的生活经历给萧乾以如此深重的创伤，他的《篱下》诸篇回荡着难抑的忧悒与悲苦；而凌叔华的小说中，这一视角更多代表或强调的，是一种"看"的方式和"看"的价值标准，儿童天真无邪的稚趣以及热爱生命的挚诚，是凌叔华看重的。当然，他们最根本的一致在于，以少不更事的孩童反衬成人世界的虚伪和丑恶，由之呼唤生命和人性更合理、更美好的存在方式。

"文学的结构模式和叙述模式可以告诉我们的不仅仅是文学自身的东西，而且是心灵的本质与文化的普遍特点。"① 以上通过对萧乾和芦焚与其他京派作家在人物塑造、题材领域以及创作目的的比较亦不难发现，至此，萧乾和芦焚在其创作初期所建立的充满乡土中国意味的题材领域，连同其克制平和、体现温柔敦厚传统诗教的叙事方式以及由此形成含蓄忧郁的文学风格，都让他们与其他京派作家保持着外在和内在的和谐与共鸣。——他们的文学世界所展示的，还是中华民族、人民的生活形态；他们的每一声吟唱，都来自于古老中国的现实，其中凝结着自身的生命体验，表达着对弱小者的深厚同情，因而也就足以拨动读者的心弦，引发绵长不绝的余音。而萧乾和芦焚的小说所反映出的诗学选择机制与深层价值取向，同样显示出与感时忧国的文化思想、文学精神内在的深刻关联。

第三节　新的文学走向

上述的一切，不管是萧乾和芦焚建立起来的文学世界还是其文学

---

① 韩毓海：《锁链上的花环》，时代文艺出版社1993年版，第144页。

精神，都似乎预示着一个良好的、融入京派的开始。然而，"由于艺术个性难能尽合符契，萧乾的文学第一步，以真诚走上京派。而其第二步、第三步，又以同样的真诚走出了京派……他是京派发生变奏，因而作家获得新的生命的典型"① ——杨义先生对于萧乾文学走向的描述，也可以用来概括芦焚的创作变化：作为芦焚文学发展的"第二步、第三步"，犀利的戏谑和讽刺也取代了他先前所独有的凄凉忧郁的回忆笔调。

文学创作的艺术个性和发展走向，应该是作家思想意识、情感结构的外化。时代的感召与潜藏在血液和天性中的感时忧国的古老文学精神的激励，使萧乾和芦焚在其创作的后期，似乎都放弃了原先对于美与诗意的有意追求，试图以更广阔的题材反映社会，用更直接的艺术手段干预社会。这就难怪其艺术个性会与京派的艺术个性"难能尽合符契"。并且应该指出的是，这种难于合拍和"走出"，出自于一种深刻的自我选择，其发生原因与时代巨变有密切关联，而这种选择的后果看来是艺术个性的南辕北辙：即便是相对于他们各自之前的创作，这种由于题材范围的拓展而带来的文学创作的转变，其幅度也是相当巨大的。

在萧乾，这种转变的发生是相当自觉的。1947 年编《创作四试》的合集时，萧乾曾将所收作品分为"象征篇"，"伤感篇"，"战斗篇"和"刻画篇"。划分的方法固然牵强，却能说明其写作倾向。"战斗篇"包括 1934 年的《邮票》，关注的是九·一八，其实这里已经能看到萧乾对东北问题，对帝国主义蹂躏下的中国人的关注，只不过这种关注还很幽深；1935 年末的《栗子》，取材于一二·九抗日运动；《皈依》虽是宗教题材，但却是在"揭露帝国主义文化侵略"② 的宗旨下，从"政治和历史背景看宗教的来历"③，确实都是战斗的篇章。他评价自己的改变："在《栗子》里，我是学习往大圈子里跳了"、

---

① 杨义：《萧乾的小说艺术》，《文学评论》1992 年第 2 期。

② 萧乾：《一个乐观主义者的独白》，《这十年》，重庆出版社 1990 年版，第 443 页。

③ 萧乾：《一本褪色的相册》，《萧乾选集》第 3 卷，四川人民出版社 1984 年版，第 347 页。

"我投进广大的人生里去"① ——宽阔的社会生活与急迫危难的时代脉动峻急地反映在其创作中，他甚至在《皈依》中直接点出，帝国主义者是披着宗教的外衣，要"吸干咱们的血，还想偷咱们的魂儿"——这都是萧乾确立其新的文学选择、文学走向的集中体现。而他创作的目的，也从反封建（如《矮檐》中贪得无厌的腐朽学究、《雨夕》中苦命的被抛弃者）、反宗教（如《蚕》对"神"的无力的揭露）进而推进到反对帝国主义的文化侵略，拯救民族于危亡之中（《邮票》和《栗子》），此外，《道傍》还以矿务局职员的见闻表现贫富和阶级的差别，对阶级问题的关注，在左翼作家那里一直都是一个重要的乃至唯一的选题，因此萧乾对贫富阶层问题的观照，当然来自于一个阶级斗争和民族斗争犬牙交错的复杂历史境遇，显示出一种明显的时代意识。此时，国家、民族，现实的政治斗争等在其小说中也成了显在的、现实的因素，而不仅仅是内在的背景和写作的最终指向。

同样，芦焚的创作也显出新的走势。他回忆，抗战爆发、上海被占领后，自己是"心怀亡国之悲愤牢愁，长期蛰居上海"②。这种悲愤激荡的心理后来在他的创作中得到了抒发和反映。如果说，《果园城记》还能做到沉郁蕴藉地书写着"中国的一切小城"的代表，艺术手法上是"写人写物是中国水墨画的风味，是山水楼阁画的铺排，所取只在其意境和神韵"③；那么在 20 世纪 40 年代中后期，以《结婚》的写作为明显标志，时代的现实磨利了芦焚讽刺的尖刀，《百顺街》中"浮世绘"式的世态讽刺手法得到了长足发展，此后的创作"水陆杂陈蔚然大观而微觉平直与混乱"④；沉郁、克制的诗学格调变成了跌宕起伏的戏剧（如《结婚》）和传奇（如《马兰》）。而胡去恶的洋场历险和马兰的传奇经历，读来也很容易感觉到演义、传奇的

---

① 萧乾：《忧郁者的自白》，《萧乾选集》第 3 卷，四川人民出版社 1984 年版，第 300 页。

② 师陀：《师陀（自述）》，《中国现代文学研究丛刊》1980 年第 2 辑。

③ 杨刚：《里门拾记》，《大公报·文艺》1937 年 6 月 20 日第 351 期。

④ 同上。

悬宕性叙事技巧对芦焚创作的明显影响。

再一个变化就是，《里门拾记》、《果园城记》包括《无望村的馆主》中，时代感或曰时间标识并不明显，我们总是在整体上感觉，小说主人公生活在过去的古老年代中，被岁月和命运拨弄："然而岁月过去了，这些都成了使人惆怅的幻梦。现在回想起来，把十年前和十年后比起来，这好像是一种对于人生的嘲笑，所有的金钱，名誉，骄傲，尊贵，华丽全成空虚"（《无望村的馆主·小引》）。现在不同，或者确切地说，在《马兰》和《结婚》中不同。这两部小说中，芦焚选择了时代性、现实性极强的题材，其主人公的人生悲剧，也有较为清楚的社会根源，而非前期小说中常见的命运弄人。

从题材来看，从前期的表现农村的衰败和凄凉，到后来一变而成为暴露战时都市的光怪陆离与癫狂混乱。读者会在《结婚》中看到上海的现实，那里没有了果园城式的"阳光照耀着的下午，越过无际的苍黄色平野，远处宛如水彩画的墨影，应着车声在慢慢移动"（《果园城》）的宁静悠远，而是"人山人海，龌龊，杂乱，骚扰，谣言，暗杀，掠夺，红尘万丈"，小知识分子胡去恶就在战时上海的十里洋场堕落和毁灭，其小说行文不再疏朗和缓，比如，"钱真是好东西，有了钱便有了快乐，你到处只看见笑，……钱亨向我笑，黄美洲向我笑，老处女也向我笑，大家突然亲密起来，像多年的相好，别怪我浪费，我一出马就得胜，引句俗话：这是开市大吉。我只恨我钱少，赚的不够多；否则，至少是今天，我将把我所遇到的人全请来大醉。"文字上趋向俗白直接、毫无回味，也就根除了小说具有诗意的可能性；句子短促、相似的句式结构反复出现则形成了紧张动荡的节奏，这段文字是胡去恶膨胀的内心世界的写照，同时也与不断被激发的欲望、快速的都市节奏相得益彰。当中某些以怪诞恐怖达到讽刺与警醒目的的异常夸张的情节设置，如黄美洲和老处女的婚事，则是对《百顺街》的延续。

而北平（K城）是一个"住满学生和靠进当铺为生的前代勋旧"的老城，这里，马兰挣扎着、反抗着，"要靠自己的力量谋取幸福"，终于从一个不幸的弱女子成长为独立领兵、纵马深山的传奇人物，马兰反抗的不屈力量、浪漫的气质也似乎投射在小说的整体氛围上，使其具有了之前芦焚创作中希见的明快与生动。

这就难怪尹雪曼震惊于芦焚"思想上的突变"，称，"他的早期作品中，无论是意境，无论是主题，都还保有传统的中国风格，只是文词有软化的倾向。而这一部《结婚》，显然是要走左翼作家的创作路线了！"① ——当然，从某种程度说，这也许又可看作是一种回归：像本章前面提示过的，芦焚在"四·一二"事变后，就被"血淋淋的事实"逼成了"普罗文学的热心读者"，并曾写《请愿正篇》与《请愿外篇》，还参加过反帝大同盟，最早触发他写作《马兰》的，就是这段经历。他还"到工厂宣传"；20 世纪 30 年代给自己定下的"原则"是"决不给国民党官办报刊写文章"②。不管是回归也罢、突变也好，都显示出感时忧国的文学基因潜在的深刻的影响。20 世纪 40 年代后期讽刺的尖刀从纸面刺戳而出其实也不过是将之前曾潜隐的文学基因外化罢了。

无论如何，以京派一贯的题材内容和审美风格来看，萧乾和芦焚表现出的转变、突变或者说回归，都是一种变奏，可以看作是远离京派的开始。但亦未尝不可认为，这也是京派作家在新的（抗战）的历史条件下确立的，新的文学姿态。在此意义上，从更深层次来看，萧乾和芦焚变奏的篇章，实际却是京派与不断变化的时代和历史的协奏。

然而，他们转型的文学实践，结果并不尽如人意。

这首先是，萧乾和芦焚更切近现实政治事件的小说固然开拓了新的题材领域，但以文学的理路看，其文学成就都并不及其前期。为了"投进广大的人生里"，他们都付出了"走开了美的河流"③ 的代价。

---

① 尹雪曼：《师陀与他的果园城》，《师陀研究资料》，北京出版社 1984 年版，第 259 页。

② 参见师陀《两次去北平》，《新文学史料》1988 年第 2 期；《谈〈马兰〉的写成经过》，《百花洲》1982 年第 3 期。

③ 萧乾：《忧郁者的自白》，《萧乾选集》第 3 卷，四川人民出版社 1984 年版，第 300 页。

也许，这是艺术要求和社会要求不能两全的必然结果？

萧乾在 20 世纪 40 年代末就清楚地知道自己 1935、1936 年之后的文学选择意味着什么："从 1936 年由津来沪后，我就有意地往战斗这个方向走。《栗子》一集是我努力的结果。但如今回首一看，最不成器的，还是《昙》《黑与白》《鹏程》等《栗子》集里的几篇东西了，寒伧得我自己也不敢再看一眼"……"批评家可不可以容一些社会与艺术的良心相矛盾的作家，偶尔顺从他的艺术良心写点非战斗性的东西呢？"……"可不可以让艺术与社会良心自己去协调，求平衡，结姻缘"。他还在其中列出"一篇很糊涂的帐"："有些作家刻画或抒情的本事强于战斗。并不是他们对现实满意，有的，甚而写起论文来战斗力十足。不过在文艺创作上，他们的方向更偏于抒情。对这样的作者，批评家是严厉鞭笞呢？是寄以同情呢？"最终，他还是决定"宁可暂放下创作，也不为了表示能战斗而写作。"① ——这些话语、疑惑清晰地表明萧乾出于"艺术的良心"而对文学本体价值的看重与尊崇。但同时，社会责任又是他所看重的，这使他一直都在社会责任（"社会良心"）和文学价值（"艺术良心"）之间徘徊、"矛盾"，没有理清这"很糊涂的帐"，找到能使艺术美感与社会功能成为一个统一体的平衡点或曰黄金分割线。

因此，于 1935 年文学创作转向之后，萧乾在 1938 年后走得更远，干脆"故意去战斗"，转而创作通讯，倒是他自觉不能遵守艺术的创作规律，就干脆放弃文学创作，而用更能将文学性与社会性相统一、自己也更能把握的通讯，去表达他对社会的关怀。他认为在通讯里，他能做到更痛快地暴露黑暗还见得出效果——萧乾实际是以自己对艺术创作的放弃，表达出对艺术本体价值的最高确认。这一取一舍是时势所致，却也反证出他对纯正文学趣味的坚守。

同样，当芦焚不再书写自己对于中原地区乡村和小城镇生活的感悟与悲愁后，读者才发现，他最善于表现的，还是那个凄凉的果园城

---

① 萧乾：《创作四试·前记·战斗篇》，《萧乾选集》第 4 卷，四川人民出版社 1984 年版，第 163、164、165 页。

和那些在生活和命运面前无能为力的人们；更感动读者的，也还是他对"时光的流逝和生命的寂寞"（《看人集·铁匠》）的沉着表达。

在1943年的《〈马兰〉成书后录》中，芦焚虽然自言"我试验了自己"，但还是说，"我疲倦了，纵然书中人物的生活让我亲自尝试一遍，我也不会感到像现在劳苦，我尽了我的力了"①，这种把握新题材的无力感，也许是造成《马兰》的结尾，失于成熟作家不该有的天真的原因？而在《结婚》中，也可看到"诗人力不从心的挣扎"②；并且在《马兰》和《结婚》之后，芦焚也没有艺术水平超乎其上的小说创作面世，他在这两篇小说中试验的一些写作技巧，如《马兰》卷一卷二对马兰的描写和卷三以马兰日记形式与首二卷形成对比，达到内外双重透视的目的；以及《结婚》上卷是剖白内心和观察外界，与下卷第三人称客观叙事，形成对比和讽刺的艺术效果等，也没有得到更纯熟的进一步运用。

从这个角度看来，就作家个体的演变轨迹说，萧乾和芦焚创作上的转向是一个新的开始，但从艺术创作的整体面貌看，若以前期的创作所达到的艺术水平为严格的标尺，尤其表现在小说叙事方面，他们实际却是各自终结了自己的小说创作生涯。

需要特别指出的是，萧乾和芦焚的创作变化，还更直观、更典型地暴露出曾经长期困扰京派的，在"文学"和"政治"之间两难、徘徊的处境。笔者以为，这倒是萧乾和芦焚对于京派所作的最大的贡献。——他们以自身艺术创造的进（题材拓展）退（艺术水准下降）为实例，反证出京派在艰难的徘徊之后所进行的诗学选择的科学性和现代性。

正像前几章中论述过的，京派作家曾从历史的（如凌叔华、沈从文）、哲学的（如废名）各个角度关注生命的生存状态，然而现实的政治题材却始终都是他们较少涉及的。这种规避，有学界此前较多分析到的，对于现实政治的看法不同，对政权政治缺乏信任，对政治成

① 师陀：《〈马兰〉成书后录》，《文学杂志》1943年3月15日第3期。
② 唐湜：《师陀的〈结婚〉》，《文讯》1948年3月15日第8卷第3期。

为屠杀活动的谴责和厌恶（每一个读者都不会忘记，沈从文自幼目睹的政治的内容构成，就是流血和杀人）等等缘由；但决不意味着他们没有政治意识——不涉政治的姿态也是一种政治表态，而大革命后，"沈从文作品中的政治意识逐渐浓厚"①。但总体看来，在紧跟现实这一点上，京派作家还是不及其他流派的作家。

笔者认为，出现这种情形——也有强烈的政治意识，却并不在创作中明显表示出来——的原因是，因为较高的艺术品位，或者说，始终坚持认为，小说叙事和文学创作应当独立于国家、政治、社会等场域而形成自身的纯粹自足的美学空间，他们很可能也遭逢到和萧乾一样的困境，即，还未能在艺术创造和现实政治题材（或者说革命题材）之间，找到那条黄金分割线。在其还找不到以文学的、艺术的方式介入现实的恰当方式时，他们面对现实斗争的态度是既不能进取，那就保持有所不为。

如果说，这"有所不为"在萧乾那里是更极端一些的，对文学的放弃，在京派其他作家这里则是对特定题材领域（比如革命题材）的放弃。而与现实的政治题材相比较，其他题材内容又是他们所熟稔的。更何况作为中西兼通的学者型作家，他们还同凌叔华一样，深刻意识到术业有专攻的重要性，那就是像所有中国文人画画家一般，专精一样，并将其视为艺术家的坦途和正确的道路。同时，疏远现实的斗争风云，却也使京派作家获得了能够"间离"当下的位置，得到看问题更为长远的历史视镜和理智冷静地考察历史社会的机会，能够在更高的历史的、哲学的层面考察生命和人性的存在，使其文学创造和历史哲学具有更为深长的生命力和价值。

然而，现代中国，甚至整个 20 世纪都是一个"非文学的世纪"②。这样一个政治化的年代，"我们不可能真正逃避政治，尽管我

---

① ［美］金介甫：《沈从文传》，符家钦译，湖南文艺出版社 1992 年版，第 99 页。

② 朱晓进等：《非文学的世纪——20 世纪中国文学与政治文化关系史论》，南京师范大学出版社 2004 年版，第 3 页。

们或许试图漠视政治"①。

尤其是在 20 世纪 30 年代特殊的政治文化语境之下，更不可能不涉现实政治。这是当时的"历史场"：政治的、文化的、哲学的本不属于同一领域或层面的问题，在当时的社会背景下完全混合在一起，作家，包括文艺理论家，其实也来不及真正做到把这些混在一起的复杂的概念区分开来，而是采取了现在看来有悖学理的一律对待的态度（当然这有悖学理情况的出现并不违背当时复杂的历史）。于是，"跳出文学圈外看文学，在 30 年代成为一种普遍的视角。文学不再具有独立意义和价值，而只是一种为了成全其他事业、其他工作、其他追求的一种工具和手段，正因为如此，文学的'功用'问题，几乎成了 30 年代文学论争的焦点。"② 这种历史——文学语境会潜在地影响到作家的文学选择，于是就更不难理解笔者在第二章提及的，沈从文对废名的"诙谐"之作给予那么严厉地批评的原因。而京派内部这个小小的事件，也就反映出了时代和政治影响作家的强度和程度——即或是坚持文学独立品格，反对"差不多"，倡导创作个性的沈从文，亦未能免。

也因此，京派小说被当时以及后来许多评论称为思想上的缺憾的原因，就能得到解释——作家和批评者甚至均无法在历史和文学的双重压力下，找到一个可靠的写作和立论的立场，而这个立场又因为历史和文学在现代中国的纠结而永远无法清晰。于是我们也就更能体验京派所处的两难境地，也更能理解，他们的放弃，其实出于对文学本体的坚持。在他们放弃之时，就清醒地知道自己放弃的代价。当然，对于处在当时"历史场"中的京派小说家，放弃也是一种"两害"相权取其轻的选择。

可落实到具体的文学实践，对于已经习惯了"铁肩担道义"，甚至把自己和国家划一个等号的中国文人来说，仍然会相当艰难。萧乾

---

① ［美］罗伯特·A. 达尔：《现代政治分析》，王沪宁译，上海译文出版社 1987 年版，第 5 页。

② 朱晓进等：《非文学的世纪——20 世纪中国文学与政治文化关系史论》，南京师范大学出版社 2004 年版，第 119 页。

的放弃，就是明证。但笔者以为，即或艰难，处理文学和政治的关系时更为现代的、科学的方式也应该是，自信自己作为文学家而非政治家、社会活动家的专长，保持艺术所需的足够距离看待、反思时世，以一种作为作家来说更为专业的审美方式介入无法回避的政治。而这也正是京派作家在艰难之中做出的，现在看来更合乎历史理性也合乎文学规律的抉择。

应该强调的是，"放弃"，只是相对于成为当时文学主潮的阶级斗争题材而言。在京派的创作中，"政治"和"历史"其实一直都是不可或缺的维度，只是要看不同时代的研究者如何去定义"政治"和"历史"。正如本书第一章追问的，评价凌叔华逸出时代，要看在那个维度上定义"时代"。若取较长远的历史眼光而非现实的要求，京派小说家们所选择的"政治"和"历史"，其实具有更为普泛的人类性的价值。对于人类发展而言，意义深远。正是这种人类性的价值的在场，使京派小说能走向世界。

第四节　感时忧世与文学选择

上文分析了作为京派作家与中国传统文学的再一种结缘方式，萧乾和芦焚的文学走向与京派整体的创作之间具有的协奏和变奏关系，以及在更深层次上发生的与历史之间的变奏和协奏的联系形态。

但笔者以为，他们的创作面貌所揭示的，更为深层也更为典型的意义却在于其暴露出的，如何处理文学与政治的关系问题。而这叩问的，还是"文以载道"的诗学观念在诗学实践中该如何落实的老问题。

不管是从萧乾和芦焚的创作转折看，还是其他京派作家处理文学和政治的关系的方式看（比如我们分析过的，沈从文的放弃、凌叔华的另觅角度，汪曾祺的充满智慧及废名的率真坦荡），京派作家实际上也是非常重视政治文化这一维度的。这种重视虽然并不表现为直接采用相关题材，但正是这规避与放弃，揭示出他们对待这一问题时，相当谨慎、细致的态度。这种谨慎，当然主要是来自于他们对文学本体的坚持。但同时，这又未尝不是对政治的看重?！因为他们秉承了中国文人感时忧国的文学精神和心理传统，始终还是在寻找恰切的，能够与社会生活进行"文学"的、审美的联结的诗学方式，以期艺术地实现其对于民族灵魂重建的目标。我们可以说，这个目标是艺术的或是文化的，但同时难道不又是政治的吗?

　　这里，写作行为和现实生活、社会政治问题之间的关系，似乎再一次以相当复杂的关系形态缠绕着我们，阻止我们做出分明的判断，而要求辨别其中包含着的复杂性。一个事实是，为了实现民族品德重建的目标，京派作家如此认真也如此执着地强调文学的独立精神，这就必然会在20世纪30年代的中国现实环境中，包括文坛格局中，与以"政治"为名的文学激进力量，形成距离乃至对抗态势，因而，在一定程度上，他们对于文学的独立诉求，在现实生活当中，也成为一种政治主张。对京派作家的文学主张，研究者也就不能单纯从诗学的角度进行考量。但问题的复杂性在于，京派作家强调独立最终还是为了介入。在此意义上，重视文学社会功用和介入性质的文学主张和京派作家强调文学自身特性的文学诉求，在20世纪30年代的环境中，很可能是一个问题的不同方面。

　　因而，京派作家的创作及其变奏，以及其中包含着的许多复杂因素也就暗示出，即使是京派作家所强调的文学的独立性，也并不会必然地涉及文学应该紧密，还是疏离社会现实问题，即，问题不在于文学是否反映社会问题和政治问题，关键在于，创作主体如何与社会生活建立文学的联结方式，并且在此前提下，以恰切的写作方式，表现政治问题。笔者曾在导论中谈到，"怎么写"是区别作家创作特性的重要指标，这里，处理文学和政治的关系时，作家（包括批评家）应该跨过题材是不是政治性的、是否重大等问题，更多在诗学的层面上考虑，怎么反映政治性的题材。

　　那么，需要进一步思考的再一个问题便是，京派以"文学"为名的小说创作，是否就一定会比以"政治"为名的文学创作离"政治"更远？这个提问不仅仅是要强调，京派小说也不乏指涉现实的题材。如果以京派小说和社会剖析派小说为例比较，似乎就不能得出前者不及后者的结论。比如，我们只取一点，凌叔华在小说中刻画旧式闺秀们被历史抛弃的命运，"萧乾先生站在弱者群里，这群弱者同样有权利和强者一同生存"，他们都着眼于为前进的时代所忽略、所拨弄甚或是所践踏的人群，提醒人们，社会的进步同样也应该给这些边缘者、弱者以过上好生活的希望。就这一吁求本身看，他们和许多左翼作家创作的小说中常见的，期待着改变自己被压迫的生活处境的文学渴望，在其形式上是一致的，都是一种对合理的、美好的生活的向往。

也许区别就在于，艺术手法一隐一显；他们各自的小说所提供的，引导人们改造社会的途径也不尽相同。而在更高的意义上，京派和左翼小说中都不乏对未来中国的文学想象，这又都继承了或曰回归了中国文学中之感时忧国的文学精神，这使得我们对于京派和左翼作家何者离政治近的比较本身就不能成立。

另外，还有一个重要的问题是，对于 20 世纪 30 年代的作家而言，他们面对的是一个异常复杂的政治和时代的概念，包括民族矛盾、阶级矛盾在内，与其相关的问题都可以被归于时代性、政治性的题材中。

因此，这里还需要强调的是萧乾那部分被归于宗教题材小说的现实意义和时代性。固然，这些小说并未将笔触集中于阶级冲突和民族战争，而在 20 世纪 30 年代，探索中国社会前途、革命道路、时代特征、阶级关系，表现青年、知识分子、农民等不同阶层的人们对人生道路的选择成为当时作家们热衷的选题，在此背景下，包括在以后的很长时间内，作家甚至包括批评家甚至会把作品是否指明或暗示出正确的人生方向作为创作的最终目的，并进而将其作为衡量作品价值大小、好坏的主要依据。但是，如果不仅仅执着于对本国阶级矛盾的关注而能把现代时期的中国问题放在更大的格局中看，譬如，放在现代世界的政治经济一体化的格局中来观察，就会发现萧乾在这些"宗教题材"小说中所提出的问题同样与现代中国的现实相关：这是因为，"在中国，帝国主义渗透的过程显得相当复杂而矛盾，它将传统的侵略动机，可靠的技术转让与一种更注重于政治、思想和文化渗透的意向糅合在一起，它构成了现代中国的生存条件。在此意义上，它与中国的关系将影响中国一切问题及其解决。"①——这样的历史事实决定了，要建立现代的民族国家，摆脱帝国主义对中国政治经济的直接的、隐在的控制就成了必须面对和解决的问题。而帝国主义直接的政治经济侵略更容易被人们察觉（这在茅盾、叶圣陶等作家的小说中已多有涉及），那些在精神层面的收买和控制——这种控制在近现代中国尤其是以传教的方式、宗教控制的方式而实现，因其运作手法隐蔽、渗透缓慢绵长而常为人所忽略，但其后果和危害同样深重：例如，近代以降，美国传教士就"标榜反对英国炮舰政策来取得清政府的好感，同时利用基督教宣传来灌输美国式的'文明'，企图从精神上解除中国人民的武装"②，正像萧乾在《皈依》当中所描写的"救世军"收买人心，就是用基督教的信仰去贯彻其在华的政治经济利益——而这就是萧乾从"政治和历史背景看宗教的来历"的所有理由。只是，19世纪末至20世纪上半叶的中国正处在政权不断更迭、新旧力量频繁较量、阶级矛盾异常突出的多事之秋，可以说，中央集权的王朝统治机构衰落的趋势、半殖民地化过程、革命化过程和现代化过程纠结在同一个历史时空中，解决这一根本问题反而显得不那么急迫，但低估了帝国主义对中国事务的控制与干涉的深度，却不可能解决国内的诸多问题。因此，对这种现象的关注，同样反映出萧乾在关注20世纪30年代的作家们普遍关注的"中国该向何处去"这一时代意识，只不过他与左翼作家行进的路向不同，但其意义绝不可小视。

那么，接下来不妨假设，"文学"和"政治"的关系，是否不像我们想象得那般紧张和对立？是否因为作家和理论家都太急功近利，从而人为地窄化了"历史"、"政治"和"文学"等这些本该具有更宽泛的内涵和外延的概念，只以特定历史时段的特定要求去定义它们？也许是作家和批评家窄化了政治的含义，将其进行了意义置换，

---

① 张汝伦：《现代中国思想研究》，上海人民出版社2001年版，第217页。
② 翦伯赞：《中国史纲要》，下册，人民出版社2001年版，第359页。

只限定为现实的阶级斗争，同时，文学又不切实际地担负了过多的政治的责任，将本来是历史对于革命家的要求也负荷在自己身上，同样功利化地要求文学本该缓慢发生的教育作用去立见成效，从而既未能按文学的规律办事，也没有考虑到历史的长远的、真正的要求？也许，文学创作本来就不可能用来解决现实的包括革命的问题，它只应该是一种提问和提问的姿态？也许这种认识，才更合乎历史理性，也合于文学本质？那么，如此说来，文学对"政治"的真正影响，永远都应是后设的、长远的？

京派作家处理文学与政治的关系时的特点，也正是上述诸多假设的答案。倘若其能够成立，那么，京派的文学形态和他们处理文学与政治的关系的方式，就不仅是合理的，更应该是提供了有益的经验的。因为，在当代中国文学中，不管是现实写作还是文学历史研究，政治都依然无可回避且仍是极具影响力的文化内容。如何建构文学和政治的结缘方式，如何对各种结缘方式做出正确科学的评价，仍然是没有完全得到合理解决甚至是纠缠不清的问题。这也正是京派作家的选择和放弃中仍然具有现实的意义的原因。

结　　论

　　本书前述每一章得出的基本结论，如凌叔华的小说与中国文人画共有着抽象的抒情的特征；废名的创作是对魏晋文学精神的现代激扬；沈从文与传奇皆具传"生命之奇"的精神核体；汪曾祺与笔记同归于对万物作有情观看的人文情怀等，对于当代中国作家如何在全球化的浪潮下，寻找、挖掘并强化自己独有的文化特质，创造真正具有民族性和世界性的文学作品，仍具深长的启示意义。

　　同时，京派作家所共有的，构成观念层次的对于世界人生的态度，还有他们在介入所要表达的人生内容时表现出来的既具个人性，又具深层的文学普遍性的诗学方式和艺术能力，不断牵引出我们对古代、现代和当代中国文学更多向的理解、思考和追问。

　　学贯中西的京派作家面对着的无疑是一个广阔的世界和人生，可以纳入他们文学视野的人生内容，宽阔而丰富。但不约而同的是京派作家却都对游离于社会的边缘者，处于社会底层的弱者，给予了极大的关注和同情。比如，凌叔华在历史非线性发展的复调结构中，省察理论主张和实际生活的错位和悖谬，发现生活在时代新潮与固有传统夹缝中的旧式人物，像太太、姨太太、大小姐等被压抑的情思，关怀她们反而更为艰难的生活处境和她们的心灵所受到的挤压和伤害。在废名塑造的李妈、三姑娘和阿毛等形象中，寄寓着他对弱小者深刻的理解，"作者从这些平凡的、甚至微不足道的小事里，挖掘着下层人民心地的善良"，阅读这些小说时，读者也"更贴近了小说中人物的灵魂。在这种贴近中，一种强烈的要求从我们心里升起：这些善良的

'小人物'，应该享有一种远较现状要好的命运！"① 而沈从文挖掘湘西农人和士兵坚忍执着的生命意志，甚至从中见出"神性"，由此表达他对生命和人性本质的体认，但他却也无时无刻不怀有对这些努力生活的小人物被拨弄、受挤压的人生命运的苍凉心痛与持久焦灼。另外，触发汪曾祺"向往和惊奇"的写作冲动的，也是这些社会底层人物的自足和欢乐。李健吾谓，"萧乾先生站在弱者群里，这群弱者同样有权利和强者一同生存"，也正是指出了京派作家的情感取向和题材内容。

　　评价他们建立的文学世界时，文学史一般这样认为：京派作家是要从这些下层人物身上发掘人情、人性的美好，通过认同这些传统的和民间的道德，重新厘定人生。本书以为，这固然可以作为京派作家书写弱者的一个重要原因，但这种解释，还是过多强调了文学的功利化因素。京派作家创作的出发点，应该是以一种"站在弱者群里"的、真正平等的地位和心态，凝神关注人的生存现状，尤其是弱者的生存现状。他们的创作显然未取 20 世纪 20 年代作家，或曰五四一代作家作品中常见的居高临下的启蒙与号召的凌厉姿态，但却吸纳其平等博爱的人本主义思想，分别在 20 世纪 30 年代和 20 世纪 80 年代，显示出人道主义思潮绵长的生命力。

　　可以说，这种观照地位的平等且为笔下人物伸张平等美好生活的人文情怀，使他们重新发现了哺育这些化外乡民的乡土文化遗产和传统道德观念的内在价值，也发现了由于现代化在被片面的、断章取义地误用，而对人所产生的挤压甚或是异化作用。这一点，在沈从文身上表现得最为明显。而这种人文情怀，也使他们更多去关注更为普遍、日常的生存境遇，深掘其中蕴含着的精神、情思甚至是美感（如汪曾祺）。无疑，这些人生内容，在任何一个种族、时代或是地域中，是都会广泛存在的。这使京派作家的创作反映的不只是乡土中国的人生形态，更具有普遍的、人类性的意义。

　　并且，京派作家对日常人事的关注，是以社会发展、时代变化和

———————————

① 凌宇：《从〈桃园〉看废名艺术风格的得失》，《十月》1981 年第 1 期。

生活全景作为写作的基本视阈的，这不仅有可能让他们在横向上发现被其他写作者忽视或遗忘的题材盲区，而且因为能从历史发展的大处着眼，京派作家就能将丰富的、多方面的时代信息概括在他们所反映的人生内容中，从而在芥微小事中蕴含更多的、可被发掘的意义层面。就像本书第一章分析过的，凌叔华不仅以内经验的视角和"他者"的立场洞察琐屑生活中包含着的中国女性的生存现实，也从历史发展的纵轴比对出了中国女性的历史宿命。沈从文的传奇，就是在那些最为原始浪漫的《龙朱》《月下小景》中，都或明或暗地谴责着构成人性本来的各个侧面在当时失落、不存的历史现实，针对着中国现代转型中的内在矛盾和历史困境。即使是《桥》中建立的乌托邦，也是对现实的批判，对某种理想的价值指向的确立。而对于小林和琴子父母的悲剧，废名总是欲言又止，这也暗示出这乌托邦背后隐匿着的更多真实和惨痛的历史，这使小林们抒发的对于宇宙人生的观感，成为饱经风霜的成人沧桑，而决非无愁少年的强说愁。《桥》因而深邃耐读。汪曾祺写"旧社会也不是没有的欢乐"，这否定之否定中，其实也隐伏着对十七年文艺创作中存在的某些歧途的矫正。而他小说中张扬的小英子和小和尚爱情的健康自然，包括《聊斋新义·双灯》中"女郎"在情爱上的自主自由，都写的不仅仅只是小儿女的爱怨故事，更包含着对历史和现实生活中普遍存在的不同阶层女性，比如女学生高雪、闺秀孙小姐、泼妇申元镇媳妇等极为相似的情爱状态的广泛的洞察和深刻的悲悯。因其广博深远的底蕴，汪曾祺"短、散、淡"的小说，散是内敛后的发散；似乎不置可否的淡，是点到为止，是把评判的权利交给读者。这一切决定了，当读者以文本中含藏的时间之流和生活全景作为背景，看待京派作家小说中的细节和矛盾时，都将引发他们更深长的思考和回味。

这里所归纳的，由京派小说的人生内容所折射出的作家们对于世界人生的观念与态度，比如温暖的人性关怀，同情关注弱者，创作时深广的历史——人生视镜，是当下的文学创作，尤其应该借鉴的。

人文情怀和同情关注弱者在一定程度上是不可分开、互为表里的。它们要求创作者面对世界包括笔下的人物时，具备平等的意识和宽广悲悯的心灵。笔者以为，这是当代许多作家所匮乏的。尤其是，我们似乎很难在时下的创作中，见到对弱者艰难生存境况的揭示，更不用说对他们所思所想所感的用心谛视。这个本不该有的空白被"官场"、"商场"和"情场"所占据，许多作家都热衷于去赞美、描绘金钱和物欲以及这一切的拥有者成功人士。但是，相对于强势的成功人士，总有为具体的金钱和物欲以及更为宽泛的时代文化所挤压的弱者的存在。这些普通人和弱者应该是一个社会当中，尤其是今天的中国社会当中的绝对的大多数。同时，这其实也是一个古今中外都会存在的、具有规律性的现象，即，在每一个转型时期，都总会有相对弱势的群体出现，他们为转型社会所带出的更多的新问题而不安，而转型给他们带来的冲击的幅度是最大的，他们受播弄的程度也是最深的。又因其弱势，他们的吁求往往无法发出。对他们境遇、心理和情感的书写，应该是每个作家的责任。更重要的是，就像京派作家所做的那样，书写弱者的生活内容，并由这个过程写出人性的高贵和神圣，同样也能在对中国问题的探究中，带出对人类普遍问题的关注，从而使自己的创作在充满民族性的同时，又具世界性。并且其意义还在于，当前，中国社会仍然处于现代转型的历史过程中，关注其中的弱者，依然具有现实性。

许多择取社会历史题材的作家在写作时能够意识到，要在文本中架构深广的历史——人生视镜。这也是惯于写"史诗"的中国作家所擅长的。但是，在表现平凡琐屑的日常生活中的幸福和忧伤时，就少有作家能意识到，也应将这些人生内容放在世界整体、生活全景中去认识、去分析，从而发掘在平淡生活中蕴含的严肃的悲剧。

不难看到，这一视镜的缺席，使许多表现日常生活的作品，比如20世纪90年代初出现的淡化价值立场的新写实小说和之后一些更具个人性的、背对社会的女性小说（如陈染、林白的创作），或者成为鄙俗的原生态生活的展览，或者成为幽闭的私语。而20世纪末70年代出生的一些作家小说中表现的尖叫、疯狂和堕落的生命形态，也因为缺乏这一视镜而显得莫名其妙。并且，这些曾经以现代性甚至是后现代性为名的文学创作，因其底质单薄，也很难令读者像阅读京派小说一样，从中提升出健康明亮的美学趣味，引发更为深远的人生思考。

今天，当我们现实的人生内容中渐渐远离了革命，大众日常生活更多进入作家们的审美活动、文学视野时，京派作家观照日常生活和日常生活状态下人的生存境况时所采取的理性态度和朴素热烈的人文情怀，仍然值得当下的作家借鉴。惟其如此，当代中国文学才能表现出真正中国的历史和现实。

这里进一步的追问是，京派作家创作中昭示出的，对于社会、历史与普遍人生内容的多向思考，其实也启示作家和评论家们，在现代中国的语境下，除了"革命"之外，还有同样重要的其他文学内容，值得去表现。如像京派作家一直关注的，人和历史的错位关系，日常生活境遇等等，这些文学（文化）命题其实和"革命"一样，切实地影响着中国人的生存状态。毋庸置疑，当"革命"成为一个时代的关键词、并成为文学的焦点时，它必然会掀起文学创作的时代主潮，作家们投入到主流文学创作中无可厚非。但是，作为社会反思者和人性观察者的作家，其实同样应该保留一份清醒和独立，去观照在"革命"的焦点和强光之外的黑暗角落中，暗暗受苦、悄悄生死的普通民众。因为显然，强光照亮的，永远都只是黑暗中的某个部分而决非整体。在此意义上，很难绝对地认定，革命和革命之外的普通生活内容，哪个是常数，哪个是变数。更何况，任何事物的存在，都是相对的、也是辩证的。这不仅让我们质疑何者为主流、何者为重大题材的提法，也让我们肯定，京派作家通过对普通的、日常事件的挖掘，展示生活的严肃的悲剧性，提供有价值的人生思考，有可能更接近于真正的、广大的人生。因此，革命之外的其他生活部分，在其深度和广度上，同样值得作家去观照。无论是革命题材还是日常生活题材，像本书反复谈到的，问题的关键在于，怎么去处理题材。在此意义上，笔者并不认为长于小说艺术的京派小说是左翼创作的补充，从更长远的历史视镜看，它们在中国文学中，也应该是支柱，是构成力量。

除了深切忧思"中国问题"和深刻体察人生的普遍内容，京派作家以现代眼光创造性地转化传统，在证明传统之中蕴藏的无限可能性的同时，扩大了小说形式的包容，这是他们对于中国文学最为重要的意义。

京派作家对小说版图的扩大；他们跨文体甚至是跨媒介（如凌叔华）的形式试验；他们对既定的文学批评标准的质疑（如前几章论述到的沈从文质问"真"与"不真"，汪曾祺反对"淡化情节"的评价）；都是为发展流变当中的现代中国文学增添了新质。可以说，"就它的变看去，即或不能代表成就已经'大'，然而却可说它范围渐渐'宽'。"①——在他们对文学发展可能性的严肃探寻中，即便是为读者提供的一些相当极端的诗学状态（比如废名的《桥》利用联想和想象创造接龙游戏般跳脱滑翔、不断衍生的艺术意境），也能让读者领略到全新的美感体验，并让人们发现，那种几乎完全脱离了"故事"的极端的小说写作状态，也有其动人之处。同时，沈从文（如《月下小景》）、汪曾祺（如《聊斋新义》），则都曾以"故事新编"的手法实验为古老故事注入现代意识的可能性。而汪曾祺在写作《桥边小说三篇》时，也有明确的"对'小说'这个概念进行一次冲决"②的写作预设。因此，哪怕是他们挑战文学边界和自身极限的挫败，都应该受到研究者足够的关注和重视。因为这里有相当自觉的创新意识。

而且，还因为这种探寻以文学传统为依托，京派作家的文学实践实际上就联系着文学发展的过去和未来。

沈从文曾经谈及，虽然报刊上常见"民族精神"，"可是中华民族精神，在时间上有连续性，在历史上起大作用，在当前抗战、明日建国两件事上且具有种种可能发挥的伟大力量，是些什么？说到它的却似乎并不多。因此民族精神这个名词，转成坚实勤俭行为，表面上好像极具体，实在很空泛。固有'精神'有些什么东西，值得发扬、

---

① 沈从文：《关于看不懂》，《沈从文文集》第12卷，花城出版社、香港三联书店1984年版，第336、337页。

② 汪曾祺：《〈桥边小说三篇〉后记》，《汪曾祺全集》第3卷，北京师范大学出版社1998年版，第462页。

恢复、光大倒不曾提及。"① 其实，这种尴尬在今天传统文化的承传过程中，仍然触目地存在着。

同沈从文举隅的"民族精神"相类似，传统文学（文化）也是目前谈论极多的议题。但能详尽指认出传统文学构成的具体内容，并以写作行为切实地发扬光大这些内容的作家却并不多。并且同"民族精神"一样，传统文化也不是一个空泛的概念，像古代作家在不同时期创作的传奇、笔记、文人画以及由之形成的文学传统、文学精神，就是其载体和依托。而京派作家的创作的意义就在于，为我们清晰地再现出这些载体及附于其上的文学精神的具体状貌和基本要素，使我们"对于中国新文学的过去现在，得到一个多方面的认识。且从这种认识上，再得到一个'未来可能是什么'的结论"②。

谓京派作家的创作也指向未来，是因为他们极具古典气息的小说创制向读者展示了作为我们的血统、根系和土壤的传统文学的丰富性和其中蕴藏着的无限可能，这必将利于当代中国文学"走向世界"。这些作品首先可以帮助后来者廓清自身对于传统文学的文化认知。这重作用看来基础，意义却不小。因为显然，文化认知的模糊，必然会导致在文化认同时，由于认知的不确定，而对自己的传统文学（文化）在态度上游离、暧昧。既然对本国文学（文化）都不能清楚认知也无法做到真正认同，也就无从谈到在比较中了解和欣赏"他者"文化，张扬强化自身的文化，进而实现真正意义上的文化参与。

因此，完全可以用沈从文对新文学作者的历史功过的分析，评价京派作家对中国文学的意义："这些渐渐的能在文字上创造风格的作者，对于中国新文学的贡献，倒是功大过小。它的功就是把写作范围展宽，不特在各种人事上摆脱拘束性，且在文体上也是供有天才的作

---

① 沈从文：《一种态度》，《沈从文文集》第 12 卷，花城出版社、香港三联书店 1984 年版，第 358 页。

② 沈从文：《关于看不懂》，《沈从文文集》第 12 卷，花城出版社、香港三联书店 1984 年版，第 336 页。

家自由发展的机会。这自由发展，当然就孕育了一个‘进步’的种子。"① 我们也可以借用布斯那个有名的比喻，进一步阐明其意义：京派作家以更开阔的思维和眼光，以固有传统为基础，增加了小说形式的弹性，将小说形式这个"针线筐"做得更大，让后来者在创作适合现代人审美趣味的作品时，有了式样更多的"线"可以用。

此外，京派作家的诗学实践，还触及文学创作中的许多元问题。

譬如，凌叔华小说中的写意抒情精神，就似疏淡实远引，是以简寓繁，择取最少的凭借最有效地传情达意的古典美学精髓的体现。在处理"道"与"艺"的关系时，废名试验了并不依托形象和情节，而多以玄想和议论张扬哲思的可能；也以非严肃精神解构着传统诗学的沉重虔敬；还将中国诗学中的古老问题，言意之辨，以相当极端的诗学形式推到现代中国文学的前台，这极端之中，折射的同样是作家创作中的普遍问题。沈从文借由奇瑰的想象力探索深层的民族本质和种族精魂构成，他小说中恣肆的又是具有超越性的想象力和奇幻的故事，无疑是文学创作的持久动力，对于今天惯于摹写和再现的现实主义文学，仍有可资借鉴的意义。汪曾祺照亮了笔记传统，更温暖诗意地照亮了革命和政治之外更广大的草木虫鱼和日常生活，令当代文学重新思考文学在言说世界时，完全可以拥有的更多的题材内容和情感表达方式。而萧乾和芦焚创作上的变奏，更是将一直缠绕中国文学的，如何处理文学和政治之间的关系的问题暴露出来……这一切都提示我们，这些经由京派作家的创作带出的传统因素中，包含着影响、支配中国文学，甚至是文学发展的某些真正的元素。而这些传统文学的精华部分，更是一些能够被不断利用、转化，服务于今天的文艺和文学创作的根本性因素。这些是每一个从事文学创作或批评的后来者都应该给予格外注意的。

当然，京派作家对传统进行创造性转化时，也暴露出传统和创新之间的某些深层矛盾。并由之引带出文学创作和研究中某些不易克服

---

① 沈从文：《关于看不懂》，《沈从文文集》第 12 卷，花城出版社、香港三联书店 1984 年版，第 337 页。

的老问题。

比如，任何作家在面对传统时都可能发现，文学传统的某些内在规定性一方面在新的历史条件下显露出其不合时宜的弊端；另外，也会对进行现代转换的创作主体的能动性的自由发挥构成某种制约。

一般来说，前者可能是具有现代意识的作家们更易发现并不断努力摆脱其束缚的。比如本书详细论证过的，在沈从文创作的后期，就呈现猎奇意味渐淡、理性思考趋浓的总体写作走势，审美风格也日益平淡自然，"传奇不奇"的小说创作关注的就不是神仙鬼怪和诡异故事；汪曾祺警觉于笔记搜奇猎异的稗习而将其转换为对百汇万物的有情观看和人文关怀；废名后期创作带有"谈话风"的特点，也在一定程度上克服了魏晋文学中常见的谈玄说理的玄奥。

但问题是后者。事情的复杂性在于，当某种文学传统被作家接纳、涵化后，它也会在作家身上形成某种具有稳定性的思维和情感模式，或者在意识层面或者在潜意识层面，决定作家创作的走向。这种稳定性，在其积极的意义上是一种内在的韧力，某种文学传统能延续千年而文脉不断，与其追求稳定性的趋向是大有干系的；但在其消极的意义上，它也可能转化成一种惰性和凝固性，使作家的风格在形成之后就很难超越自身。在凌叔华、沈从文身上，这种凝固性就对作家进一步的创作构成了妨碍。这一点，是我们今天在面对传统时需要特别注意的，即，要在文学传统面前保持创作者的主体性。

除了传统内在的规定性，其自身某些难以克服的局限性，也是作家在创作时应该特别注意的。无视这种局限性，同样不能真正实现对传统的创造性转换。汪曾祺的《聊斋新义》在一定程度上就是一个并不成功的、要逾越"笔记"无法逾越的局限性和边界的例子。而废名对抽象玄思的执迷，也放大了它们不易理解、难于捕捉和不具通约性等局限，使之成为缺陷。

另外，京派作家对文学传统的涵化，也出于他们对文学传统外化为叙事模式时，在引导读者时所具有的"先天"的优势有明确指认，比如，沈从文就意识到听故事的传统在中国民众中还保存完好，可以利用其"代经典"，重造国民灵魂。因而，作家面对传统时，应对其先天的局限和优势都有清醒的认识。转化传统的结果，应该是革新后的传统既能获得当下读者的认同，又不失其纯正性，不管是在思想内容层面还是形式技巧层面。

因此，在如何处理文学传统和文学创新之间关系的问题上，京派作家给我们的启示是，作家应对传统有明确的认识，在尊重传统的前提下，以并不因循守旧的开放眼光利用和转换无法褪去的、内在于自身的传统，以更好地表现发展变化了的生活。同时，又能不为传统所局限，获得能够驾驭传统的主体性和超越地位。这种超越地位的获得，应该经过"一个多元的开放性过程——对中国传统与西方，两面均予以开放的过程"①。京派"由西而中"的治学、创作经历和他们极具古典气息的小说，即是对这个过程的最好注解，而这也启示着我们，继承和转化中国的传统文学，必须有一个更高的、现代的理论基础，否则只会局限于传统之中，徘徊不前。

综合上文不难看出，在现代中国文学史上，京派作家整体的以看似"追根返祖"的古典文学形态，切实地推动了20世纪30年代文学的长足发展。本书描述论证京派作家重新发现和转化传统的文学活动，既不断证明着本书立论基础的坚实性和可信度，即，文学的发展是一个具有内在连续性的、似断实续的历史演变过程。同时又更揭示出，文学延续、演替和发展的"时间"，是一个与历史更迭时间并不一致的文学史、文化史时间，比如，文人画、魏晋文学、传奇和笔记等传统的基本要素在现当代文学发展的过程中又能重新浮出历史地表，这中间相隔的历史时空，比我们以"断代"的形式想象的时间周期要长得多。这漫长的文学史时间更启示我们，还没有能够站在整个中国文学发展的历史长流中远望和反顾，就轻易论断某种文学传统的消失和发生断裂，既不科学也不符合文学运行的历史实际。

而传统能与另一个时期的现实创作发生共鸣或在其中产生嗣响，也并不偶然，而是有其自身的运行规律和决定因素。以京派作家为

---

① 林毓生：《创造性转化的再思与再认》，王元化主编《学术集林》第6卷，上海远东出版社1995年版，第197页。

例，可大致归纳为以下内容。

这首先是作家自身的文化修养。作家在文化人格建构的过程中，来自典籍层面和非典籍层面的共同作用，会使特定的文学传统对其产生明显影响，从而决定作家的美学趣味和思想倾向。

更重要的却是以下内、外因素。比如，两者可能有相似的生命体验。像凌叔华和中国文人画家，均经验到生命个体压抑性存在的、又因生不逢时而无法言表的巨大悲哀，这使两者在表现内容（压抑性情思）和表达技巧（内抑制性、幽逸）上，形成同构关系。

还有可能是相似的社会历史背景。像废名和魏晋作家，共同面对着时代的混乱与黑暗下命如草芥的生命现实，也同样有着寻求超越时代、解脱人生苦难的生命需要，这使他们的共鸣成为某种必然。

也有可能是文学发展和文化发展陷入某种困境时，作家顺应了文学和文化谋求走出困境、向前发展的内在要求。如沈从文写传奇，就是试图用自己有关真善美的价值尺度，建立起具有神性的人性样本，以应对 20 世纪 30 年代，现代化进入乡土中国又被误植后产生的道德下降，爱、欲、死等人性基本品格丧失的文化困境。汪曾祺的笔记体小说，一方面有引导人们重建某些价值基线的文化作用；另一方面也是回应了"读者对于缺乏诚意的、浮华俗艳的小说的反感"的文学期待，因为"笔记小说所贵的是诚恳、亲切、平易、朴实"①。

还不能遗忘的是时代的召唤。比如萧乾和芦焚创作的转向，就是时代激发了中国人感时忧国的心理传统。当然，在更宽泛意义上，上述相似的社会背景，文学内在要求，又都可视为时代的不同侧面。

正是这些相当复杂的生命体验，社会背景，文化、文学内在需要，时代的召唤等等因素，或单独或综合地作用在作家身上，又通过作家的具体创作，带动着中国文学这个巨大的文学系统内部各种文学元素的此消彼长的位置调整与变动。而这些因素，都可能作为潜在的积极因素，敦促后人以"和而不同"的方式，于一个特定时期，在

———————

① 汪曾祺：《读一本新笔记体小说》，《汪曾祺全集》第 4 卷，北京师范大学出版社 1998 年版，第 454 页。

主题意蕴、艺术构思手段、内容情节构成等方面，生气勃勃地继承传统文学的精髓，推动文学的向前发展。

而今天，当"全球化"已经是一个不可避免的事实，任何排斥回避行为都只能是一厢情愿时，在一定意义上，它完全可以是一种"积极因素"和契机，促使中国作家全面地体认和尊重自身的传统文学，把握其运行时间和运行规律，真正创造具有民族性和世界意义的文学作品，从而带动中国文学在整体上强化自身独有特质，并引领 21 世纪的中国文学真正走向世界。惟其如此，今天的中国文学才能像 20 世纪 30 年代的京派小说一样，肩负起传统赋予我们的庄严使命，即，在承受传统文学所赠予的厚礼时，还能有所回馈和报答，保证文学传统的延续更新，并以足够强大的、自信而独立的姿态面对世界。

参考文献

（本书目不包括作家文集、作家研究资料专集、《新文学大系》等基本史料，单篇论文随文注出）

李泽厚：《美学三书》，安徽文艺出版社1999年版。

李泽厚、刘纲纪：《中国美学史》（魏晋南北朝编），安徽文艺出版社1999年版。

李泽厚：《中国思想史论》（三卷本），安徽文艺出版社1999年版。

［美］韦勒克、沃伦：《文学理论》，刘象愚译，三联书店1984年版。

刘西渭：《咀华集》，人民文学出版社2001年版。

宗白华：《艺境》，北京大学出版社1997年版。

杨义：《中国现代小说史》（三卷本），人民出版社1998年版。

严家炎：《中国现代小说流派史》，人民文学出版社1995年版。

［法］米兰·昆德拉：《小说的艺术》，孟湄译，三联书店1995年版。

［法］米兰·昆德拉：《被背叛的遗嘱》，余中先译，上海译文出版社2003年版。

［意］卡尔维诺：《未来千年文学备忘录》，杨德友译，辽宁教育出版社2001年版。

吴小美等：《中国现代作家与东西方文化》，兰州大学出版社1990年版。

赵学勇：《沈从文与东西方文化》，兰州大学出版社1990年版。

赵学勇：《文化与人的同构——论现代中国作家的艺术精神》，兰州大学出版社2000年版。

方锡德：《中国现代小说与文学传统》，北京大学出版社1992年版。

方锡德：《文学变革与文学传统》，北京大学出版社2003年版。

陈平原：《小说史：理论与实践》，北京大学出版社 1993 年版。

陈平原：《中国现代学术之建立》，北京大学出版社 1998 年版。

陈平原：《中国小说叙事模式的转变》，北京大学出版社 2003 年版。

陈平原：《从文人之文到学者之文——明清散文研究》，三联书店
　　 2004 年版。

唐弢：《西方影响与民族风格》，人民文学出版社 1989 年版。

吴宏聪主编：《中国现代文学与民族文化》，首都师范大学出版社
　　 1994 年版。

刘纲纪：《传统文化、哲学与美学》，广西师范大学出版社 1997
　　 年版。

刘若愚：《中国文学艺术精华》，黄山书社 1989 年版。

王瑶：《中国现代文学史论集》，北京大学出版社 1998 年版。

王瑶：《中古文学史论集》，上海古籍出版社 1982 年版。

王晓明主编：《二十世纪中国文学史论集》（上下卷），东方出版中心
　　 2003 年版。

王晓明主编：《批评空间的开创》，东方出版中心 1998 年版。

徐复观：《中国艺术精神》，华东师范大学出版社 2002 年版。

赵毅衡：《礼教下延之后——中国文化批判诸问题》，上海文艺出版社
　　 2001 年版。

黄子平：《"灰阑"中的叙述》，上海文艺出版社 2001 年版。

刘小枫：《拯救与逍遥》，上海三联书店 2001 年版。

吴中杰主编：《中国古代审美文化论》（第三卷），上海古籍出版社
　　 2003 年版。

［美］斯蒂芬·欧文：《追忆——中国古典文学中的往事再现》，郑学
　　 勤译，上海古籍出版社 1990 年版。

［法］伊夫·瓦岱：《文学与现代性》，田庆生译，北京大学出版社
　　 2001 年版。

韩毓海：《锁链上的花环》，时代文艺出版社 1993 年版。

余英时：《士与中国文化》，上海人民出版社 2003 年版。

朱光潜：《朱光潜美学文学论文选集》，湖南人民出版社 1980 年版。

伍蠡甫：《中国画论研究》，北京大学出版社1983年版。

俞剑华：《中国绘画史》，商务印书馆1998年版。

舒士俊：《水墨的诗情——从传统文人画到现代水墨画》，复旦大学出版社1998年版。

李德仁：《道与书画》，人民美术出版社1994年版。

［苏联］叶·查瓦茨卡娅《中国古代绘画美学问题》，陈明训译，湖南美术出版社1987年版。

朱良志：《曲院风荷——中国艺术论十讲》，安徽教育出版社2003年版。

吕澂：《中国佛学源流略讲》，中华书局1979年版。

葛兆光：《禅宗与中国文化》，上海人民出版社1986年版。

程亚林：《诗与禅》，江西人民出版社1998年版。

罗宗强：《玄学与魏晋士人心态》，南开大学出版社2003年版。

罗宗强：《魏晋南北朝文学思想史》，中华书局2002年版。

高恒文：《京派文人：学院派的风采》，上海教育出版社2000年版。

黄健：《京派文学批评研究》，上海三联书店2002年版。

［英］F.R.利维斯：《伟大的传统》，袁伟译，三联书店2002年版。

孙郁：《周作人和他的苦雨斋》，人民文学出版社2003年版。

凌宇：《从边城走向世界》，三联书店1985年版。

凌宇：《沈从文传》，北京十月文艺出版社1998年版。

吴立昌：《人性的治疗者——沈从文传》，上海文艺出版社1997年版。

［英］吉利恩·比尔：《传奇》，肖遥、邹孜彦译，昆仑出版社1993年版。

李宗为：《唐人传奇》，中华书局1985年版。

陈惠琴：《传奇的世界——中国古代小说创作模式研究》，北京师范大学出版社1999年版。

汪辟疆校录：《唐人小说》，上海古籍出版社1978年版。

俞汝捷：《仙鬼妖人——志怪传奇新论》，中国工人出版社1992年版。

程毅中编：《神怪情侠的世界——中国古代小说流派漫话》，中共中央党校出版社1994年版。

格非：《小说叙事研究》，清华大学出版社 2002 年版。

［日］中野美代子：《从小说看中国人的思考样式》，若竹译，北京十
　　月文艺出版社 1989 年版。

赖永海：《中国佛教文化论》，中国青年出版社 1999 年版。

汤用彤：《魏晋玄学论稿》，上海古籍出版社 2001 年版。

钱锺书：《七缀集》，上海古籍出版社 1996 年版。

石昌渝：《中国古代文体丛书·小说》，人民文学出版社 1994 年版。

谢楚发：《中国古代文体丛书·散文》，人民文学出版社 1994 年版。

汤一介：《中国传统文化中的儒道释》，中国和平出版社 1988 年版。

杜维明：《现代精神与儒家传统》，三联书店 1997 年版。

冯健男：《我的叔父废名》，接力出版社 1995 年版。

郭济舫：《梦的真实与美》，花山文艺出版社 1992 年版。

丁亚平：《浪漫的执著》，海南出版社 1993 年版。

周作人：《知堂书话》，钟叔河编，海南出版社 1997 年版。

王润华：《沈从文小说新论》，学林出版社 1988 年版。

鲁迅：《鲁迅全集》，9 卷，人民文学出版社 1998 年版。

沈履伟注释：《唐宋笔记小说释译》，天津古籍出版社 2004 年版。

陈洪：《诗化人生——魏晋风度的魅力》，河北大学出版社 2001 年版。

胡适：《中国的文艺复兴》，外语教学与研究出版社 2001 年版。

陆建华：《汪曾祺传》，江苏文艺出版社 1997 年版。

吴晓东：《镜花水月的世界——废名〈桥〉的诗学研读》，广西教育
　　出版社 2003 年版。

杨联芬：《中国现代小说的抒情倾向》，北京师范大学出版社 1996
　　年版。

王德威：《想象中国的方法——历史、小说、叙事》，三联书店 1998
　　年版。

洪子诚：《问题与方法——中国当代文学史研究讲稿》，三联书店
　　2002 年版。

冯友兰：《中国哲学简史》，涂又光译，北京大学出版社 1996 年版。

范智红：《世变缘常——四十年代小说论》，人民文学出版社 2002

年版。

苗壮:《笔记小说史》,浙江古籍出版社 1998 年版。

杨义:《京派海派综论(图志本)》,中国社会科学出版社 2003 年版。

申丹:《叙述学与小说文体学研究》,北京大学出版社 2004 年版。

刘俐俐:《文学"如何":理论与方法》,北京大学出版社 2009 年版。

谢昭新:《中国现代小说理论发展史》,人民出版社 2009 年版。

[美] 布鲁克斯、沃伦编著:《小说鉴赏》,主万、冯亦代等译,世界
　　图书出版公司 2009 年版。

[美] 莱昂内尔·特里林:《文学体验导引》,余婉卉、张箭飞译,凤
　　凰出版传媒集团、译林出版社 2011 年版。

后 记

　　十四年前我攻读中国现当代文学的博士学位，坚持认为将京派放在传统文化和文学的视野内，观照其在叙事方面的创造性转化和其中体现出的现代意识是一个恰切而能精准揭示京派作家特点的研究课题，多年后我依然如此认定，虽然表面看来它似乎是个老问题。对这个选题的处理后来写成毕业论文，在答辩时也很幸运地得到了相关专家的认可。因而首先应当特别感谢引领我走上中国现代小说研究之路并让我对学科和专业有明晰认识的赵学勇老师，谢谢他在我攻读博士期间于学业上的严格要求，这种要求在所有时刻都以温和的、鼓励和认可的方式呈现，先生之风，影响我至深，且我自知这种影响在往后的岁月里仍将绵长持续。亦感谢曾授课与我的吴小美先生、程金城先生，他们的治学思路、人格风范当下依然在指引我为人为文的方向。

　　再次面对后记这两个字，却又不知话该如何说起。十多年的时光倏忽而过，我在这期间一路尽力飞奔，却始终离师友的期待很远，此书也本该十年前就出版，却耽搁至今，心中既喜且悲。因而当年写作时发现的欣喜和未能及时弥补的遗憾，一并留在这本书中。

　　感谢多年前的博士生涯，感谢宿舍那张因为在其上翻阅、查找各种书籍资料而变了色的书桌，我在它面前安静地坐了三年，两耳不闻窗外，当时觉得艰苦，现在看来那些充实的日日夜夜赠与我生命最好的滋养，如今这本小小的书便是结果之一。

　　谢谢我的研究生竹洁、李彩英、田璐、杨殊奇、樊蓉、张雨蒙、孙静帮我校对，学生的善意和期待也一直都是我前进的动力。

　　感恩我的家人和朋友，你们的爱、支持与信赖多年来从未变过，这不变本身在变动的时光里益发显示出不可或缺的重要性，也谨以此书，纪念与烛照我们过往共同走过、未来还将继续同行的路途。